HAYMON taschenbuch **300**

W0177059

Ellen Dunne
Boom Town Blues

Ein Fall für Patsy Logan

Ellen Dunne

Boom Town Blues

Meinem Vater und Stiefvater gewidmet,
die während meiner Arbeit an dieser Geschichte
verloren gegangen sind, jeder auf seine Weise.
Ich wünschte, ihr könntet sie lesen.

„I must have been working the ropes
When your hand slipped from mine
Now I live off the mirrors and smoke
It's a joke, a fix, a lie
Come on, tower crane driver
Oh, so far to fall"

Elbow
The Loneliness of a Tower Crane Driver

„Vor allem möchte ich dem irischen Volk versichern,
dass wir eine bessere Zukunft vor uns haben und im
nationalen Interesse handeln."

Brian Cowen, irisches Regierungsoberhaupt,
am 21. November 2011
nach Bekanntwerden von Milliardenhilfen
für Irlands Banken aus dem sogenannten
„Euro-Schutzschirm"

Aidan, im Dezember

Die Stadt glitzert heute Abend. Funkelt wie die Augen eines Wahnsinnigen. Auf der Baggot Street nahe St. Stephen's Green fädelt sich der Feierabendverkehr auf, glüht Bremslicht an Bremslicht, dünstet die Stadt Abgase aus allen Poren.

Beschissener Stau.

Fußgänger umspülen seinen Golf auf ihrem Weg ins Stadtzentrum, branden gegen diejenigen, die rauswollen aus dem Hexenkessel und nach Hause. In jedem Fenster Weihnachtsdekoration, an jeder Frau Strass oder Pailletten oder Gold oder alles zusammen. Gespräche über kabellose Kopfhörer, Gesprächsfetzen, kurze Lachsalven wechseln sich mit dem Hupen von Taxifahrern am Ende ihrer Geduld. Sie sind auf dem Weg zu Weihnachtsfeiern, zu Vorweihnachtsdrinks oder zur dezemberlichen *Girls' night out*.

Unwillkürlich sucht er Steph unter ihnen. Ihren geradlinigen Gang, ihren honigfarbenen Dutt. Natürlich unmöglich. Ihre Schicht hat schon begonnen. Cocktails mischen im Akkord, ihre Hände kondenswasserfeucht und rau wie Katzenzungen. Seit der Renovierung stehen sie wieder Schlange vor dem *Café en Seine*. Dort heißen die Barleute „Mixologen" und jeder Drink kostet mehr, als Steph in der Stunde verdient.

Und das ist noch gar nichts. Für Samstag hat Aidans Kanzlei eine Party im *Cottage Garden* geplant, dem neuesten Streich eines Szene-Wirts. Geschlossene Gesellschaft. Festes Menü mit sieben Gängen, Weinbegleitung, offene Bar. 400 Kröten pro Nase. Sheila vom Empfang hat ihm das gesteckt. Nicht ohne Stolz. Sie hat das Ganze organisiert. Sonst werden die Plätze im *Cottage Garden* Monate im Voraus verlost. Aber der Szene-Wirt ist auch

Klient. Er entwickelt immer mal wieder eine Schwäche für eine seiner Mitarbeiterinnen. Lässt ihn eine abblitzen, feuert er sie. Lässt sie sich das nicht gefallen, kommt die Kanzlei Hogan, Black & O'Keefe ins Spiel.

Konziliant lächelnde Männer in schlichten Anzügen, die meist in Gruppen auftreten und der Klägerinnenpartei in knappen Worten darlegen, was sie erwartet, sollte es zu einem Prozess kommen. Dazu kommt es selten. Spätestens nach dem Treffen ersticken die gegnerischen Anwälte das Ansinnen der eigenen Klientin im Keim. Ein sparsamer Vergleich, Ende.

Aidan ist einer dieser Männer. Es gab eine Zeit, da war er stolz darauf. Nicht wegen des schmierigen Szene-Wirts. Aber weil HBO, so nennt man sich in der Kanzlei, in der Branche nicht irgendwer ist. Auf der Klientenliste drängt sich gut ein Drittel aller Multi-Nationals, die ihre steuerabweisenden Zelte in Dublin aufgeschlagen haben.

Ein großes Glück, direkt nach dem Studium dort unterzukommen, erst recht während der Finanzkrise. Die meisten seiner Freunde sind ausgewandert, viele von ihnen noch immer in Australien oder Kanada. Er ist einer der wenigen mit genug Geld für ein eigenes Haus. Nur zwei Schlafzimmer, aber dafür im Dubliner Süden. Monkstown. Dort lebt, wer es sich leisten kann. Und Aidan, das Landei mit Ambitionen.

Das Landei, das einen saftigen Bonus eingesackt hat, heute beim Jahresgespräch. Den hat er sich verdient, es war ein Rekordjahr für die Kanzlei. Die Partner seien zufrieden mit seiner Arbeit, hat ihm sein direkter Vorgesetzter Peter ausgerichtet. Er solle seinen Anteil daran ordentlich feiern am Samstag. Augenzwinkern, Schulterklopfen. Aidan hat sich herzlich bedankt, Peters Hand geschüttelt und beschlossen, am Samstag nicht zu der

Weihnachtsfeier zu gehen. Irgendeine Ausrede würde ihm schon einfallen.

Endlich verglühen die Bremslichter. Bewegung kommt in die Kolonne. Aidan lässt das Fenster nach unten surren, öffnet noch einen Knopf seines Hemdes, neigt den Kopf zur Seite und hält das Gesicht in den Fahrtwind. Noch ist die Luft zahnlos. Der Winter nimmt Anlauf über dem Atlantik.

Peter hat Recht. Den Bonus hat er sich verdammt nochmal verdient. Nicht wegen der Pendelei. Nicht wegen der 70 Wochenstunden. Arbeit ist er vom Hof seiner Eltern gewohnt. Es ist der menschliche Dreck, durch den er seit Monaten watet. Eigentlich nichts Neues. Den gab es schon immer in seinem Beruf. Aber seit er diesen neuen Klienten betreut, beginnt der Dreck an ihm zu kleben. Liegt ihm in der Nase wie Kuhscheiße. Manchmal auch mitten in der Nacht, wenn er aufwacht. Der schwefelige Gestank von Schuld.

Mit Steph redet er nicht darüber. Sie sind noch nicht lange genug zusammen. Er will nicht, dass sie ihn so sieht. Opportunistisch. Zynisch. Zweifelnd. In ihrem naiven Idealismus würde sie ihm bloß raten, eben zu kündigen, wenn es keinen Spaß mehr macht. Der eigenen Berufung zu folgen, so wie sie mit ihrem Psychologiestudium. Aber Aidan hat keine Berufung. Er hat eine Hypothek, für die Steph und ihre Cocktailshaker niemals aufkommen könnten.

Nummer 43 liegt am Ostende der Plunkett Street. Hier ist nicht das Monkstown der Villen und des Meeres. Nicht das der schicken Restaurants, Feinkostläden und Boutiquen, in denen es alles gibt, was bio, handgemacht und teuer ist.

Die Häuser hier sind gesichtslose Verbrechen aus den 70ern. Kieselsteinmauern, kaum isoliert, künstlicher Kamin, Waschbetonplatten als Gehweg, geschotterter Parkplatz vor dem Eingang.

Sein ehemaliger Schulkumpel Paul ist Immobilienmakler und hat ihm den Tipp gegeben. Nummer 43 sei ein Projekt, aber die Gegend im Kommen. Mit möglichst wenig Aufwand renovieren, dann in ein paar Jahren einen guten Gewinn einfahren und in noch besserer Lage kaufen, so mache man das.

Daran arbeitet Aidan jetzt jedes verfügbare Wochenende, sein Vorgarten besetzt von einem Müllcontainer für alles Unbrauchbare und Sperrige.

Zwei Häuser weiter findet er eine Parklücke. In der Plunkett Street ist es noch ruhiger als sonst. Kaum einmal fährt ein Auto vorbei. Die meisten, die hier wohnen, sind in der Stadt unterwegs oder sitzen vor dem Fernseher. Im Haus gegenüber flimmert es Tag und Nacht hinter den Netzvorhängen.

Er steigt aus und atmet tief ein. Fritteusen-Geruch und ein bisschen brennendes Laub. Auch wenn man es nicht sehen kann – das Meer liegt hier überall in der Luft, seine feuchte Schwere durchdringt Aidans Hemdstoff, lässt ihn frösteln. Hoffentlich brütet er nichts aus.

Er sammelt sein Jackett und die Krawatte vom Beifahrersitz, das Mikrowellen-Curry aus dem Supermarkt. Da fällt es ihm auf. Es ist noch dunkler als sonst. Nur die Lichterkette im Baum der Nachbarn blinkt. Rot, grün und blau.

Die Straßenlampe vor seinem Haus – dunkel. Gestern hat die noch einwandfrei funktioniert.

Vielleicht waren es die Teenager, die hier manchmal rumhängen, ihre leeren Bierdosen in Gärten werfen oder mit Steinen auf Gartenzwerge schießen. Auf den paar Schritten zum Haus knirschen genau unter der Lampe Glasscherben unter seinen Schuhsohlen. Diese kleinen Scheißer.

Da bewegt sich etwas vor dem Haus. Jemand. Ein menschlicher Umriss in seinem Vorgarten, wie zusammengeknüllt neben dem Müllcontainer. Er scheint etwas zu suchen.

„Hey", sagt Aidan, „kann ich Ihnen helfen?"

Das klingt weniger streng als beabsichtigt.

Keine Antwort. Stattdessen entfaltet sich der Umriss vor seinen Augen. Wächst. Lange Gliedmaßen und ein übergroßer, glänzender Kopf.

Ein Alien, schießt es Aidan durch den Kopf.

Der Umriss kommt ihm entgegen. Kein Alien, sondern ein Mann in Schwarz. Er trägt einen Motorradhelm mit aufgeklapptem Visier. Wie einer der Kuriere für die Büropost. Um diese Zeit?

„n'Abend", sagt der Kurier. „Ich suche nach Aidan Kelleher. Wohnt der hier? Ich soll was für ihn abgeben."

„Von wem?", fragt Aidan. Weiß sofort: Das hätte er nicht sagen sollen.

Der Mann schnauft nervös und murmelt etwas. Hebt dann seinen Arm, in der Hand etwas Dunkles. Es sieht nicht wie ein Paket aus, und der Typ ist auch kein Kurier. Er richtet sein Mitbringsel auf Aidan.

Zuerst verflüssigen sich seine Eingeweide, dann seine Knie. Nur sein Gehirn hat noch nicht begriffen. Es befiehlt ihm weder Kampf noch Flucht. Lässt ihn nur dastehen, Jacke und Krawatte noch in der Hand, und auf die Waffe starren.

In die Augen seines Gegenübers, die im Mündungsfeuer aufblitzen. Einmal, zweimal, dreimal. Sie glitzern wie die eines Wahnsinnigen.

Aus dem Ruder

1

Es gab da mal eine Polizistin, die arbeitete für die Kripo in München. Eine mit Vorliebe für die harten Sachen. K11, vorsätzliche Tötungsdelikte. Ihr Kollege, den sie schon seit der Polizeischule kannte, nannte sie oft *Die Frau der Stunde*. Weil sie ganz vorn dabei war bei der Aufklärungsquote. Weil sie Instinkt hatte. Weil sie die richtigen Fragen stellte. Weil sie vom irischen Dad das Mundwerk und von der Freilassinger Mama den Killerinstinkt geerbt hatte.

Leider wusste sie nicht, wann sie zu lächeln und den Mund zu halten hatte, fand so mancher im Dezernat. Das konnte wiederum der Kollege besser. Deshalb wurde der zum neuen Dezernatsleiter befördert, nachdem der alte in den Ruhestand ging, und nicht sie.

Der Schreibtisch des scheidenden Dezernatsleiters war schon leergeräumt, als er ihr die Entscheidung mitteilte. Ja, alles spreche für die Polizistin. Eigentlich. Aber sie wisse ja, das Gremium. Die entscheiden, er selbst könne nur empfehlen. Leider. Sie solle sich trösten. Die Dezernatsleitung sei ein undankbarer Scheißjob. Der Druck. All die Stühle, zwischen denen man zerrieben werde.

Als glücklich verheiratete Frau Mitte 30 habe sie außerdem noch andere Perspektiven als nur die Karriere. Familie und das K11 vertrügen sich, ehrlich gesagt, auch ganz schlecht. Da könne die Polizistin gern mal seine Frau fragen, haha.

Es ist eine dieser Geschichten, die einem nie jemand glaubt, wenn man sie erzählt. Ich fasse sie ja selbst kaum.

Aber so hat es sich abgespielt, und ich mittendrin – Patrizia Logan, Kriminalhauptkommissarin. Die meisten im Dezernat nennen mich Patsy, und da beginnt mein Problem wahrscheinlich schon. Was ich dem Dezernatsleiter zur Antwort gegeben habe, weiß ich jedenfalls nicht mehr so genau. Was ich mit Sicherheit weiß: Gelächelt habe ich dabei nicht.

2

Fast Forward. Diese reizende Anekdote war inzwischen fünf Jahre her. Vielleicht auch 50. So fühlte es sich an diesem Morgen zumindest an. So weit weg von dem, was ich noch vor wenigen Monaten als *mein Leben* bezeichnet hätte.

Es war Dienstagmorgen, und anstatt in der täglichen Fallbesprechung des K11 saß ich in einem Café namens *The Greasy Spoon*. Anstatt in München bei meinem Mann lebte ich derzeit in Dublin bei meiner Cousine. Drei Monate Bildungskarenz, so lautete das offizielle Etikett meiner Auszeit. Was inoffiziell geredet wurde, konnte ich sogar von hier aus noch hören.

Der Logan ist alles über den Kopf gewachsen. Die stagnierende Karriere. Die kriselnde Ehe. Das verlorene Kind. Dieser Fall, der fast ins Auge gegangen wäre, weil sie in die falsche Richtung geschaut hat. Kein Wunder, dass sie vollkommen aus dem Ruder läuft.

Meinetwegen. Sollten sie tratschen. Es stimmte ja auch. Die Frau der Stunde, das war einmal. Ein Korsett, das mich lange aufrechtgehalten hatte. Nachdem ich bei der Beförderung übergangen worden war, war es langsam zerfranst, egal wie sehr ich versucht hatte, es zu flicken. Mit jedem neuen Fall. Mit jedem neuen Versuch, eine bessere Ehefrau im klassischen Sinn zu sein. Schwanger zu werden, schwanger zu bleiben.

Jetzt hing alles, was Patsy Logan bis vor kurzem ausgemacht hatte, in Fetzen an mir. Und zum ersten Mal atmete ich wieder.

Das klingt jetzt natürlich ziemlich New Age. Aber so dachte ich, während ich auf mein Frühstück wartete, eine unerhört gute Tasse Tee in Händen, und hinaussah in den ebenso unerhört sonnigen, kalten Dubliner Januarmorgen. Alle außer mir schienen es eilig zu haben. Bauarbeiter in ihren Schutzwesten auf dem Weg zum zweiten Frühstück. Hipster mit ihren Schnauzbärtchen, Jutebeuteln und Mehrweg-Kaffeebechern. Brasilianische Kindermädchen und die blassen kleinen Engel ihrer irischen Arbeitgeber, die Nasen triefend vor Kälte.

Währenddessen, Patsy Logan: hier drin im Warmen. Zwar aus dem Ruder, aber auf dem richtigen Kurs, wie ich fand. Man könnte fast sagen, entspannt.

Ich hätte mir denken können, dass das nicht lange hält.

Einen Anruf vom Dezernatsleiter Konstantin Aigner erkannte ich immer schon am Klingeln. Nicht, weil ich ihm einen eigenen Klingelton zugewiesen hatte, sondern wegen dieses aggressiven Untertons, der die werkseingestellten Schalmeienklänge vergiftete. Stani, wie ich meinen Vorgesetzten unter vier Augen immer noch nannte, telefonierte nicht gerne. Vor allem nicht mit mir. Seit sich unsere kollegiale Freundschaft zu einem komplizierten Geflecht aus Schuldgefühlen (er) und Sarkasmus (ich) verwachsen hatte, meldete er sich nur noch, wenn es beruflich etwas Neues gab. Sprich: meistens etwas Unerfreuliches. Und wenn man etwas in meinem Job entwickelt, dann ein Ohr für schlechte Nachrichten.

Natürlich nahm ich Konstantins Anruf trotzdem entgegen. Er hatte sich ziemlich für mich reingehängt, damit ich meine Auszeit nehmen konnte. Hatte darauf bestanden, dass ich sie mir verdient hätte und es gar keine Diskussion gebe, dass es nichts an meiner Position im Dezernat ändern würde. Dass ich mir trotzdem *alle Zeit der Welt* nehmen sollte. Schon damals hatte ich geahnt, dass sich seine Hilfsbereitschaft im Hintergrund zu einer Rechnung aufaddierte, die mir eines Tages präsentiert würde. Nur nicht so früh.

3

„Patsy. Das ging aber schnell."

„Hi. Find ich auch, ich bin keine drei Wochen weg aus dem Dezernat. Es ist was passiert, oder?"

Konstantin schmatzte gereizt. Ich lag richtig.

„Dir auch ein gutes Neues. Wie geht's dir, Frau KHK? Vermisst du uns schon?"

Ich lachte tonlos.

„Bis jetzt nicht schlecht, danke der Nachfrage. Die Sonne scheint, und mein Frühstück ist auf dem Weg."

„Wie schön. Du klingst erholt."

Erholt. Hörte sich nach einer Falle an. Nach vorangegangener Krankheit, Überforderung mit dem Leben. Vielleicht sollte ich ihm widersprechen. Aber wozu?

Gerade tänzelte eine Kellnerin mit losem Haarknoten und tätowiertem Oktopus am Unterarm an meinen Tisch und servierte eine abartig große Portion an *Eggs on Toast*. Ich schnupperte, seufzte leise. Flaumige, gelbfettige Glückseligkeit. Meine Cousine Sinéad hatte mir mit dem *Greasy Spoon* nicht zu viel versprochen. Sogar mein Besteck war verschmiert. Wenn das hippe Ironie sein sollte, ging sie an mir verloren. Stumm bat ich die Kellnerin um streifenfreien Ersatz. Die Oktopus-Frau lächelte, als passiere ihr das ständig, und entsprach.

„Mahlzeit. Bist du alleine?"

„Ich warte auf eine Verabredung."

Wieder ein Schmatzen. Mein Privatleben passte ihm gerade nicht ins Konzept. War er von mir auch gar nicht gewohnt. Ein ungesundes Naheverhältnis zu meiner Arbeit war schon immer ein Problem von mir, behaupten so manche in meinem Umfeld. Aber auch die Lösung, behaupte ich.

„Nur ein Dubliner Kollege, den ich noch vom Skiller-Fall her kenne", sagte ich.

„Ben Ferguson, oder?", schoss es aus meinem Chef, als wäre Ben ein alter Bekannter von ihm. Dabei war er ihm noch nie begegnet, soweit ich wusste.

„Du und dein Gedächtnis."

Konstantin vergaß nichts und niemanden. Leider. „Internationaler Austausch in der Exekutive", sagte er in einem mehrdeutigen Ton, der mir nicht gefiel. „Sowas unterstütze ich."

Meine aufsteigende Verlegenheit gefiel mir noch weniger. Ich warf einen Blick auf meine Armbanduhr. Zumindest im *Greasy Spoon* war ich die Einzige, die noch eine trug. Zwanzig nach zehn.

„Ben ist spät dran. Reden wir einfach so lange, bis er da ist."

„Aber klar!" Konstantin war voll Eifer. „Ich brauche dich auch nur ein paar Minuten. Zehn, maximal. Okay?"

Es dauerte natürlich 40. Ich aß meine wirklich hervorragenden Eggs on Toast, gab der Kellnerin mit Oktopus ein offenbar befriedigendes Trinkgeld, stellte fest, dass mich Ben Ferguson ohne Entschuldigung oder Erklärung versetzt hatte, und machte mich auf von der wohligen Wärme des *Greasy Spoon* und hinaus in den kalten Januarmorgen, während Konstantin redete und redete. Als er endlich auflegte, hatte ich einen Fall um den Hals, nicht einmal drei Wochen in meiner Auszeit. Großartig.

Das war so eine Fähigkeit von Konstantin. Er konnte einem ebenso knapp wie plastisch ein trübes Bild zeichnen von den überlasteten Kolleginnen und Kollegen im Münchner K11, das „derzeit unterbesetzt" sei.

Wenn dann die Schuldgefühle eine Weile an einem genagt hatten, noch schnell ein Hörensagen aus dem Bürofunk: Kollege So-und-so aus der Sitte sei gerade aus der Karrierepause zurückgekehrt, und die war jetzt nahtlos in einen Karriereknick übergegangen, weil seine Bewerbung zum KO, für die er hoffnungsvoller Kandidat gewesen war, nun doch unberücksichtigt geblieben war. Ungerecht, aber leider Tatsache. Manche der Dezernatsleiter vertraten eine andere Meinung als Konstantin und wollten „*sowas*" eben nicht einreißen lassen. Ein Exempel statuieren.

Und erst danach, wenn man sich so richtig als Kollegenschwein fühlte, dessen Karriere völlig zu Recht dem Untergang geweiht war, kam Konstantin mit einer *kleinen Bitte* um die Ecke.

Seine klassische Strategie. Hundertmal miterlebt. So vorhersehbar und doch so effektiv. Nach 18 Jahren im gemeinsamen Dienst kannte er das Register meiner Schwächen – und zog sie alle.

Gekriegt hatte er mich mit Sigrid Mann. Die Kollegin arbeitete für die internationale Koordinationsstelle des BKA in Wiesbaden. Mehr als einmal hatte sie mich unterstützt, als ich in einem Mordfall bei Skiller – einem schwer gehypten Online-Start-up – ermittelte und anschließend die Verhandlungen vorbereitete. Skillers Börsenblase war inzwischen geplatzt. Und Sigrid personell in Bedrängnis.

Der dauerhaft in Dublin stationierte Verbindungsbeamte des BKA war noch bis inklusive nächste Woche wegen eines Todesfalles in der engsten Familie auf Sonderurlaub zurück in Deutschland. Und ausgerechnet jetzt war etwas passiert. Etwas Großes. Eine junge Deutsche war tot. Noch waren die genauen Umstände unklar, aber: Sie war Praktikantin in der deutschen Außenhandelsniederlassung, und außerdem die Tochter von Karl Brunner, dem stellvertretenden Hauptgeschäftsführer der Bayerischen Handelskammer. Weil, wenn schon Scheiße, dann gleich knietief. Konstantins Formulierung, nicht meine.

Nervosität war in dem Fall auch angebracht. Sobald bei einem Verbrechen Politik und Funktionäre ins Spiel kamen, potenzierte sich auch der Druck, so schnell wie möglich etwas zustande zu bringen. Und der landete meist auf Konstantins Schultern. Als jüngster bisheriger Dezernatsleiter hatte er viel Vertrauen zu rechtfertigen.

Er seufzte, die Leitung schwer von seiner Verzweiflung. Wie oft er sich wohl schon zurück in die Zeiten vor seiner Ernennung gewünscht hatte? Wahrscheinlich nicht so oft wie ich.

„Sigrid wollte einen der ehemaligen irischen Verbindungsbeamten auftreiben", sagte er. „Aber die Vorgänger sind alle entweder außer Dienst oder schon wieder irgendwo andershin entsendet. Patsy, du hörst einen verzweifelten Mann."

Wir grinsten beide am jeweiligen Ende der Leitung. Manchmal war es noch immer wie früher zwischen uns.

„Warum braucht es überhaupt jemanden von uns?", nutzte ich den Moment, um auch einmal zu Wort zu kommen. „Die irischen Kollegen haben die Sache doch sicher im Griff.“

„Es gibt diplomatische Komplikationen.“

„Aha. Ist Brunners Tochter in der deutschen Botschaft gestorben?“

„Nein, in der österreichischen. Oder um genau zu sein …“, er blätterte in etwas, las vor: „… in der Residenz des österreichischen Botschafters.“

Das war offenbar kein Witz.

„Autsch.“

Ich blieb stehen. Bemerkte, dass ich so vertieft gewesen war in unser Gespräch, dass ich beinahe Sinéads Haus verpasst hatte. Vielleicht gar nicht schlecht. Meine Cousine steckte ihre Nase gern in alle verfügbaren Angelegenheiten, und meistens liebte ich sie dafür. Aber jetzt war es Zeit für ein bisschen Message Control. Ich ließ mich vor dem Nachbarhaus nieder, auf den unregelmäßigen Betontreppen, die hinauf zur Eingangstür führten.

„Das kommt so hin.“ Konstantin senkte vertraulich die Stimme. „Die Österreicher haben unsere Botschafterin heute Abend zu sich in die Residenz gebeten. Sie wollen die Lage besprechen, und ihren eigenen Verbindungsbeamten haben sie natürlich auch mit dabei. Die Botschafterin will nicht alleine bei den Österreichern auftauchen.“

„Hat sie Angst um ihr Leben?“

Konstantin gab eine Art unterdrücktes Rülpsen von sich. Humor im Job war nicht seine Art.

„Es geht vor allem um die Truppenstärke. Und um die Unterstützung von jemandem, der zumindest ein bisschen rechtliche Ahnung hat.“ Hörte sich an, als fletschte er gerade die Zähne. „Ich nehme an, dir ist klar, dass du nicht meine erste Wahl warst, Patsy.“

War mir klar. Stani wusste, dass ich es nicht so hatte mit der Diplomatie. Ein Risiko, auch für ihn. „Aber Sigrid Mann hält viel von dir und hat mich bekniet, dich zu fragen. Wenn du mir jetzt auch noch ...“

„Ach, komm. Natürlich mach ich's“, sagte ich, und das aus Überzeugung. Wenn auch sonst nichts, würde es ein interessanter Abend werden. Ein kleines Feuer in mir drängte die feuchte Kälte zurück, die sich von der Treppe durch Wollmantel, Weste und Jeans bis zu meiner Haut vorarbeitete. Es gab sie also noch, meine Leidenschaft. „Oder meinst du, ich lass mir einen Handkuss vom österreichischen Botschafter entgehen?“

Konstantin klang jetzt doch ein bisschen amüsiert.

„Die korrekte Anrede ist übrigens *Eure Exzellenz*. Bitte denk daran, wenn du ihn triffst.“

Ich verkniff mir eine Reaktion darauf. Die Frau der Stunde war zurück am Ruder. Das schien auch meinem Vorgesetzten Hoffnung zu machen.

„Vielleicht wird gar nichts Größeres aus der Sache. Bisher gibt es ja nur ein paar Augenzeugenberichte, die klingen eher nach einer schlimmen Allergie oder sowas. Und der Obduktionsbericht kommt erst noch.“

Er atmete scharf ein.

„Aber?“ Ich sah meiner Atemwolke bei ihrem Flug in den blitzblauen Dubliner Himmel zu.

„Mir fällt einfach gerade kein einziger Grund ein, warum jemand einen Anschlag auf eine 24-jährige deutsche Praktikantin verüben sollte“, sagte er ungeduldig. „Noch dazu in der Residenz eines Botschafters. Versteh mich nicht falsch, aber wozu der Aufwand? Das Risiko?“

Vielleicht, um mehr Lärm zu machen, dachte ich. *Um zu beweisen, dass man nirgendwo sicher ist.*

Im Hintergrund meldete sich Konstantins Festnetz-Telefon. Die vertraute Vierklang-Kaskade meines Berufslebens, die mir bis vorhin noch so fern erschien. Konstantin hob ab, tat freudig überrascht und bat den Anrufer, eine Sekunde zu warten, und kam zurück an sein Handy, jetzt hörbar in Eile.

„Aber um das herauszufinden, habe ich ja jetzt zum Glück dich", sagte er in einer guten Laune aus Plastik. „Danke, dass du das übernimmst, Patsy. Ich schick dir gleich eine E-Mail mit allen Infos, und wir reden noch einmal darüber, falls du irgendwelche Fragen hast."

Ja, die hatte ich tatsächlich. Nämlich was genau eigentlich passiert war, gestern Abend in der österreichischen Botschaft. Aber da hatte schon das Freizeichen übernommen.

Laura, im Januar

Sie hätte es wissen müssen. Heute Abend hierherzu-kommen war ein totaler Fail. Sie hätte Lars' Einladung ablehnen sollen, freundlich und mit vielen Entschul-digungen, aber doch. Ihm sagen, dass sie schon Pläne habe. Was ja auch stimmte, irgendwie. Ihre Schwester Ricki war für das verlängerte Wochenende aus Mün-chen zu Besuch. Sie studierte noch und wollte es aus-nutzen, dass sie bei Laura kostenlos übernachten konnte. Morgen wollten sie in aller Früh los, auf eine ganztä-gige Game-of-Thrones-Tour hinauf nach Nordirland, und für heute Abend hatte Laura noch einen Tisch im *Cirillo's* ergattert, für die beste Pizza in der Stadt. Ein echtes *Sista Weekend*, noch kurz bevor Lauras Prakti-kum zu Ende ging.

Dann war Lars gestern zu ihrem Schreibtisch ge-kommen mit diesem Vorschlag. Ein Empfang des öster-reichischen Botschafters für die Außenhandelsstellen der deutschsprachigen Länder. Die Delegierten durften jeweils ein paar handverlesene Gäste mitnehmen. Lars' Büroleiterin Carola war natürlich dabei, und dann noch Laura, wenn sie wolle. Es gäbe Aperitif und Abendes-sen. Und Laura interessiere sich doch für eine Karrie-re im Außenhandelsdienst, nicht wahr? Da könne sie dann mal reinschnuppern, wie das so sei. Nicht wahr?

Nein, nicht wahr. Laura interessierte sich eigentlich noch für gar nichts so richtig. Sie hatte ein Praktikum irgendwo im Ausland machen wollen. Einmal raus aus München, einmal weg von den tausend Augen ihrer El-tern, etwas anderes sehen, bevor es losging mit der Ab-schlussarbeit. Aber sich durch irgendwelche Außen-handelsstellen in gottvergessenen Ländern dienen, die auf -stan endeten, und alle paar Jahre umziehen? Na ja.

Aber sowas würde Lars ungern hören, genauso wie die Tatsache, dass Laura ihr *Sista Weekend* einer diplomatischen Einladung vorzog. Lars war schon nett, aber eben auch old school. Genau wie Papa. Die beiden waren nicht umsonst befreundet. Sollte sie sich der Ehre nicht würdig erweisen, würde Papa das garantiert erfahren und Stress machen. Lars anzulügen, irgendeinen anderen Grund zu erfinden, das war auch nicht ihre Art.

Jetzt steht sie hier rum und ärgert sich über sich selbst. Die gestelzte Eröffnungsrede. Das künstliche Gelächter. Das Geklimper eines österreichischen Pianistentalents auf einem schwarz glänzenden Flügel, während alle ihr Gähnen unterdrücken. Was hat sie sich auch erwartet? Die meisten Leute hier sind mindestens über 30 oder noch viel älter. Fast alle tragen sie Schwarz oder höchstens Dunkelblau. Und sie reden gerne. Vor allem über sich selbst, das ist ihr schon aufgefallen. Für eine Praktikantin erübrigen sie nur ein flüchtiges Lächeln und ein paar Floskeln. Hören ihr, wenn überhaupt, nur mit einem glasigen Blick in die Ferne zu.

Sogar der Typ, der neben ihr beim Dinner saß, den sie anfangs gut fand. Der hat ihr keine einzige Frage gestellt, das ganze Essen lang. Na gut, eine. Aber sonst – alles me, me, me. Gleich, nachdem die Tafel aufgehoben wurde, beachtete er sie nicht mehr. Steckte seine Nase in den Hintern des Botschafters und aller anderen, die er für wichtig hielt, und ging dann, ohne sich von ihr zu verabschieden. Zu unbedeutend.

Zumindest wird jetzt der Nachtisch serviert. Geschäftige Männer und Frauen mit langen Schürzen und schwarzen Krawatten schlängeln sich zwischen den Menschengrüppchen durch den Raum, so unsichtbar im Hintergrund wie Laura. Mit dezentem Lächeln bieten sie Silbertabletts dar, auf denen sich Sachertörtchen an Apfelstrüdelchen reihen.

Sie holt sich von jedem ein Stück auf ihre Serviette. Eigentlich ist sie voll, aber Süßes geht immer. Sie zieht sich in eine Ecke zurück, isst und greift nach ihrem Handy, das in ihrer Tasche blinkt.

RickiB: Na? Wie isses?
　　Brunner_Laura: Most boring Abend ever. 😵‍💫
　　RickiB: War ja klar.
　　Brunner_Laura: Klugscheißerin 🤓🖐️
　　RickiB: Haha. Wann sehen wir uns?
　　Brunner_Laura: 20 Minuten noch, dann bin ich outta here.
　　RickiB: Irgendwelche interessanten Leute kennengelernt?
　　Brunner_Laura: Null 🧛
　　RickiB: Hallo, war ein Witz. Auch kein Eye-Candy?
　　Brunner_Laura: Einer schon. Leider ein Arschloch.
　　RickiB: Oje. War wenigstens das Essen gut?
　　Brunner_Laura: Das Gulasch war gut, aber ziemlich heftig.
　　RickiB: Seit wann isst du Gulasch? Was wird jetzt aus unserer Pizza?
　　Brunner_Laura: 🙄 Ich seh dich gleich, okay?

Sie steckt das Handy weg, ohne Rickis Antwort abzuwarten. An Pizza will sie grad echt nicht denken. Auch nicht an Sachertörtchen und schon gar nicht an Gulasch. Wenn sie jetzt darüber nachdenkt, hat es komisch geschmeckt. Und seit dem Nachtisch ist ihr nicht gut. Stopp: Untertreibung de luxe. Ihr ist schlecht. Etwas in ihr drin, heiß und bitter, beginnt sich zu bewegen. Als wolle es schlüpfen. Lieber nicht dran denken. Lieber raus aufs Klo.

Auf dem Weg aus der Ecke zum Ausgang des Raumes bleibt sie mit dem Schuh im Faltenwurf des Teppichs hängen, taumelt kurz, rempelt einen der indisch aussehenden Kellner an. Nach kurzem Schreck rettet er sein Tablett mit den restlichen Desserts virtuos vor dem Fall. Die anderen Gäste bemerken die Einlage nicht einmal. Sie sind viel zu beschäftigt mit Netzwerken.

„Wo ist die Toilette?", fragt sie den nächsten Kellner, der älter aussieht als die anderen und müde wirkt. Er runzelt die Stirn, ihre hörbare Panik vertreibt seine Gereiztheit über ihre Unhöflichkeit. „Wo ist …", beginnt sie von neuem, schließt den Mund. Sie hat Angst, dass mehr daraus hervorschießen könnte als Worte. Übel. So übel.

„Selbstverständlich, Ma'am." Der müde Kellner zeigt hinaus aus dem Raum, in das fast königlich anmutende Vorhaus. „Links neben der Garderobe, die Treppe hinunter."

Da muss sie hin. Nur ein paar Meter Luftlinie, die muss sie schaffen, wenn dieser Abend nicht zum Fiasko werden soll.

Zum Glück nimmt noch immer niemand von ihr Notiz.

Sie schafft es unbehelligt aus dem Raum, vorbei an der Garderobe, wo schon die ersten Gäste ihre Mäntel holen. Eine repräsentativ breite Holztreppe windet sich um einen Kristalllüster im Zentrum, führt nach oben in den ersten Stock und nach unten ins Gartengeschoss. Nur ein paar Stufen, das ist doch gar nichts. Aber der scharlachrote Teppich. Der Kristalllüster, seine Lichter wie kleine Explosionen. Schwindel überkommt sie, alles ist heiß. Ihr Gesicht, ihr Magen, in dem ein Fremdkörper zu wohnen scheint. Was in aller Welt ist das? Was auch immer es ist, es nimmt ihr die Luft zum Atmen. Und es kommt nach oben.

Sie stürzt zur Toilettentür und rüttelt an dem wackeligen Knauf. Verschlossen. Verschlossen! Verschlossen!!

„Aufmachen!", will sie schreien. Aber ihr fehlt die Luft dazu. Anstatt des Sturmes entweicht ihr ein laues Lüftchen.

Jemand fällt ihr in den Arm.

Ein dunkler Typ, vielleicht aus der Türkei. Er ist ihr vorhin schon aufgefallen in seinem nicen Anzug, obwohl er am anderen Ende des Tisches platziert war. Einer von der Security? Geheimdienst?

„Moment, da ist besetzt", sagt der Türke ernst, aber nicht unfreundlich. Er hört sich total österreichisch an.

„Mir egal", faucht Laura und schüttelt ihn ab. „Ich muss dringend ... ich krieg keine ...", und da passiert es schon. Sie kotzt, durch die vorgehaltene Hand. Auf den nicen Anzug, auf den Teppich, überallhin. Wartet auf die darauffolgende Erleichterung, aber vergeblich. Ihr Magen krampft. Ihr Brustkorb ballt sich zu einer Faust. Der Schwindel übernimmt ihr Denkvermögen. Ihr Hirn gibt hektisch Befehle aus, aber ihre Arme und Beine verweigern, knicken einfach weg.

Sie schwankt und kippt vornüber in fremde Arme. Über ihr der Kristalllüster wie ein explodierender Satellit, dann spürt sie den roten Teppich an der Wange kratzen. Vor ihr schwarze Schnürschuhe und dann das Gesicht des türkischen Österreichers. Seine Augen groß, schwarz und weit offen vor Schreck. Seine Lippen bewegen sich, rasch und in Wellen, aber was sie sagen, hört Laura schon gar nicht mehr.

1

Zwischen Sinéads Reihenhaus in der Synge Street und der Residenz des österreichischen Botschafters im Stadtteil Ballsbridge lagen 45 Gehminuten. Und eine Menge Geld. Im nobelsten aller Dubliner Viertel rückten die eng aneinandergedrängten Backsteinhäuser der Innenstadt voneinander ab, zogen sich zurück von den Gehsteigen und hinter winterblühende Hecken, in geschotterte Vorplätze, gefüllt mit repräsentativen Autos in gedeckten Farben. Ihre Stockwerke waren höher, ihre Fenster größer, ihre Treppen breiter und gerader, die Türen wuchsen zu Portalen. Das Messing der Türklopfer glänzte unter dem goldenen Licht der Außenbeleuchtung, majestätische Gleichgültigkeit versprühend gegenüber dem, was sich vor ihnen auf der Straße abspielte.

Hinter vielen der Fenster strahlte warmes Licht. Hie und da Reinigungskräfte, sonst vor allem Menschenleere. Energie sparte man anderswo. Es war halb sieben Uhr abends, und das Verkehrschaos, das mich auf dem Weg in den Südosten der Stadt begleitet hatte, schien hier auf der Ailesbury Road nur noch ein Albtraum in weiter Ferne, die meisten der Parkplätze entlang der Straße waren frei. Alte Ahornbäume und Kastanien reihten sich aneinander wie ein Kordon kampferprobter Streifenpolizisten. Zwischen ihren Stämmen entwickelten meine Stiefelabsätze ein Echo, in Konkurrenz mit den Elstern, die sich in den schütteren Baumkronen um die besten Schlafplätze stritten.

Die Residenz der österreichischen Botschaft fiel erst beim Näherkommen aus diesem gleichförmig gediege-

nen Rahmen. Eines der schmiedeeisernen Einfahrts-
tore war geschlossen, das andere wurde von zwei Teen-
agerjungs in Uniform bewacht, aufgeplustert wie junge
Vögel in ihren voluminösen, schussfest unterfütterten
Winterjacken.

Ich erzählte ihnen von meinem geplanten Treffen
mit den Botschaftern Österreichs und Deutschlands. Sie
nickten bedauernd. Reichten mich weiter an einen kurzen, breiten Typen im Anzug, mit Dreitagebart, Siegel-
ring und Knopf im Ohr, der wie auf Kommando aus dem
Haus kam und mir über die Steintreppe entgegeneilte.
Er sprach in diesem starken Norddubliner Akzent, in
den mein Dad früher immer verfallen war, wenn er mit
unserer Großmutter telefonierte, und hielt sich nicht
mit Freundlichkeiten auf.

Eingehend studierte er meinen Dienstausweis, den
ich aus lauter Gewohnheit sogar in meine Auszeit mitge-
nommen hatte. Begleitete mich wortlos die steile Treppe nach oben, öffnete mir die Tür hinein in eine Welt
wie hinter Glas. Seidentapeten, in Öl gemalte Jagdge-
sellschaften und mutmaßliche Vorbesitzer dieser Vil-
la, knarzende Dielen unter großzügig gemusterten Tep-
pichen.

Der Pomp vergangener Tage, als Dublin noch eine Ko-
lonialstadt und eine unabhängige Republik Irland noch
ein Ding der Unmöglichkeit war. Alles, was im Haus meiner Dubliner Großeltern immer als Herrschafts-Chic
verabscheut worden war, auf einem plüschigen Haufen.
Es roch nach Holzpolitur, Teppichreiniger und Staub-
sauger-Abluft.

Mein wortkarger Begleiter nahm mir meinen Mantel
ab, hängte ihn an eine mobile Garderobe. Dort schaukelte er wie eine schlafende Fledermaus, während er
mich in den ersten Stock lotste, vorbei an einer Reihe

von Aristokraten in Öl, und zum Arbeitszimmer seiner Exzellenz, des Botschafters von Österreich.

2

Im wahren Leben hieß er Martin Ackermann. Der vielleicht älteste Mittvierziger der Welt. Ein grau melierter, seitengescheitelter, unauffällig bebrillter Perlenvorhang von einem Mann. Alles geschmeidig, weich, fließend. Und dann dieser Tonfall. Als rührte man in einem Kaffee mit zu viel Sahne. Oder sollte ich hier lieber sagen – Obers?

„Guten Abend, Frau Kriminalhauptkommissarin", sagte er, ohne sich zu verhaspeln. Er erhob sich von einem Mahagoni-Schreibtisch und beschenkte mich mit einem perfekt ausbalancierten Händedruck. Sein Atem erzählte von hochklassigem Abendessen und teurem Wein. „Ich hoffe, Sie hatten eine angenehme Anreise aus München?"

Ich machte einen allgemein zustimmenden Laut. Vielleicht hatte man ihm erzählt, dass dieser Fall in München höchste Priorität genoss und man mich extra dafür eingeflogen hatte. Fehlte noch, dass ich schon jetzt ins erste Fettnäpfchen stolperte.

Mein beklommenes „Exzellenz" wischte Martin Ackermann mit einem eleganten Handstreich zur Seite. „Das heben wir uns lieber für die offiziellen Anlässe auf, Frau Kriminalhauptkommissarin. Ich bin der Herr Botschafter, wenn Ihnen das recht ist."

Mir fiel auf, wie lange ich schon keinen Wiener Akzent mehr gehört hatte. Der gab einem immer dieses beruhigende Gefühl, so schlimm konnte alles gar nicht kommen.

„Natürlich, Herr Botschafter", sagte ich und fühlte mich ein bisschen wie in einem Film aus den 50ern.

Er deutete in Richtung einer Sitzgruppe im Biedermeier-Stil, wo schon die deutsche Botschafterin saß und ihr Handy studierte. Angelika von Hetzenau war mir bisher nur von einem kurzen Telefonat bekannt, ihr strenger Alt ein perfekter Vorbote ihrer selbst. Sichtbar über 60, elegant bis in die silbrigen Haarspitzen. Ein Blick in ihre Greifvogel-Augen machte mir sofort klar, wie sich diese Frau in einem so patriarchalen Gewerbe wie der Diplomatie hatte behaupten können. Sicher nicht mit Zurückhaltung. Sie füllte den Raum bis unter die Decke.

Sie musterte unverhohlen meine Stiefel, die dunkle Hose, den schwarzen Rollkragenpullover, schließlich mein Gesicht. Zum Glück war ich am Nachmittag noch in der Stadt gewesen, um mir was Botschaftstaugliches zu besorgen. Anstatt des geplanten seriös-ökonomischen Hosenanzugs war es natürlich die übliche Mischung aus Impuls und überzogenem Konto geworden. Aber in Merino kann ich einfach besser denken als in Kunstfaser.

Die Botschafterin schien ähnlich zu denken. Sie schürzte die Lippen, als ziehe sie an einer Zigarette.

„Danke, dass Sie so schnell kommen konnten", sagte sie zu mir, wandte sich dann an Ackermann. „Frau Logan vom LKA München hat sich kurzfristig bereiterklärt, bei diesem Treffen heute mit dabei zu sein. Nichts gegen dich, mein lieber Martin", sie sah ihren österreichischen Kollegen an, „aber ich fühle mich wohler mit jemandem an meiner Seite, der mit Vorfällen wie diesen vertraut ist."

„Aber natürlich." Ackermann war voller Verständnis. „Unser Herr Magister Feurstein sollte jeden Augenblick da sein." Er bemerkte meine gehobenen Augenbrauen. „Magister Feurstein ist unser Attaché des Innenministeriums und baut hier ein Verbindungsbüro auf." Er entsperrte sein Handy, schaute bekümmert aufs Display und legte es wieder zurück auf den Schreibtisch. Der Herr Magister verspätete sich offenbar.

„Und was genau ist Ihr Fachbereich im LKA, Frau Kriminalhauptkommissarin?"

„Dezernat K11. Vorsätzliche Tötungsdelikte."

Ackermanns interessierte Miene bekam eine Delle. Den größeren Teil einer Sekunde schien er unsicher, ob ich es ernst meinte.

Das lag sicher wieder an meinen Mundwinkeln. Die haben so einen ironischen Knick. Als müsste ich ein Grinsen über mein ahnungsloses Gegenüber unterdrücken. Ein Vorteil bei Vernehmungen, aber völlig ungeeignet für eine Karriere im diplomatischen Dienst. Neben mir sog die deutsche Botschafterin hörbar Luft ein.

„Das ist ja hochinteressant", kam ihr Ackermann zuvor, wickelte seine Nervosität in einsilbiges Lachen. „Aber solange die Obduktionsergebnisse den Verdacht von Herrn Magister Feurstein nicht erhärten, hoffe ich darauf, dass wir diesen Vorfall ohne Mordkommission klären können. Das alles ist tragisch genug, und mir sehr unangenehm, aber wir sind hier auch nicht in Moskau, nicht wahr?"

Welcher Verdacht? Davon war in Konstantins Briefing keine Rede gewesen. Sollte ich jetzt noch danach fragen? Das würde der Botschafterin nicht gefallen, war aber zum Glück auch nicht notwendig, denn da kam schon der Herr Magister zur Tür herein.

Zugegeben: Den hatte ich mir völlig anders vorgestellt. Kleiner. Nervöser. Österreichischer.

Stattdessen stammte er ziemlich sicher aus dem Nahen Osten. Silberne Fäden in einem dichten Bart, nirgendwo überschüssiges Fett, eine trotz seiner Größe fast militärisch aufrechte Haltung. Ein wenig wie diese Gegenspieler in patriotischen Geheimdienstserien, die kultiviert auftraten, während sie im Hintergrund die Strippen für den nächsten Anschlag zogen.

Kaum schämte ich mich meiner Vorurteile, drehte er schon die Begrüßungsrunde.

Sam Feurstein, guten Abend. Genau, ja, Sam mit „a".

Der Händedruck zupackend, die Wiener Intonierung lupenrein, das Lächeln ein herzlicher Klaps auf die Schulter. Es hellte die Schatten unter Sam Feursteins Augen auf, schliff ihm die vielen Kanten aus dem Gesicht. Als die Botschafterin mich und meine Rolle bei der Kripo vorstellte, wurde es für den Bruchteil einer Sekunde breiter, verschwand wieder. Ein Kommentar, den er sich verkniff.

„Entschuldigen Sie bitte die Verspätung", er legte sich die flache Hand auf die Brust. „Aber ich war noch am Telefon. Es gibt neue Entwicklungen."

Ackermann wusch sich symbolisch die Hände und sah seinen Verbindungsmann bittend an.

„Ich hoffe inständig, du bringst uns keine weiteren schlechten Nachrichten."

Feurstein neigte den Kopf, strich sich seine Kinnspitze, als wolle er sich seinen Bart zwirbeln. Die ersten Ergebnisse der Obduktion waren da. Die hörten sich nicht so an, als seien wir in Moskau. Eher in einem schlechten Film.

3

Kaliumcyanid sieht genauso aus wie normales Tafelsalz. Mit dem Unterschied, dass eine größere Prise davon ausreicht, um einen erwachsenen Menschen innerlich ersticken zu lassen. Das wissen wir seit Josef Goebbels und Agatha Christie. Zyanid-Kapseln. Blausäure im Champagner. Ein schneller Tod, wie gemacht für feige Despoten und Hollywood. Da griff sich jemand mit großen Augen an die Kehle, schnappte nach Luft, und schon war es vorbei.

Bei Laura Brunner war es schockierend anders gelaufen. Die Panik. Das Erbrochene. Die Krämpfe. Sam Feurstein wusste, wovon er sprach. Er war dabei gewesen. Kurz vor ihrem Zusammenbruch war er ihr vor der Toilette im Untergeschoss begegnet, berichtete er knapp und betont nüchtern. Zunächst hatte er gedacht, sie wolle sich vordrängen. Nachdem sie vor seinen Augen zusammenbrach, hatte er sofort Erste Hilfe geleistet und dem wie gelähmt starrenden Garderobenhelfer Beine gemacht, er solle die Rettung anrufen und die beiden Security-Leute alarmieren, die draußen den Eingang zur Residenz im Auge behielten. Und natürlich den Botschafter. Der war wie die meisten Gäste nebenan, im dem Garten zugewandten Teil des Empfangs-Salons. Die meisten Gäste waren Vertreter von Österreichs Wirtschaft in Irland oder andere Auslandsösterreicher. Ein neuer Außenhandelsdelegierter trat seinen siebenjährigen Dienst in Dublin an, der alte wurde zurück nach Wien verabschiedet. Auch die offiziellen deutschen Außenhandelsvertreter waren eingeladen, zum nachbarlichen Austausch. Die Veranstaltung endete offiziell um 20:30 Uhr, bis dahin waren es noch gute 20 Minuten gewesen. Ein Großteil des Service-Personals hatte sich bereits zurückgezogen, die letzten Gläser Wein für den Abend wurden ausgeschenkt, die große Küche der Residenz bereits gereinigt.

Das bittere Aroma von Lauras Atem war Sam Feurstein sofort aufgefallen, aber zunächst hatte er es auf das Erbrechen geschoben, dann seinen Sinnen nicht mehr so ganz getraut. Der eintreffende Sanitäter hatte auch nach seinem Hinweis nichts riechen können. Hatte auf eine besonders schwere Allergie getippt. Anaphylaktischer Schock.

Man hatte die nicht mehr ansprechbare Laura Brunner auf eine Bahre gepackt, ihren Mageninhalt vom Boden und Sam Feursteins Anzug gekratzt und fürs Labor mit ins Krankenhaus genommen. Das St. Vincent Hospital lag keine fünf Autominuten von der Botschafterresidenz entfernt, aber noch während man sich vorbereitet hatte, ihren Magen noch einmal auszupumpen, war Lauras Atem versiegt und ihr Herz stehen geblieben. Irreversibles Multiorganversagen. Eintritt des Todes war laut Bericht nur gute drei Stunden, nachdem der Empfang begonnen hatte. In ihrem Magen Reste von Rindsgulasch, Torte und Blausäure.

4

Nach Sam Feursteins Bericht herrschte Grabesstille.

Martin Ackermann hatte seine rosige Farbe eingebüßt, und Angelika von Hetzenau ihre Gesten von Welt. Stattdessen lag Schuldzuweisung in der Luft. Kratzte an Martin Ackermanns Lack. Er war nervös, und das zu Recht.

Mordfälle haben eine extrem kurze Lunte, bevor sie einem um die Ohren fliegen. Erst recht, wenn sie in Residenzen von Botschaftern passieren. Wo waren die Schwachstellen? Wo war die Security gewesen? Wo der Botschafter? Wehe dem schwächsten Glied in der Kette.

Noch dazu war Laura Brunner ein fotogenes Opfer. Ein optimistisches Gesicht, breites Lächeln, blondes Kraushaar. Das Klischee eines behüteten deutschen Mädchens, unberührt vom wahren Leben. Und jetzt: tot. Nur noch ein Krater, wo zuvor eine Familie gewesen war. Eine einflussreiche, offenbar intakte Familie obendrein.

Es würde Druck geben. Von den Außenministerien, den Brunners, den irischen Behörden. Von der Presse sowieso.

„Irgendeiner von der *Kronen Zeitung* hat heute schon nachgefragt, wie es der Patientin geht." Martin Ackermann rieb wieder die Hände aneinander, rückte sich die Brille gerade. „Wahrscheinlich kennt der irgendjemanden von den Gästen, sonst kann ich mir nicht erklären, woher die das schon wieder wissen. Aber so ist der Boulevard." Er sah in die Runde, als habe ihn gerade jemand der Beihilfe zum Mord bezichtigt. „Bisher habe ich keine Erfahrung mit vorsätzlichen Gewaltdelikten gemacht, und ich hatte diesbezüglich auch keinerlei Ambitionen."

„Aber dafür haben wir ja jetzt zum Glück Sie", sagte die Botschafterin und sah zu mir herüber. Ihre beste Schülerin, kurz vor dem Landeswettbewerb.

Versau es bloß nicht, Schätzchen.

„Vielen Dank für Ihr Vertrauen, ich werde tun, was ich kann." Mein erster Gehversuch in Diplomatie. Die Botschafterin von Hetzenau unterlag nämlich einem grundlegenden Irrtum. Es gab nichts zu versauen. „Viel wird davon abhängen, ob die irischen Kollegen ein Rechtshilfeansuchen stellen. Ohne haben wir zwar einen Rechtsanspruch auf Information, aber nicht die Befugnis für eine aktive Ermittlung. Die liegt rein in Irland."

Befugnis, pha. War der Botschafterin ziemlich egal, das war ihr anzusehen.

„Dieser Vorfall geht uns alle etwas an." Ein Satz wie ein Schnitt. „Der Erfolg der Ermittlungen hängt auch von der Kooperation aller Seiten ab. Ich nehme an, du siehst das ähnlich, Martin?"

„Selbstverständlich." Ackermann warf seinem Attaché einen unbehaglichen Blick zu. *Hilfe.*

„Am besten, wir besprechen das gleich selbst mit Detective Inspector Flanagan", sagte Feurstein durch die Zähne. „Er leitet die Ermittlungen von der irischen Seite aus und hat vorhin angerufen. Von ihm habe ich auch die Information aus der Gerichtsmedizin." Kurzes Räuspern. „Er ist schon auf dem Weg zu uns, und ein Team des Technical Bureau ist ebenfalls herbeordert, sagte er mir."

Die beiden Botschafter schauten fragend.

„Spurensicherung", sagte ich. Denen konnte man schon jetzt viel Glück wünschen, fast 24 Stunden nach dem eigentlichen Vorfall. So wie es hier roch, war sogar die Putzkolonne schon ein zweites Mal da gewesen. In diesem Haus hatte offenbar keiner mit einer vorsätzlichen Tat gerechnet – oder jemand hatte eifrig Spuren verwischt.

„Na, dann können wir das ja gleich direkt mit Detective Flanagan klären." Die Botschafterin klatschte mit den Handflächen auf ihre Oberschenkel, wie um ein leidiges Thema zu beenden. Nahm ihre Birkin-Tasche, Preis ab 6.000 Euro, auf den Schoß, begann zu kramen. „Zufällig kenne ich die zuständige Garda Assistant Commissioner für Kriminalität und öffentliche Sicherheit persönlich." Das Handy kam zum Vorschein. Sie hielt es weit von sich, verengte die Augen, scrollte und scrollte, während sie sprach. „Eine fähige Frau. Sie wird sicherstellen, dass die deutschen und österreichischen Vertreterinnen und Vertreter eine angemessene Rolle in den Ermittlungen bekommen."

Faszinierend, diese Frau Botschafterin. Und furchterregend.

„Im Gegensatz zur Kollegin aus München werde ich aber wenig zur kriminalistischen Auflösung beitragen können", warf der Kollege Feurstein ein und erntete einen verwunderten Blick seines Botschafters.

„Du warst doch bei der WEGA."

Wiens schnelle Eingreiftruppe, wenn ich mich nicht täuschte.

„Die ermitteln nicht."

„Ach so." Martin Ackermanns Mut sank hörbar. Er hatte sich von seinem Mann aus der WEGA offenbar mehr Gewicht in diesen unterschwelligen Verhandlungen erhofft. Der Kollege Feurstein sah aus, als wüsste er zu dem Thema noch einiges zu sagen. Blieb stumm.

„Sie haben Grips, Herr Feurstein, das reicht vollkommen." Die Botschafterin sprach ihr Urteil, ohne von ihrem Handy aufzusehen. Sie hatte inzwischen gefunden, was sie suchte, tippte entschlossen.

„Könnte ich mich vielleicht noch einmal am Ort des Geschehens umsehen?", fragte ich in die klamme Stille. „Dann kann ich mir einen Überblick verschaffen, wo genau was passiert ist."

Die beiden Österreicher tauschten noch einen Blick. Dann lächelte Ackermann. *Was soll's.*

„Selbstverständlich. Herr Magister Feurstein wird Sie gerne begleiten, Frau Kriminalhauptkommissarin."

5

Wir kamen nicht weit. Als mir der Kollege Feurstein die Tür hinaus in die Galerie öffnete, stand davor der wortkarge Typ von der Security. Gleich hinter ihm ein Mann, der schon von weitem nach Polizei roch. Dunkler Mantel, beschlagene Brille, Cordhose. Kripo, mindestens.

Und tatsächlich. Paul Flanagan war ein Detective Inspector wie aus dem Lehrbuch. Gezeichnet von Jahrzehnten im Morast niederer Beweggründe und seiner daraus resultierenden schlechten Meinung über die Menschen. Jedes einzelne Jahr seiner Erfahrung konnte man ihm ansehen. Musste man aber nicht. Er ließ es einen auch so wissen. Mit jeder Geste, jedem wohl gesetzten Wort und jedem Blick. Hier kam ein Mann, dem man nichts mehr zu erzählen brauchte. Alles erlebt. Alles gesehen.

Alles, außer einer deutschen Botschafterin offenbar, und einer Polizistin unter 40, die ihm im Dienstrang gleichgestellt war.

„Na, in Germany ist ja alles fest in weiblicher Hand." Er lächelte krokodilartig. Nachdem kreuz und quer alle Hände geschüttelt waren, musterte er mich wie einen exotischen Falter unter der Lupe.

„Logan, das klingt, als wären Sie von hier."

„Zur Hälfte. Mein Dad kam aus Dublin."

Das nötigte ihm Respekt ab. Ein bisschen.

„Aus dem Nordteil? Sie hören sich danach an."

Das nötigte mir wiederum Respekt ab. Aber nicht genug, um ihn zu zeigen.

„Ja, aus Raheny. Und Sie?"

Er nickte, als müsse er nicht mehr über mich wissen. Und schon gar nicht meine Frage beantworten.

Stattdessen holte er bedächtig ein Notizbuch aus seiner Manteltasche und blätterte zur nächsten leeren Seite, leckte sich dabei regelmäßig die Zeigefingerspitze. Ein kaum wahrnehmbares Nebengeräusch beschwerte seinen Atem. Seine letzte Rasur keine zwei Stunden her, das Aftershave irgendwas Ultramännliches. Nur die Architekten-Brille passte nicht in mein Bild von ihm.

DI Flanagan ließ sich noch einmal die Geschehnisse schildern, zuerst vom österreichischen Botschafter, danach vom Kollegen Feurstein. Machte sich Notizen, nicht ohne immer wieder einen Seitenblick auf mich zu werfen. Notizbücher vollkritzeln konnte ich nämlich auch. Das gefiel ihm nicht.

„Vielen Dank für Ihre hervorragenden Bemühungen, Mister Feurstein." *Feierstin.* Er klang freundlich, aber endgültig. Hier wurde gerade ein Claim abgesteckt. „Sie haben mir meine Arbeit schon jetzt leichter gemacht."

Paul Flanagan hüstelte sich in die lockere Faust, während er Feurstein seine kurze Aussage unterschreiben ließ. Steckte das Notizbuch weg, ergriff das Wort und ließ es mehrere Minuten lang nicht mehr los.

Die Botschaft lautete wie erwartet: Die Verantwortung für die Ermittlungen lag bei den Iren, sprich bei der Mordkommission im Garda-Hauptquartier, sprich bei DI Paul Flanagan. Alle verfügbaren Kapazitäten waren an dem Fall dran.

Meine Frage, was *die verfügbaren Kapazitäten* konkret hieß, vertagte er mit gehobenem Zeigefinger in die vage Zukunft.

Als polizeiliche Vertreter unserer Länder hätten wir „selbstverständlich" Anspruch auf regelmäßige Information zu den Ermittlungsfortschritten, genauso wie die nächsten Angehörigen des Opfers Laura Brunner. Und ebenso selbstverständlich seien die irischen Behörden daran interessiert, diesen äußerst beunruhigenden Vorfall schnellstmöglich aufzuklären. Aufgrund des sicherlich hohen Interesses aller Seiten an dem Fall würde er stark beschäftigt sein und diesen Job nicht persönlich übernehmen können. Aber eine der Detectives in seinem bereits zusammengestellten Team würde sich um uns kümmern.

„Kathy Murray hat viel Erfahrung in der Kommunikation heikler Fälle. Bei ihr sind Sie alle in den besten Händen."

Niemand sagte etwas. Martin Ackermann sah sorgenvoll aus, Angelika von Hetzenaus Mund nuckelte weiter an ihrer Luft-Zigarette. Sam Feursteins Augenbrauen berührten fast seinen Haaransatz. Irische Diplomatie hatte er sich wahrscheinlich anders vorgestellt.

Aber DI Flanagan hatte schlicht keine Lust, sich von irgendwelchen ausländischen Interessensgruppen bei seiner Ermittlung stören zu lassen. Dem wollte er so schnell wie möglich einen Riegel vorschieben.

„Meine Kollegen vom Technical Bureau habe ich Herrn Feierstin ja schon angekündigt, sie sollten in wenigen Minuten hier sein. Wir werden uns noch einmal das ganze Haus vornehmen. Retten, was noch zu retten ist." Ein schmales Lächeln in die Runde. „Ich darf Sie deshalb bitten, die Räumlichkeiten zu verlassen. Für Mister Ackermann und seine Familie haben wir bereits vorsorglich Hotelzimmer für die Nacht reserviert." Er nickte dem österreichischen Botschafter zu. „Tut mir leid, die Unannehmlichkeiten. Aber so können Sie sich über Nacht ein wenig erholen, während wir hier arbeiten."

„Ich hoffe, das geschieht diskret?" Der Botschafter klang für seine Verhältnisse ärgerlich. Vor seinem geistigen Auge wahrscheinlich ein Wald an Absperrbändern und Armeen im Schutzanzug, die durch seine ehrwürdige Residenz geisterten, während draußen ein Blitzlichtgewitter der Pressefotografen niederging.

„Natürlich, Herr Botschafter. Aber der Vorfall ist bereits einen Tag lang her und die Räumlichkeiten waren seitdem ungesichert." Ein Vorwurf an uns alle. Angelika von Hetzenaus Nasenflügel wurden rund, fielen wieder in sich zusammen. „Falls es noch Spuren gibt, wollen wir sie nicht übersehen." Flanagan hustete. Ein Gruß von ganz tief unten. Zum ersten Mal schaute die

Botschafterin empathisch. „Und machen Sie sich wegen der Kommunikation keine Sorgen. Unsere offizielle Botschaft an die Presse ist: Es gab einen Todesfall bei einer Veranstaltung in der Botschaft, er wird gründlich untersucht, um faules Spiel auszuschließen. Der Rest ist Nachrichtensperre."

„Es sei denn, jemand der Gäste oder Angestellten will sich interessant machen und plaudert. So wie ich es verstanden habe, waren gestern Abend an die 50 Leute im Haus. Die rechtzeitig einzufangen braucht viele Ressourcen. Falls wir Sie dabei irgendwie unterstützen können ..."

DI Flanagan betrachtete mich wie etwas, das in seinem Bier gelandet und dort ertrunken war.

„Vielen Dank für Ihr Angebot, Detective Logan, das werde ich sehr gerne in Betracht ziehen, sollten wir an unsere Grenzen stoßen." Dann wandte er sich demonstrativ von mir ab und an die restlichen Anwesenden.

„Hat jemand von Ihnen noch eine Frage?"

Feurstein behauptete, ihm sei alles klar, während zwischen den beiden Botschaftern ein kurzer Blick-Dialog ablief. Worauf auch immer, sie einigten sich rasch.

„Vielen Dank für die klare Kommunikation, Detective Flanagan." Ackermanns Liebenswürdigkeit war wieder vollkommen intakt. „Ich denke, für heute wissen wir Bescheid."

Angelika von Hetzenau pflichtete nickend bei und steckte ihr Handy zurück in die Tasche, in ihren Augen ein seltsam zufriedener Glanz. In ihrer Vorstellung nahm es wohl gerade kein gutes Ende mit DI Flanagan.

1

Die Besprechung löste sich auf. Botschafter Ackermann *empfahl sich*, Botschafterin von Hetzenau ent-
schwand in den Fond eines dunklen Mercedes AMG
mit Fahrer. Ein offizieller Termin in der französischen
Botschaft. Sie sei schon viel zu spät. Aber sie würde
sich baldestmöglich mit den neuesten Entwicklungen bei mir melden. Übrig blieben der Kollege Feurstein und ich. Er bot mir an, mich nach Hause zu fahren, und ich nahm an. Inzwischen nieselte es aus dem
eisigen Nebel.

Noch auf dem Weg zu seinem Auto schlüpfte der
Herr Magister aus seinem offiziellen Kostüm. Wurde
vor meinen Augen größer, kantiger. Er überragte mich
deutlich und wirkte muskulös.

Seinen BMW-Kombi mit Wiener Kennzeichen entsperrte er von Weitem. Und, na klar – ein Rennrad im
Fond. Wahrscheinlich in der Iron-Man-Phase, so wie
viele Männer im mittleren Alter. Kannte ich von Stefan, meinem Mann. Früher überzeugter Couch-Pota-
to, besaß er plötzlich ein Fitbit-Armband und zählte
Schritte. Lag aber vielleicht auch an unserer Trennung.

Kaum saßen wir im Auto, schlug der österreichische
Kollege vor, sich zu duzen. Bekräftigte einmal mehr das
Sam mit „a".

Ich habe etwas zu erzählen, frag mich.

Also fragte ich.

„Israelischer Hintergrund?"

„Iranischer."

„Oh. Sorry."

„Das war schon ziemlich gut. Die meisten tippen auf terroristisch."

Ein Lachen schoss mir aus der Nase.

„Das nenne ich einen Eisbrecher. Perfekt fürs diplomatische Umfeld."

„Du bist doch keine Diplomatin, oder?"

„Nein. Im Sinne des Weltfriedens."

Ich konnte ihn grinsen hören.

„Manchen Leuten merkt man halt an, dass sie sich fragen, woher ich komme, wenn sie mich kennenlernen", sagte er.

Mir offenbar auch. Was war los, saß mein Pokerface nicht mehr richtig?

„Dann konzentrieren sie sich auf die falschen Dinge, und das steht einer guten Arbeitsbeziehung im Weg. Also beantworte ich sie immer gleich." Quer über seine Stirn zog sich eine S-Kurve des Zweifels. „Aber wenn es nach DI Flanagan geht, wird es eh keine Arbeitsbeziehung zwischen uns geben."

„Abwarten. Unsere Botschafterin frisst DI Flanagan noch heute Abend mit Haut und Haaren, das garantiere ich Ihnen."

Mist. Jetzt hatte ich das *Du* vergessen. Irgendwie ging mir das zu schnell.

Sam Feurstein lachte trotzdem. So laut, dass eine vorbeispazierende Frau mit Hund einen prüfenden Blick zu uns ins Auto warf. Er gab ihr per Handzeichen Entwarnung, entlockte ihr sogar ein Lächeln. Klickte sein Handy in die Halterung am Armaturenbrett und wandte sich mir voll künstlichem Ernst zu.

„Also, wohin kann ich Sie bringen?"

Das GPS führte uns zurück in die Niederungen des Stadtzentrums. Zehn Minuten bis zum Haus meiner Cousine Sinéad. Zehn Ewigkeiten, wenn man von langweiligen Menschen umgeben war. Oder noch schlimmer – von schrecklicher Musik. Traditionelle irische Pubmusik, noch dazu in der deutschen Kitsch-Version, wie der Kollege Feurstein sie offenbar schätzte.

Zum Glück hatte er eine laute Stimme und war auch ein sympathischer Erzähler. Nur einmal kurz anstupsen, schon gings los. Zum Beispiel mit einer Frage nach seiner Zeit in der WEGA.

Eine Sondereinheit der Polizei, bestätigte er meine Vermutung. Eine Art GSG9 der Stadt Wien. Sie seilten sich ab, traten Türen ein und tauchten überhaupt immer dann auf, wenn es richtig brenzlig wurde. Das erklärte berufliche Ziel seit Teenagertagen, nachdem er in der Schule gemobbt worden war.

„Am Anfang war ich der Tschusch, dann der Saddam, dann Osama, je nachdem, was halt gerade in den Nachrichten war. Man kennt das ja."

Nicht wirklich. Vor mir hatten die meisten zu viel Angst gehabt, um mich zu mobben. Die Zunge zu spitz. Die Familie zu verrückt. Außerdem half es natürlich, keine zu dunkle Haut zu haben.

„Von der WEGA in den diplomatischen Dienst. Auch eine interessante Karriere."

Er hob die Schultern. „Ich war nur ein Jahr an der Front. Dann habe ich mich schwer am Bein verletzt und war dadurch relativ lange nur eingeschränkt mobil. Und bei der WEGA können sie beschädigte Ware nicht brauchen."

Eine Wunde, über Jahre so gründlich geleckt, man konnte seine Enttäuschung kaum heraushören. Er ließ mir eine Sekunde, um mich dazu zu äußern. Aber was konnte man sagen? Das Leben war eben so. Bunt. Beschissen.

„Also hab ich Jus studiert, also Recht auf gut Deutsch, und bin dann ins Innenministerium und hab da einige Jahre gearbeitet. Mal ins Ausland gehen wollte ich schon länger, also habe ich so eine Zusatzausbildung zum Sicherheitsattaché gemacht. Und dass die Chance jetzt kam, war perfekt."

Wieder ließ er eine Pause. Sah aus, als würde er noch etwas dazu sagen wollen. Sagte es nicht.

„Ich hab gehört, Sie bauen das Verbindungsbüro für Österreich auf." Mist, schon wieder so förmlich. Aber der Kollege übersah es großzügig.

„Offiziell erst ab Februar." Er grinste, als hätte ich ihn eines harmlosen Streiches überführt. Die Lichter der Stadt gewannen jetzt an Kraft, tauchten sein Gesicht immer wieder in wechselnde Farben. „Eigentlich bin ich noch bis Ende des Monats auf Urlaub. Aber Martin, also der Herr Botschafter, hat mich inoffiziell eingeladen, damit ich schon ein paar Leute von der Außenhandelsstelle kennenlernen kann. Persönliche Verbindungen sind alles in meinem Beruf, und ich habe keinen Vorgänger. Bisher gab es noch kein österreichisches Verbindungsbüro hier in Dublin."

„Und warum will man jetzt ein Verbindungsbüro? Brexit?"

„Unter anderem."

„Unter anderem. Aha."

Sein Grinsen wurde breiter. Alle seine Zähne in Reih und Glied. Da wurde ich immer ein bisschen neidisch. Meine Eltern hatten für so einen Luxus zu viele Kinder bekommen.

„Mit Ihnen fühlt man sich ein bisschen, als würde man in einem Verhörraum sitzen, Frau Logan."

„Liegt wahrscheinlich an meinem Beruf." Ich lächelte entschuldigend. „Aber im Ernst jetzt. Da bist du noch im Urlaub und dann gleich im Worst-Case-Szenario gelandet. Tut mir leid."

Sein Handy in der Halterung erwachte zum Leben. Eine braun gebrannte Frau in Wanderausrüstung, ihre Arme um ein Mädchen mit Pferdeschwanz und lückenhaftem Grinsen gelegt.

Manu ruft an.

Vater, Mutter, Kind. Der Gedanke stach zu wie ein Skorpion.

Sam Feurstein drückte *Manu* weg. Sah geradeaus, während die Straßenbeleuchtung milchige Schleier über sein Gesicht zog.

„Worst-Case-Szenario, das kannst du laut sagen. Ich muss zugeben, die Sache mit Laura Brunner liegt mir noch ziemlich im Magen." Ein bewusst tiefer Atemzug. „So eine junge Frau. Dass ich ihr nicht mehr helfen konnte ..." Er unterdrückte einen weiteren Seufzer. Schaltete, blinkte, bog in die nächste Straße. „Sowas sollte nicht passieren dürfen."

Das klang so naiv. So aufrichtig. Dass es ausgerechnet von einem kam, der irgendwann mal bei den harten Jungs gedient hatte, machte es nur schlimmer. Ließ mich distanziert erscheinen.

„Tut mir leid", wiederholte ich.

Schweigen. Schalten, blinken. Plötzlich wusste ich auch wieder, wo wir waren. Schon fast zuhause bei Sinéad.

„Wie schaffst du das eigentlich?" Er nahm die Hand vom Lenkrad, machte eine hilflose Geste, ließ sie wieder fallen. „Ich meine, du bist doch immer von diesen scheußlichen Sachen umgeben. Wie bleibt man da normal?"

Gar nicht. Man bleibt nicht normal. Wenn man ständig im Orbit des Schwerverbrechens kreist, vergisst man nur die Schwerkraft des einzelnen Verbrechens. Oder tut so. Versucht sie aufzuheben mit der Konzentration auf die Fakten, der Trennung von Sache und Emotion, Ermittlung und Opfer. So funktionierte das auch eine Zeit lang. Bis einem jemand wie Sam Feurstein begegnete. Der früh genug aus dem Teufelskreis ausgestiegen war, ob freiwillig oder nicht. Der einem vor Augen führte – der Schutzpanzer war eine Illusion. Luft, wie des Kaisers neue Kleider. Aber wozu meinen Kollegen mit so einer Botschaft in den Abend entlassen?

„Rotwein und Heavy Metal kann ich empfehlen", sagte ich. „Am besten gleichzeitig."

„Ist das ein Scherz?"

„Seh ich so aus?"

„Ehrlich gesagt, ja." Er klang jetzt ungeduldig.

„Ist aber mein voller Ernst."

„Na dann." Er nickte bloß. Fühlte sich wahrscheinlich verarscht. Mein altes Problem, vor allem bei den Männern. Aber ich hatte keine Lust, ständig meinen Gesichtsausdruck zu erklären. Und Sam Feurstein wirkte nicht wie einer, der das lange persönlich nahm. Und immerhin: Er stellte jetzt die Musik leiser.

Zeit für einen Blick aufs Handy. Ich hatte einiges verpasst in der letzten halben Stunde. Einen Anruf ohne Nachricht von Stefan. Zwei Instantnachrichten von Sinéad.

Eins: *Liebes, wann kommst du? Dinner ist fertig.*

Mist, hatte ich vergessen.

Zwei: *Du hast Besuch. Er heißt Ben und isst gerade dein Chili. Soll er auf dich warten?*

3

Nichts gegen den Kollegen Feurstein. Der Mann hatte Humor und war mir sympathisch. Aber. Beruf und Privates treffen in meinem Leben nur noch selten aufeinander. Dafür gibt es viele gute Gründe. Einer davon ist Detective Sergeant Ben Ferguson.

Vor zwei Jahren hatten wir für den Skiller-Fall zusammengearbeitet, für den man mich nach Dublin geschickt hatte. DI Ferguson war mein Partner vor Ort gewesen.

Er hatte mich an einen jungen Terrier erinnert. Frisch befördert, intelligent und voller Energie, in der tief drin ein dunkler Kern nistete. Eine Schuld für etwas, wofür er nichts konnte. Man wollte ihn deswegen wärmen und nachts mit ins Bett nehmen. Hätte ich auch fast getan. Damals war mir im letzten Augenblick mein eheliches Pflichtbewusstsein in die Quere gekommen. Und heute?

„Hey Liebes, doch noch rechtzeitig." Sinéad kam in den Flur, als ich am Kleiderständer noch einen Platz für meinen Mantel suchte.

„Sorry. Ein Kollege hat mich gefahren."

„Ben wollte fast schon wieder gehen, aber ich konnte ihn noch zu einer Tasse Tee überreden."

Wunderte mich nicht. Meine Lieblings-Cousine war eine Naturgewalt von knapp über 150 Zentimetern. Außerdem war Ben Ferguson ihr Typ. So wie die meisten Männer.

„Solche Ex-Kollegen darfst du ruhig öfter nach Hause bringen." Sie fächelte sich demonstrativ Luft zu.

„Der ist kein Date, Sinners."

Sie lachte. Zu laut, wie immer.

„Sollte er aber sein."

Es hatte keinen Zweck. Sinéad kannte mich von früher. Zu viele irische Sommer, die wir gemeinsam verbracht hatten. Wenn ich mir Ärger eingehandelt hatte, dann meistens ihretwegen. Sie kannte mich schon vor dem Tod meines Vaters. Wer ich während der über 25 Jahre danach geworden war, hatte sie noch nicht so richtig begriffen.

„Er ist hinten im Garten für eine Ziggi. Redet ihr ruhig, ich weiß schon, was ich wissen muss. Den Tee bring ich dann raus. Und dein Chili. Extrascharf."

Sie lachte meinen Mittelfinger aus. Zu laut, wie immer.

Garten war etwas übertrieben. Wie so viele der viktorianischen Dubliner Reihenhäuser hatte Sinéads Backsteinbau einen von Mauern umgebenen Außenbereich in bescheidener Größe. Sie hatte das Beste draus gemacht, mit Kunstrasen, einer Menge Topfpflanzen und ein paar Lichterketten, die in psychedelischen Farben blinkten.

Und da stand er. Ganz in Dunkel, Wollmütze, unter deren Rand sich Haare hervorringelten, ein Heiligenschein aus Rauch und gefrorenem Atem.

Über zwei Jahre lang hatten wir uns nicht mehr gesehen. Träume zählen ja nicht. In denen hatte er auch nicht so erschöpft ausgesehen. Nicht so auffallend gealtert. Andererseits: Dasselbe konnte man auch über mich sagen. Die vergangenen Jahre hatten Spuren hinterlassen, überall. Und er war immer noch jünger als ich.

Beruhigend aber: Bens Halblächeln war dasselbe geblieben. Noch immer minimalistisch. Noch immer effektiv.

„Schön, dich zu sehen", sagte er und drückte seine halb gerauchte Zigarette in einen bereitgestellten Topfuntersetzer.

„Ja, schön. Du hast dich nur in der Zeit vertan." Ich hob meine Hand mit dem Handy darin zum Gruß. „Mit zehn Uhr hab ich vormittags gemeint."

„Wie man sie kennt und liebt." Er zog eine Grimasse. Entschuldigungen waren nicht so sein Ding. Meines auch nicht, wir waren also quitt.

Er zog mich in eine dieser linkischen Umarmungen der irischen Männer. Ich inhalierte ihn ein bisschen. Chili, ein anstrengender Arbeitstag und ungesunde Laster. Gerne mehr davon.

„Immer wenn ich dich treffe, will ich sofort eine rauchen."

„Hab ich also doch einen guten Einfluss auf dich." Ehrlich erfreut, hielt er mir ein Etui aus Silber hin. An das erinnerte ich mich noch. Ich schüttelte den Kopf.

„Das hat beim letzten Mal nicht gut geendet."

„Also, ich fands schön." Er zuckte die Achseln, legte das Etui auf den Tisch. Studierte mich, Fingerspitzen auf den Lippen, als wolle er sich etwas merken. „Nette Cousine übrigens. Und nettes Haus. Ziemlich beeindruckend, noch dazu in der Gegend." Er sah sich demonstrativ um.

„Die Hypothek ist ein Witz", sagte ich, und Ben nickte nur, als stünde ich mit einem Sesselbein auf seinem Fuß. „Die ist froh, dass ich ein paar Hunderter beisteuere." Der Dubliner Immobilienmarkt war seit jeher der Wilde Westen. Im Stadtzentrum zu leben konnte sich nur leisten, wer für die Multinationals arbeitete. Alle anderen kämpften.

Vor allem Sinéad. Wie so viele ihrer Generation hatte sie sich am Höhepunkt des Immobilienbooms Mitte der 2000er gemeinsam mit ihrem Mann für dieses Haus extrem verschuldet. Seit Sinéads Mann aus- und endlich auch offiziell zurück zu seiner Mutter gezogen

war, sackte er zwar noch immer sein beachtliches Pro-
grammierer-Gehalt ein, hatte aber aufgehört, seinen Beitrag zur gemeinsamen Hypothek zu bezahlen. Sinéad
könne ja verkaufen, wenn es ihr zu viel würde, hatte er
ihr knapp ausrichten lassen. Auch wenn der Wert des
Hauses inzwischen wieder gestiegen war – der Erlös
würde laut Sinéad höchstens für eine Einzimmerwohnung im Nirgendwo reichen. Also kämpfte sie alleine
weiter. Vermietete über Airbnb. Die Touristen liebten
das viktorianische Ambiente der Synge Street, die Nähe
zur hippen Camden-Gegend und Sinéads flatulenten
Corgi, Fritz. Als ich ihr telefonisch von meiner geplanten Auszeit in Dublin berichtet und ihr Geld gegen Unterschlupf geboten hatte, hatte sie ihren Buchungska-
lender trotzdem sofort für mich leergeräumt. Alles für
die Familie, ein altes Logan'sches Prinzip. Außer meinem Ankunftsdatum stellte sie keine weiteren Fragen.

Ben auch nicht. Er wusste, warum ich hier war und
was ich in Dublin suchte. Wusste, dass an allem mein
Vater schuld war. Der und sein angeblicher Selbstmord.

4

Arthur Logan war nach drei Töchtern der erste Sohn
einer typischen, sprich 13-köpfigen irischen Familie im
Nordteil der Stadt. Er hatte dieselbe Schule wie Bono
besucht, erzählte er jedem und gerne auch mehrmals.
Damit endeten die Parallelen aber schon. Während Bono
sich anschickte, Dublins Konzertkeller zu erobern, wanderte mein Vater aus. Weil Irland und sein ersticken-
der Katholizismus ihn deprimierten, sagte er immer. Irgendwann stellte sich heraus, dass nicht nur Irland ihn
deprimierte. Es war seine Krankheit. Aber die wurde

ihm erst viel später diagnostiziert. Bis Mitte der 80er ging er als *schillernde Persönlichkeit* durch.

So schwemmte ihn die erste Welle der Irish Pubs in Deutschland nach München, wo er im Herbst 1977 eine stürmische Affäre mit einem resoluten Kindermädchen anfing, die ihren Schock über die Annäherungsversuche ihres Arbeitgebers im *Paddy Maguire* ertränkte. Ruth, das Kindermädchen, war zu jener Zeit nicht seine einzige stürmische Affäre – aber die erste, die schwanger wurde.

Und sie stellte sich zu seinem Schrecken als ähnlich konservativ wie ihre Eltern heraus. Ein gutes Jahr nach Beginn der Beziehung kam ich zur Welt. Ehelich, denn wo kämen wir denn sonst hin? Die Familie zog zurück in Ruths Heimatort Freilassing, einen infrastrukturellen Außenposten an der österreichischen Grenze, und in den ersten Stock des Hauses von Ruths Eltern. Arthur bekam eine anständige Erwerbstätigkeit im familiären Speditionsunternehmen seines Schwiegervaters zugewiesen, und ich bekam innerhalb von neun Jahren noch drei Brüder: Robbie, Mikey und Kev. Danach hatten meine Eltern endgültig genug voneinander, meinem Dad wurde zuerst eine Psychose, dann eine Depression diagnostiziert, und letzten Endes eine leichte Form von dem, was man damals noch als manische Depression bezeichnen durfte. Alle waren irgendwie erleichtert, nur nicht mein Dad. Der fühlte sich verfolgt, und das Unglück nahm weiter Fahrt auf.

Es endete im Sommer 1993 in Nord-Dublin und nur ein paar Kilometer entfernt vom Haus unserer Großmutter: An einer bei Selbstmördern beliebten Klippe der Halbinsel Howth stieß man nach kurzer, panischer Suche auf die abgelegte Kleidung und einen Abschiedsbrief meines Vaters. Seine Leiche fand man nie. Dafür einen Berg an Schulden, den er ohne das Wissen meiner Mutter angehäuft hatte. Gläubiger in Deutschland, Österreich, Irland.

Kein Wunder, dass er da Selbstmord begangen hatte. So lautete die Version der Polizei, meiner Mutter, der ganzen Familie. So stand es auf dem Totenschein. Höchste Wahrscheinlichkeit erhärtete sich über Jahre zur Gewissheit. Auch für mich.

Fast 23 Jahre hatte ich gebraucht, um mich Dublin wieder anzunähern, und das auch nur beruflich für einen Fall. Und prompt streckte die Geschichte meines Vaters wieder ihre Tentakel nach mir aus. Meine Tante, die mir eröffnete, sie habe ihn Jahre nach seinem Tod in Dublin gesehen. Mein Bruder Robbie, der behauptete, das sei kein Selbstmord gewesen, sondern eine riesengroße Verschwörung. Von wem? Tja, das sollte nun die große Schwester herausfinden. Schließlich war die bei den Bullen und er nur ein Lebenskünstler.

In einem Anfall von rotweinbedingter Vertrauensseligkeit hatte ich Ben von der Sache erzählt. Und das hatten wir jetzt davon.

5

Wir redeten eine Stunde, vor allem über unsere Arbeit, bis er auf den Punkt kam. „War mir klar, dass du die Sache mit deinem Vater nicht gut sein lässt." Wir saßen auf den Bistrosesseln aus Gusseisen gleich an der Mauer zu den Nachbarn, umgeben von Sinéads Lichterketten.

„Das war bei mir nicht anders. Ich wollte ja auch alles wissen. Bis zum bitteren Ende."

Bens Vater hatte eine ziemlich verstörende Vergangenheit in der IRA. In einem Anfall von rotweinbedingter Vertrauensseligkeit hatte er mir davon erzählt. Mir abgeraten, denselben Fehler zu machen wie er und zu viele Fragen zu stellen. *Ignorance is bliss.* Sagt sich so leicht, wenn bei einem selbst alles geklärt ist.

„Wegen meines Vaters bin ich aber nicht in Dublin."

Ach nein?, sagte seine gehobene Augenbraue.

„Gibt es noch mehr Gründe?"

„Zahllose."

„Gut. Vielleicht kann ich dir bei einem davon weiterhelfen. Aber was deinen Vater angeht ..." Er hob die Schultern, griff wieder nach seinem Etui aus Silber.

Ich nickte, blies sinnlose Ringe in die Reste meines Tees. Ja, ja, ja, Ben hatte mir das alles schon mal erklärt. Die Akte meines Vaters war nicht nur geschlossen, sie war gesperrt. Zugriff nur für Autorisierte, und Ben war kein Autorisierter. Gezeichnet von einem Mitarbeiter des Special Branch. Die kümmerten sich um alles, was mit Irlands innerer Sicherheit zu tun hatte und geheim war. Unmöglich, sich meinen Vater und seine wankelmütigen Launen auch nur im Dunstkreis dieser Leute vorzustellen.

„Ich will dir keinen Ärger damit machen, Ben, aber ..."

Ein Schwall Rauch schoss ihm aus Mund und Nase.

„Hatte ich doch schon. Einen Tag nach meiner Anfrage in PULSE hat sich schon einer von den SDUs bei mir gemeldet und sich erkundigt, ob ich etwas Bestimmtes suche und ob er mir helfen kann." Er machte seine großen Augen schmal. Seine Version eines drohenden Gesichts.

„SDU?"

„Special Detective Unit. Haben sich schon länger umbenannt. Special Branch erinnert die Leute zu sehr an die alten Zeiten." Sein Gesicht verzog sich in Verachtung. „Aber außer dem Namen hat sich wenig verändert. Dieselben alten *Fecker*."

Er sah mich nicht an. Beobachtete mich stattdessen beim Öffnen der Flasche Rotwein, die uns Sinéad mit zwei Gläsern auf den Tisch gestellt hatte. Nichts Besonderes, aber wir waren beide nicht anspruchsvoll.

„Und wie kamst du raus aus der Sache?"

„Hab die Idiotenkarte gespielt", sagte er wie unter Schmerzen. „Mit der Aktenkennzahl vertan, zu spät gemerkt, so was. Hat er mir natürlich nicht abgenommen. Aber zumindest hat er so getan."

Möglich, dass es so gewesen war. Möglich aber auch, dass Ben Ferguson genau wusste, was in der Akte stand, und für mich entschieden hatte, dass die Vergangenheit ruhen sollte. Plötzlich traute ich ihm das zu.

„Auf der Shitliste der Specials war ich sowieso von Anfang an, wegen meinem Dad. Aber oft darf ich mir sowas nicht leisten."

Auf gut Irisch: Lass es gut sein mit deinen Fragen, Patsy.

Er sah sein Weinglas an, während er den Zigarettenstummel in die Asche drückte. Dann mich. Lächelte sein halbes Lächeln.

„Ziemlich voll."

„Wie es sein soll."

Das Lächeln breitete sich aus. Eine rare Schönheit. Auf seiner blassen Haut tanzten die Farben der Lichterketten. Ein paar Sekunden lang knisterte alles so schön in Sinéads Garten. Bis ich mich Ben entgegenlehnte und sein Lächeln zur Entschuldigung wurde. Er sich nervös räusperte. Hier wurde gleich ein Pflaster abgerissen.

„Trink den Wein lieber mit Sinéad. Ich sollte eigentlich schon längst zuhause sein."

„Sagt wer?"

„Jemand, der mit dem Essen wartet."

Aha. So war das also.

„Weiß diejenige, dass du hier bist?"

„Natürlich."

Blödsinn, das wussten wir beide.

„Wie schön." Zumindest jetzt ließ mich mein Poker-face nicht im Stich. „Deshalb schaust du so glücklich aus."

Blödsinn, das wussten wir beide. Niemand von den Leuten bei der Drogenfahndung und den Ermittlern gegen organisierte Kriminalität schaute je glücklich aus. Berufskrankheit. Sie verbrennen im Feuer des Krieges, den mal die eine Gang anzettelt, mal die andere. In dem es nichts zu gewinnen gibt. Sogar bei den Morden ist es besser. Da hat man zumindest manchmal das Gefühl, etwas auszurichten.

„Mal sehen." Er klang ehrlich. Ben stand auf, fertig zum Aufbruch. „Ich will der Sache mal eine Chance geben."

Der Sache eine Chance geben, das war die Überschrift meiner Ehe. Seit Jahren und noch immer. Dass Ben sich nun aus der Affäre zog, machte mir das Leben zumindest in der Hinsicht leichter. Ein besseres Gewissen war immerhin etwas.

Gusseisenfüße kreischten über Beton. Sinéads Gesicht erschien im Küchenfenster, das hinaus in den Garten sah. Ihre zu Kunstwerken gemalten Augenbrauen ganz hoch oben.

Er geht schon?

Jetzt oder nie.

„Ben. Wegen der Akte? Gib mir zumindest einen Namen."

„Den weiß ich nicht mehr." Das kam so schnell, es konnte nicht stimmen. Ben zog seine Mütze zurecht. Schaute mich an, als würde er gerade bereuen, mich kennengelernt, geküsst und heute noch einmal getroffen zu haben. Als hätte er es wirklich besser wissen müssen. „Außerdem killen mich die Specials, wenn ich auch nur einen Finger rühre. Wenn du hier neugierige Fragen stellst, finden die das raus, und wir bekommen beide Ärger. Den willst du nicht."

„Dann eben einen anderen Namen. Die Garda Station Howth war doch auch involviert damals. Irgendein stinknormaler Guard, der was weiß. Den Rest mach ich selbst."

Sein Gesicht wurde zu einer Minimalversion seiner selbst. Striche und Schlitze, sonst nichts.

Meinetwegen. Bettelte ich eben.

„Ben. Ich bin meinem Bruder viel schuldig. Er braucht seinen Frieden mit der Sache. Und ich will nur einen Namen. Einen Ansatzpunkt. Mehr nicht, okay?"

Ehrlich gesagt war zu bezweifeln, ob Robbie jemals Frieden finden würde. Ende 30, und er hielt es nie länger als ein paar Wochen an einem Ort aus. Und kein Ort mit ihm.

„Warum kümmerst du dich um den Seelenfrieden deines Bruders und nicht er selbst, Patsy?"

Seine Worte entzündeten eine Stichflamme in mir, flambierten meinen durchfrorenen Körper von innen.

„Keine Ahnung, Ben. Warum leistest du noch immer Abbitte für deinen Vater?"

Mist. Das hatte ich eigentlich nur denken wollen. Aber sobald ich Ben sah oder auch nur hörte, galten plötzlich keine meiner eigenen Regeln mehr. Alles riss sich von der Kette.

Bens schmale Augen wurden wieder groß, die Lippen öffneten sich. Kein Zungenpiercing mehr. Und keine Worte. Er war zu sehr mit Luftholen beschäftigt.

Damit, nicht mit seiner eigenen Wahrheit zurückzuschlagen. Mir zu sagen, wohin ich mir meine Eifersucht stecken konnte und seine mir versprochene Hilfe.

Aber er hatte sich noch zu sehr im Griff. Nur sein Lächeln war jetzt hässlich geworden. So richtig fies. Warum gefiel es mir noch immer?

„Wie schade, Patsy ..." Seine Stimme vibrierte ein bisschen und er schüttelte den Kopf, ließ die Gemeinheit, wo sie war.

Im Badezimmer über uns ging das Licht an. Leuchtete uns besser aus. Bens Wangen, die jetzt ungewöhnlich viel Farbe hatten. Meine Augen, die von der Kälte tränten.

„Ich lass dich jetzt besser gehen", sagte er und ging. Die drei Steinstufen vom Garten hinauf zur Hintertür nahm er mit einem Satz und verschwand ins Haus.

Drinnen rief er Sinéad seinen herzlichen Dank in die Küche zu. Ich hörte die Eingangstür zufallen, nicht einmal besonders laut. Ein Abend wie mein Leben. Vielversprechend begonnen, dann aber die falsche Abzweigung genommen.

Ich setzte mich noch einmal, leerte Bens Weinglas. Dann meines. Ah, jetzt sah die Welt schon anders aus.

Ich blinzelte Sinéads Lichterketten zu. Betrachtete mein Handy, das auf dem Tisch Alarm blinkte, und daneben Bens silbernes Zigarettenetui, das er in seiner Wut auf mich vergessen hatte.

Beim dritten Glas schien es mir durchaus möglich, dass er es absichtlich dagelassen hatte. Als Anker, oder als Friedensangebot.

Beim vierten las ich meine Nachrichten.

Erstens, Stefan ging jetzt schlafen und wünschte eine gute Nacht. Wir würden morgen reden. Dank des Weins klang das weniger bedrohlich, als es vielleicht sollte.

Zweitens, das Sekretariat der deutschen Botschafterin bat mich um einen Anruf morgen. Ehestmöglich.

Drittens, ein verpasster Anruf einer unbekannten irischen Mobiltelefon-Nummer.

Viertens, Sam Feurstein.

Gerade habe ihm DI Flanagan eine Nachricht ge-schickt. Besprechung zum Fall Laura Brunner. Morgen um zehn vormittags im Hauptquartier Harcourt Street. Wir beide waren natürlich herzlichst eingeladen, uns in die Ermittlungen einzubringen. *Zwinkersmiley* Ich habe wohl Recht gehabt mit meiner Einschätzung der deutschen Botschafterin. Bis morgen.

Dann wieder ein *Zwinkersmiley*. Weil, bei den Deutschen und ihrem Mangel an Ironie wusste man ja nie so genau.

Fünf Minuten hatte sie noch bis zum Termin. Waren die Vertragsunterlagen vollständig? War die Mascara, wo sie hingehörte? Hatte sie wirklich alles? Natürlich hatte sie alles. Wie immer. So war sie einfach. Gewissenhaft bis zum Geht-nicht-mehr.

Oder eher zwangsgestört. Das hatte ihr Ciarán unlängst im Ton eines Wissenschaftlers im Fernsehen mitgeteilt. Wenn er mal sprach, kritisierte er. Wenn er mal lachte, dann über sie. Sie ließ es ihm durchgehen. Sie wusste, er war zornig auf alles. Seine Haut, die ihm den Krieg erklärt hatte. Seinen fast comicartig kleinen Kopf auf den überlangen Gliedmaßen mit den riesigen Füßen. Auf seinen Vater, der jetzt noch einmal Vater von Zwillingen wurde, drüben in London, gemeinsam mit Jane, Ciaráns ehemaligem Kindermädchen. Seine Verunsicherung und Wut brauchten ein halbwegs ungefährliches Ziel. Vor allem die Mutter.

Dr. O'Mhir hatte sie auf das richtige Verhalten eingeschworen. Ciarán brauche gerade jetzt ihre Liebe wie nie. Ihr Verständnis, das ihn auffing. Ja, ja, ja, und wer verstand *sie*? Ihre Hormone? Die ließen sie mehrmals am Tag innerlich in Flammen aufgehen, wer war da, um *sie* aufzufangen?

Aber sie wollte nicht an Ciarán denken oder an verfluchte Hormone oder gar an schwangere Ex-Kindermädchen. *Jetzt* war sie in ihrem Büro. In ihrer Filiale, auch wenn sie klein war. Ihr Name vor der Tür war in gebürsteten Edelstahl graviert. *Jetzt* liebte sie ihren Beruf, und diesen Teil daran ganz besonders.

Die Vertragsunterzeichnungen legte sie immer ans Ende des Arbeitstages. Die freudige Nervosität der Kunden, meist junge Paare so wie sie und Ciaráns Vater damals, ihr Bewusstsein, dass sie gerade einen Meilenstein ihres gemeinsamen Lebens passierten, all der Optimismus, die Angst und Euphorie gaben ihr selbst Schwung. Kraft für all den Rest.

Morgen war St. Patrick's Day, heute noch gab es etwas zu feiern. Gleich drei hoffnungsfrohe Paare würden sich die Klinke ihres Büros in die Hand geben. Jake Kelly und seine Frau waren die Ersten. Das entscheidende Gespräch mit den beiden hatte sie noch im Kopf. Jake sah ein bisschen aus wie der junge Mel Gibson, seine Frau erinnerte sie an niemand Bestimmten.

Trotzdem war sie die Ambitioniertere von den beiden gewesen. Ihre Gedanken steckten hinter Jakes Worten, so etwas erkannte Kate sofort. Sie war es, die es zu überzeugen galt.

Die Kellys, ein Paar seit Schulzeiten, wollten raus aus Ballyduff, hatte Jake bei dem Termin vor ein paar Monaten erklärt. Weg vom faden Nordwesten des Dubliner Speckgürtels, näher an Stadt und Küste, an ihre Jobs.

Das kostete natürlich. Zum Beispiel das Haus, das die Kellys ihr präsentierten. Nichts Besonderes, aber auf Hochglanzpapier mit aufwändiger Prägung, ausgelobt in Superlativen, die ans Lächerliche grenzten. Eines der in Planung befindlichen Objekte mit zwei Schlafzimmern in der Reihenhaus-Anlage in Ballytown, nicht unweit von Skerries und dem Meer. Gut 500.000 Euro. Trotzdem gab es so viele Interessenten, ein Bieterkrieg war wahrscheinlich. Und eigentlich wollten sie das Haus an der Ecke mit drei Schlafzimmern. 630.000 Euro. Damit auch mal Besuch übernachten konnte. Die nächste Bahnlinie in die Stadt lag eine kurze Autofahrt entfernt, dafür sah man vom obersten Stockwerk den Strand. Außerdem war für die Anlage eine eigene Infrastruktur geplant mit Kindergarten, Supermarkt und Restaurants.

630.000 Euro. An das nervöse Räuspern von Jake angesichts des Preises erinnerte sie sich noch. Sein Zögern, als er gebeichtet hatte, wie viel von dem Kaufpreis die Kellys aus eigener Kraft finanzieren konnten: 18.000. Die Hochzeit habe gekostet. Dann ein kurzes Blickduell mit seiner Frau. Außerdem gäbe es da noch eine Erbschaft nach dem Tod seiner Großmutter vor einiger Zeit, das waren weitere 10.000.

„Das lässt tatsächlich eine ziemlich beträchtliche Lücke", hatte Kate gesagt und an ihr erstes eigenes Häuschen gedacht. 30.000 hatte es sie und Jimmy gekostet, und hätten sie damals nicht einmal zehn Prozent des Kaufpreises an Eigenkapital mitgebracht, hätte man sie aus der Bank gelacht. So war das gewesen im Irland der 80er. Aber wer wollte im Jahr 2006 davon noch etwas hören?

Jake Kelly und seine Frau gehörten zur ersten Generation auf dieser Insel, die keine Ahnung hatte von Arbeitslosigkeit oder Armut oder der Notwendigkeit auszuwandern. Er Innenarchitekt, sie in der Personalabteilung eines Callcenters. Nach dem Studium riss sich die Wirtschaft um die beiden.

Die junge Mrs. Kelly hatte sich auf ihrem Stuhl zurechtgesetzt, ihr spitzes Kinn nach vorne geschoben.

„Es gibt auch Angebote für 100 Prozent Finanzierung. Erst gestern hat die All Ireland Bank bei uns angerufen und einen Kreditrahmen von 600.000 geboten."

Das war ihr Trumpf gewesen. Jake Kelly hatte dazu genickt und unangenehm berührt gelächelt. Kate hatte ebenfalls gelächelt. Gesprächsverläufe wie diese beherrschte sie aus dem Effeff.

„Wir leben in goldenen Zeiten. Unsere Wirtschaft boomt wie noch nie. Unsere Träume sind größer geworden, und auch die Möglichkeiten, sie zu verwirklichen."

Offene Armhaltung, Handflächen wiesen einladend in Richtung der Kellys. Im Vertriebstraining hatten sie ihr geraten, diese Geste öfter zu nutzen. Das verstärke ihre natürliche Vertrauenswürdigkeit zusätzlich. „Manche unserer Mitbewerber locken Erstkäufer mit Angeboten, die, ich sage es Ihnen ganz offen, an Verantwortungslosigkeit grenzen. Undurchsichtige Verträge oder Zinsvereinbarungen, die Sie in ein paar Jahren bereuen könnten. Was Sie vielleicht noch nicht wissen: Wir bei der Hibernian haben ebenfalls unsere Anforderungen gesenkt. Grundsätzlich gehen wir nicht unter fünf Prozent, aber da Sie beide in guten, unbefristeten Arbeitsverhältnissen sind, können wir Ihnen unsere Fünf-Prozent-Konditionen auch für eine Anzahlung von nur drei Prozent des Kaufpreises anbieten. Zusätzlich haben Sie die Sicherheit im Rücken, dass wir zu den Top-fünf-Banken hier in der Republik gehören."

Die Kellys hatten sich erneut stumm beraten. Das Argument zog. Vor allem bei Jake Kelly, der sich daraufhin nicht mehr ganz so oft durch die Haare fuhr wie zu Beginn. Risikoavers nannten sie das im Vertrieb. Dabei machten diese beiden Prozentpunkte kaum einen Unterschied.

„Bedenken Sie bitte auch, dass die Preise weiterhin im Steigen begriffen sind, und auch die Zinsen. Wenn sich Ihre Umstände also ändern, oder Ihre Meinung ... der Immobilienmarkt bleibt auf absehbare Zeit weiterhin äußerst robust. Sie wissen sicher, dass die Preissteigerungen zumindest bis zum nächsten Jahr im zweistelligen Prozentbereich liegen. Danach erwarten wir eine sogenannte weiche Landung, also ein Absinken der Preissteigerungen zunächst auf den einstelligen Bereich, bevor sie sich dann im Jahr 2008 auf etwa fünf Prozent einpendeln."

„Das heißt, wenn wir zuwarten, wird eine Finanzierung für uns vielleicht zu teuer?"

Die Augen der jungen Mrs. Kelly waren schlau gewesen und berechnend. Sie hatte recht gehabt. Aber bei Hypotheken ging es nicht um Drohungen. Es ging um Optimismus. Vertrauen in die Zukunft.

„Dies ist Ihre erste Immobilie. Die erste Sprosse auf der Leiter, sozusagen. Sollten sich Ihre Umstände ändern, oder Ihre Meinung, dann ist dieses Haus das perfekte Sprungbrett. Es ist das ideale Zuhause für Familien, die Prognosen für die Wirtschaftsentwicklung sind weiterhin gut, und Irland verzeichnet einen nie da gewesenen Zuzug von Menschen aus anderen EU-Ländern. Die Nachfrage bleibt also zumindest noch bis 2010 hoch." Jake Kelly hatte genickt, seine Frau einen Schluck aus dem Glas feinperligen Mineralwassers genommen, das Kate ihr hingestellt hatte. Durch den Glasboden hatten ihre Zähne riesig ausgesehen, die Mundhöhle verschlingend groß. Dem frischgebackenen Ehemann konnte man nur Glück wünschen. „Mit diesem Investment können Sie meiner Meinung nach nichts falsch machen", sagte sie zu ihm. „Und ich würde mich freuen, wenn die Hibernia Sie bei der Erfüllung Ihres gemeinsamen Traums begleiten dürfte."

Das Wort Hypothek kam grundsätzlich nie vor in diesen Gesprächen. Wozu technische Begriffe verwenden, wenn es Emotionen gab? Und so kitschig der Satz war, er wirkte zuverlässig. Auch bei den Kellys.

Vor der Tür hörte sie schon die Stimmen der beiden. Dunkel und etwas alarmiert seine, freudig selbstbewusst ihre. Es war ein großer Tag. Trish vom Schalter bat sie um einen kleinen Augenblick, sie werde der Filialleiterin gleich Bescheid geben.

Noch einmal rückte sie die beiden Kugelschreiber und die Papierstapel des Vertrags zurecht. Beugte sich nach unten und prüfte, ob die kleinen Sektflaschen und die Gläser am angestammten Platz unter ihrem Schreibtisch standen. Ja, so war es perfekt.

Auf diese Geste bei der Unterzeichnung bestand sie immer. Weil im Leben, *sorry, Ciarán*, eben doch die Details zählten. Und die Verkaufszahlen gaben ihr recht. Jetzt, da Ciaráns Vater ohne Ankündigung oder Begründung nur noch ein Viertel an Unterhalt bezahlte, konnte sie den Bonus für die erfolgreichen Abschlüsse mehr als brauchen. Sie hatte zwar keinen gemeinsamen Traum mehr, dafür aber noch immer einen Kredit für das größere Haus.

Noch bevor sich die Tür in ihr Büro öffnete, begann sie zu lächeln.

1

Das Criminal Investigation Department lag in einem besonders lichtarmen Teil eines besonders trostlosen Backsteinbaus aus einer besonders deprimierenden architektonischen Epoche. Kein Verlust also, dass der Incident Room, den man DI Paul Flanagan zugeteilt hatte, keine Fenster hatte.

Dafür eine Menge Leuchtstoffröhren. Winterblasse Gesichter schwammen in bläulichem Licht. Zwei Handvoll Detectives drängten sich um den Besprechungstisch, reihten sich entlang der Wände auf. Zwei davon Frauen. Die meisten erschreckend jung. Alle leicht nervös. Eine Klasse vor der gefürchteten Mathe-Stunde, und DI Paul Flanagan der Oberstudienrat.

Er betrat den Raum als Letzter. Schaute stumm in die Runde, bis jedes Gespräch erstarb, und strich sich dann die farbenfrohe Motiv-Krawatte glatter als glatt. Purzelnde Pinguine auf rotem Grund.

„Leute!" Flanagan klatschte in die Hände, rieb sie sich in ironischer Vorfreude. „Erstmal danke an alle, die sich trotz allem noch hierfür freischaufeln konnten. Ich weiß, alles, was wir gerade brauchen, ist noch einer von diesen *High-Profile*-Fällen, in dem alle möglichen Leute glauben mitmischen zu müssen." Neben mir setzte sich Sam Feurstein auf seinem Stuhl zurecht. Fühlte sich wohl angesprochen. Flanagans Zungenspitze schob ihm die Andeutung eines Lächelns auf die Lippen, verschwand wieder. „Die diplomatischen Vertretungen von Österreich und Deutschland haben verständlicherweise großes Interesse daran, diesen Fall so schnell wie möglich zu klären. Und mit so wenig Aufsehen wie möglich." Sein Blick blieb kurz an Sam und mir hängen, verriet gar nichts. Keine Spur vom zweifellos demütigenden Gespräch mit seiner Vorgesetzten am Vorabend. Keinen Ärger darüber, dass man ihm uns beide aufs Auge gedrückt hatte (Sams Worte, nicht meine). Noch dazu über eine rein weibliche Kommandokette.

„Freundlicherweise haben die jeweiligen Vertretungen uns jede Unterstützung angeboten, die wir brauchen. Und sogar noch darüber hinaus." Eine großzügige Geste in unsere Richtung, als würde er uns auffordern, uns zu erheben. „Auch wenn es ihr Name nicht verrät, Miss Logan hier kommt von der Kriminalpolizei in Deutschland. Detective Logan wird ...""

„Detective Inspector."

Eine kurze, tödliche Stille folgte, während sich eine Menge Augenpaare auf mich richteten. Sich verengten, erweiterten, mich musterten. Wieder knirschte Sams Sessel. Wahrscheinlich machte er sich Sorgen, dass uns jetzt schon alle hassten.

Hätte ich wahrscheinlich ähnlich gesehen, am Anfang meiner Karriere. Aber der war lange her. Inzwischen stecke ich meine Claims sofort ab, erst recht gegen Typen wie diesen Flanagan. Ich erwiderte sein süffisantes Lächeln.

„Natürlich, vielen Dank für den Hinweis, DI Logan." Er wandte sich nahtlos Sam zu. „Mister Feierstin neben ihr arbeitet für das österreichische Außenministerium in der Dubliner Botschaft. Gemeinsam mit DI Logan wird er uns im Rahmen des Möglichen tatkräftig unterstützen. Dafür bin nicht nur ich ihnen äußerst dankbar, sondern auch unser Überstunden-Konto."

Sein Grinsen war eine Herausforderung an den ganzen Raum. Bis auf vereinzelte Lacher blieb es still. Dafür knarzten Stühle. Starker Blickverkehr. Auch zwischen Sam Feurstein und mir. Wir waren uns einig: Botschafterin von Hetzenau hatte die Schlacht gegen Flanagan zwar gewonnen. Den Preis dafür würden aber wir beide bezahlen.

2

Sosehr mir Flanagans dicke Hose auf die Nerven ging – er verlor zumindest keine Zeit mit langen Reden. Knapp malte er uns ein Bild von der Situation, skizzierte die wichtigsten Eckdaten von Laura Brunners Leben: Geboren in München, Vorzeigefamilie, beste Noten, ein freundliches Gesicht, kurz vor dem 25. Geburtstag. Er startete mit den guten Nachrichten.

Erstens: Es gab eine offizielle Liste mit den 36 geladenen Gästen. Hinter jedem Namen, der auch wirklich bei der Veranstaltung aufgetaucht war, ein sauberes Häkchen. Darüber hinaus gab es eine Liste der Security-Mitarbeiter, und das für den Abend engagierte Catering-Unternehmen hatte bereits eine Aufstellung all jener in seinem Team gesendet, die gestern Abend vor Ort in der Botschaftsküche und im Service beschäftigt gewesen waren. Auch das Videomaterial der Überwachungskameras an beiden Eingängen der Botschaft war sichergestellt und Proben des servierten Essens vorhanden, die bereits im Labor zur Analyse waren.

Ende der guten Nachrichten.

Nun musste jedes Glied dieser Kette überprüft und dokumentiert, jede beteiligte Person aufgespürt, jeder möglichen Ungereimtheit nachgegangen werden.

Ein Detective mit von Akne gezeichneter Haut stand auf, deklinierte sich mit aufs Blatt gesenktem Blick durch den Programmablauf des Abends: zuerst Sektempfang und Häppchen im Stil eines Flying Buffets, um das Netzwerken zu erleichtern. Auf diverse Begrüßungs- und Abschiedsworte vom Botschafter und den Vertretern der Wirtschaftskammer folgte der Vortrag des neuesten Werks eines österreichischen Komponisten durch einen österreichischen Pianisten. Dann begab sich die Gesellschaft zu Tisch, zur Auswahl standen Kohlrabischaumsuppe oder Roterübensalat als Vorspeise, Rindsgulasch oder Lachs zur Hauptspeise. Die Bestellung wurde vom Servicepersonal aufgenommen und persönlich serviert, während die Nachspeisen wieder auf Tabletts angeboten wurden. So weit alles nach Plan – bis zu Laura Brunners Zusammenbruch eine halbe Stunde vor dem geplanten Veranstaltungsende. Zu dem Zeitpunkt waren einige der Gäste bereits wieder gegangen. Über das Verlassen der Veranstaltung hatte niemand Buch geführt.

„Wir eruieren noch, welche Person zu welchem Zeitpunkt anwesend war und welche nicht." Erst jetzt sah er wieder von seinen Notizen auf. Blickte direkt in Flanagans gestrenges Gesicht.

„Sonst noch jemand, dem es schlecht ging, abgesehen von Miss Brunner?"

Ratloses Schulterzucken. Das Blatt in der Hand des jungen Detective vibrierte leicht.

„Eine Magenverstimmung und zwei grippale Infekte bei denen, die wir kontaktiert haben", schaltete sich einer der älteren Detectives ein. Monobraue, dröhnende Stimme, dauerskeptisch verschränkte Arme. „Der Rest erfreut sich bisher bester Gesundheit. Alles sieht aus wie ein gezielter Anschlag auf eine Einzelperson."

Flanagan schaute zweifelnd.

„Ausgerechnet auf eine Praktikantin? In einem Haus voller Wirtschaftstreibender und diplomatischem Personal? Das macht keinen Sinn, Bert. Entweder der Anschlag war eine Art symbolischer Akt – dann fragt man sich, wozu jemand den Aufwand für eine einzige Person treibt. Oder die junge Frau wurde verwechselt."

„Oder sie hat ein Doppelleben geführt, von dem niemand eine Ahnung hatte", sagte der Detective mit der Monobraue mit großem Ernst, während sich Flanagan den Haarkranz kratzte, die Unterseite seiner Nägel auf eventuelle Reste prüfte.

„Irgendwas Berichtenswertes über Laura Brunner, Kathy?" Er lächelte siegesgewiss. „Enttäuschte Liebhaber, gewalttätige Partner?"

Eine behäbig wirkende Kollegin trat einen halben Schritt von ihrem Platz hinten an der Wand nach vorne.

„Ich habe mit Lauras Schwester Ricarda gesprochen, die gerade zu Besuch war. Die zwei standen einander nahe und hatten noch Minuten vor Lauras Zusammenbruch Kontakt über einen Online-Chat. Laura war seit fast einem Jahr Single, eine freundschaftliche Trennung, und ihr Ex lebt in München."

„Nachprüfen."

Kathy spitzte den Mund.

„Ist nachgeprüft. Der Mann hat München die letzten Wochen über nicht verlassen, außer um in der näheren Umgebung skizufahren. Ansonsten hatte das Opfer keine Männerbekanntschaften, auch nicht hier in Dublin."

„Zumindest keine, von der die Schwester wusste."

„Schwestern wissen alles, Paul." Dafür erntete sie ein paar wissende Lacher. Flanagan blieb ungerührt, nur die Augen hinter der Existenzialisten-Brille verengten sich langsam.

„Die Forensiker werten die Handydaten noch aus, aber ich nehme an, sie war wie die meisten ihres Alters auf Dating-Apps unterwegs. Wir werden ja sehen, was da rauskommt."

Kathy klappte ihr Notizbuch zu, trat wieder zurück in den Hintergrund. Während ihrer Wortmeldung hatte sie keinen einzigen Blick auf ihr Notizbuch geworfen. Vorbereitet bis zum Anschlag, bloß keine Angriffsfläche bieten. Kannte ich selbst aus meiner frühen Karriere. Man nahm es als selbstverständlich hin, alles besser machen zu müssen als die Kollegen. Die Wut darüber kam erst später.

„Was ist mit Lauras Chef? Dieser Lars Richter?" Bert mit der Monobraue gab noch nicht auf. „Wäre nicht der Erste, der sich Hoffnungen macht bei seiner jungen Praktikantin und dann die Abfuhr nicht erträgt."

„Sprichst du aus Erfahrung, Bert?", kommentierte jemand aus dem Off. Flanagan würgte die aufkommende Heiterkeit mit einer unwilligen Geste ab.

„Zur Sache, Leute. Was sollen unsere deutschen Gäste denken?"

„Ich denke, Bert spricht einen guten Punkt an", sagte ich. Ungefragt, ließ mich Flanagans Miene wissen. „Immerhin ist Richter einer von zwei Leuten, die Laura schon vorher gekannt haben. Angeblich ist er ein Freund der Familie. Eigentlich eine klassische Situation."

„Dann stellt sich aber die Frage, Detective Logan, warum er sich für seine Rache kein diskreteres Umfeld sucht als die Botschaft eines Nachbarlandes, nicht wahr?" Sein Ton hatte diese Milde der überlegenen Erfahrung. „Er konnte sich doch denken, dass auf diese Art erst recht alle Hebel in Bewegung geraten."

„Die Frage stellt sich in jedem Fall. Wer so etwas durchzieht, der will die Aufmerksamkeit. Egal, ob Richter oder jemand anderer."

„Um eine Botschaft zu senden?" Flanagan war ganz ernst, aber ich erkannte Ironie, wenn ich sie sah.

„Warum nicht?"

„Steht Richter nicht unter diplomatischem Schutz?", wagte sich die Stimme aus dem Off wieder hervor, offenbar ermutigt von meiner Diskussionsfreude.

Flanagans Hand verscheuchte sie wie eine Fliege.

„Macht eure Hausaufgaben, Leute. Diplomatischen Status genießen nur speziell entsandte Mitarbeiter der Ministerien, so wie unser Freund aus Austria hier." Sein Blick ruhte auf Sam. Der bemerkte ihn nicht einmal, war ganz in sein Handy vertieft. Flanagan frohlockte. „Die Leute der Außenhandelsstellen sind ganz normal belangbar wie wir alle. Nicht wahr, Mister Feierstin?" Er blinzelte zufrieden, während ich Sam anstupste, der sein Handy wegsteckte und nach mehrfachen Entschuldigungen bestätigte, der Mister DI habe sehr recht.

Danach hatte Flanagan endlich freie Fahrt. Niemand redete mehr ungefragt, niemand lachte, niemand äußerte eigenständige Gedanken.

Zügig verteilte er reihum die Aufgaben, die ein ansonsten stummer Detective sorgfältig in ein großes, fast schon lachhaft altmodisch anmutendes Notizbuch eintrug. Auch an Sam und mich hatte Flanagan gedacht: Gemeinsam mit einem florhartig gebauten Detective namens Ronan sollten wir die Bänder der Sicherheitskameras auf verdächtige Aktivitäten hin überprüfen und protokollieren.

„Mister Feierstin wird uns eine große Hilfe bei der Identifikation der Gäste sein."

Mein Angebot, bei der Befragung der deutschsprachigen Gäste zu helfen, schlug er aus. Natürlich, in der angespannten Situation sei es verständlich, wenn sich die Nicht-Muttersprachler unsicher fühlen würden, aber die anwesenden Detectives seien allesamt sensible Menschen. Sollte man meine Unterstützung punktuell brauchen, würde man sich sehr über meinen Beitrag freuen.

Auf gut Deutsch, er stellte mich kalt. Immerhin hatte er mich doch involviert, so wie ich mir das gewünscht hatte, nicht wahr? Sich jetzt auch noch darüber beschweren?

„Das wird wenig bringen", stimmte Sam Feurstein mir zu, als wir nach der Besprechung gemeinsam vor dem Haupteingang standen. Wir hatten Zeit totzuschlagen, während unser zart gebauter Kollege Ronan sich um einen Medienraum zur Begutachtung der Bänder bemühte. Die seien ständig überbelegt, hatte er sich mit scheuem Blick entschuldigt.

Der Wind umwehte uns von allen Seiten, der Himmel ein Leichentuch aus monotonem Grau. Es herrschte reger Mittagsverkehr auf der Straße und den Gehsteigen.

„Ich hätte gut Lust, nochmal die Botschafterin auf ihn zu hetzen", sagte ich.

Sam sah mich an, als habe er sich verhört.

„Willst du dich beim ganzen Team als schwierige Klugscheißerin profilieren?"

„Besser das als noch so eine brave Arbeitsbiene, auf deren Kosten sich Flanagan profiliert." Plötzlich überfiel mich wieder dieser Drang zu rauchen. Wo das wieder herkam, nach elf Jahren? Ich befühlte das von meinen Händen aufgewärmte Metall von Bens Zigaretten-Etui in meiner Manteltasche. „Typen wie der können mich mal. Die schwierige Klugscheißerin ist mein Erfolgskonzept."

Sams Lippen kamen in Bewegung.

„Vielleicht in Deutschland, aber hier ..." Er hob die Schultern. „Die Iren sind ein bisschen wie die Österreicher, hab ich das Gefühl. Wie so eine Gummizelle. Der Kopf tut zwar weniger weh, wenn man gegen die Wand rennt, aber durch kommt man doch nicht."

Schau an, ein Philosoph.

„Lernt man sowas an der Diplomatischen Akademie?"

„Sowas lernt man, wenn man nie wirklich dazugehört." Er sagte es fast nebenbei, wich zwei Frauen weit unter seiner Altersklasse aus, die ihr Mittagessen in Papiertüten an uns vorbeitrugen. Hielt Augenkontakt mit einer von ihnen, die lächelte.

„Der Reiz des Exotischen", seufzte er, als er bemerkte, dass ich ihn bei seinem Mikro-Flirt beobachtete. „Aber ernst nehmen sie einen doch nie."

Bevor ich mir schlüssig werden konnte, was für eine Art von Humor das eigentlich war, zog er wieder sein Handy hervor. Der neueste Scheiß von Apple, wie erwartet. „Übrigens. Wenn uns der Detective Inspector ins Eck stellen will, muss er früher aufstehen. Das hier hab ich in der Besprechung vorhin bekommen." Er entsperrte, hielt mir das Display mit einer Kurznachricht entgegen.

Hallo Sam, wir kennen uns von gestern Abend bei der Botschaft. Hab gerade von dem Mord gehört und bin geschockt. Ich weiß vielleicht was, würde aber vor der Polizei noch gern mit dir reden. Wäre sehr dankbar für einen Rückruf, Flo

„In so einem Fall sollten wir eigentlich gleich den Herrn Kommissionsleiter verständigen, oder?" Sein Blick ruhte auf mir. Zum ersten Mal konnte ich mir Sam Feurstein dabei vorstellen, wie er sich an einer Hausmauer abseilte, MG im Anschlag.

„Sollten wir", sagte ich. „Eigentlich."

3

Als Treffpunkt mit „Flo" alias Florian Gabernig vereinbarten wir das Café Nero auf der Baggot Street. Auf dem Weg erzählte mir Sam mehr über unseren Zeugen. Ich hörte vor allem zu, denn für jeden seiner Schritte brauchte ich zwei. Luft zum Sprechen blieb da sowieso keine mehr.

Geboren und aufgewachsen in Klagenfurt, lebte Gabernig schon seit Ende des Studiums nicht mehr in Österreich. Seine Ambitionen kannten keine Grenzen: zuerst Praktikum, später Anstellung bei einer der größten Investmentbanken in New York. Seit drei Jahren lebte er in Dublin. Nicht weil es ihm hier gefiel, sondern für den Job. Ein lukratives Angebot einer kleinen irischen Investmentfirma namens ProAsset.

Gabernig und Sam hatten sich schon beim Aperitif kennengelernt und maximal 15 Minuten lang unterhalten. Er gab sich sehr weltgewandt und extrovertiert, hatte scheinbar das gesammelte Wissen der Financial Times auf Abruf bereit. Ein guter Unterhalter mit kurzer Aufmerksamkeitsspanne und der milden Herablassung eines Mannes, der eigentlich in Weltstädten zuhause ist, für seinen derzeitigen Wohnort.

Wenn auch eine überschätzte Provinzstadt, läge Dublin zumindest am Meer und sei nicht ganz so teuer wie New York oder London. Außerdem seien die Frauen hier weniger fordernd.

Ja, das habe er tatsächlich so gesagt. Außerdem machte sich Gabernig offenbar gerne wichtig, wie man an seiner kryptischen Nachricht sehe.

„Aber sonst ist er ein netter Mann."

Ich hatte keine Zeit, mich zu fragen, ob Sam das ernst meinte. In meinem Kopf drängten sich gerade zu viele

Klischees aus Film und Fernsehen. Gordon Gecko, Wolf of Wall Street, diese ganze Kaste von Überfliegern im feinen Zwirn, umtanzt von barbusigen Escorts. Koks für alle. Auf welche Kosten die Party ging? Who cares.

Der echte Florian Gabernig sah nach nichts von alldem aus. Ein zu Übergewicht neigender Mittdreißiger mit rundlichem Gesicht und modisch getrimmtem Undercut, der sich von einem Ohrensessel im Sitzbereich des Cafés erhob und Sam zuwinkte. Jeans, ein Hemd von der Stange und Adidas-Sneakers, keine Spur von Hugo Boss oder gar Ausstrahlung. Dafür dieses geballte Vertrauen in eine Welt, die einem, wenn schon nicht untertan, dann doch gewogen war auf dem Weg nach oben. Wenn auch in anderer Tonart, waren mir Typen wie Gabernig schon einmal begegnet – bei meinen Ermittlungen bei der inzwischen börsennotierten Tauschplattform *Skiller* vor ein paar Jahren. Alle dort hatten die souveräne Leichtigkeit der Erfolgreichen versprüht. Bis dann ein Mord passierte.

„Ich danke dir, dass du so schnell gekommen bist." Gabernig begrüßte Sam wie einen alten Freund, mit beiden Händen. Ein fester Händedruck und prüfender Blick für mich. Erst als wir saßen, wurde seine Nervosität sichtbar. Das wippende Knie, das ständige Umarrangieren seiner von Milchschaum gekrönten Kaffeetasse, der unbenutzten Serviette, des Handys.

Meine Gegenwart machte es nicht besser. Leute fühlen sich dann automatisch schuldig, das ist Teil des Geschäfts.

„Kriminalhauptkommissarin?" Auf diese Information brauchte er einen Schluck Kaffee. Der Milchschaum schwappte über den Tassenrand, blieb an seiner Oberlippe hängen.

„Die Frau KHK ist nicht in ihrer ermittelnden Position hier", log Sam durch die Zähne. „Sie vertritt nur die deutschen Sicherheitsbehörden, die natürlich ein Recht auf Information haben, wenn eine Staatsbürgerin ..."

„Verstehe, kein Problem." Gabernig wollte keine Erklärungen, sondern loswerden, was ihm am Herzen lag. „Ich habe Lisa gestern Abend ja selbst kennengelernt."

Offenbar nicht besonders gut, wenn er nicht einmal mehr Laura Brunners Namen wusste. Ich sah, wie Sam den Mund öffnete, um Gabernig zu korrigieren, ihn wieder schloss. Guter Mann. Schweigen ist Gold in Ermittlungen.

„Beim Abendessen saßen wir nebeneinander am Tisch und haben uns sehr gut unterhalten, zumindest eine Zeit lang. Es gab ja noch so einige andere interessante Leute kennenzulernen, so wie dich", er zeigte mit dem Kaffeelöffel auf Sam, lächelte vertraulich. Er schien fest entschlossen, das Beste aus seiner Beziehung zu einem Polizeiattaché zu machen.

„Ich war relativ weit weg von Florian und Laura", blieb Sam neutral freundlich. „Am anderen Ende des Tischs."

„Ach ja, Laura, so hieß sie." Mit der Handinnenfläche brachte Gabernig seine Haare wieder auf eine Linie, fuhr sich dann über den Mund, runzelte die Stirn über die Milchschaumreste.

„Worüber haben Sie mit Laura gesprochen?", ermunterte ich ihn.

„Sie wollte immer mal nach New York und ich hab ihr ein bisschen von meiner Zeit da erzählt, und wie es so läuft an der Wall Street."

„Hat sie auch etwas von sich erzählt?"

„Nein", sagte er mit falschem Bedauern. „Sie wirkte eher zurückhaltend und hat auch viele Fragen gestellt." Zurückhaltende Menschen fragten andere zwar selten aus, aber meinetwegen. „Ich weiß über sie eigentlich nur, dass sie ein Praktikum bei der deutschen Handelskammer macht ... und dass sie eigentlich kein rotes Fleisch isst." Er nippte an seiner Tasse, tippte sich mit der Serviette über die Lippen, betrachtete die Abdrücke mit dunklem Blick. „Das bringt mich zum eigentlichen Grund, warum ich mit dir sprechen wollte, Sam."

Er beugte sich nach vorne, räusperte sich und warf einen Blick nach links und rechts zu den benachbarten Sitzgruppen. Seine Sorge war unbegründet. Das Café Nero war ein guter Ort für vertrauliche Gespräche. Überall grüner Samt, mit dem man den dürftigen Charme einer multinationalen Café-Kette überzogen hatte. Plaudernde Studenten. Ruhebedürftige, die sich mit Kopfhörern, Büchern und Handys vom lautstarken Betrieb abschotteten. Ein paar Touristen, die ihre Urlaubsfotos verglichen. Niemand nahm Notiz. Trotzdem senkte er vorsorglich die Stimme.

„Ich habe gehört, dass Laura vergiftet wurde. Irgendwas im Essen. Stimmt das?"

Fuck. Durch welches verdammte Leck war diese Information wieder gesickert?

„Dazu gibt es noch keine bestätigten Informationen, Herr Gabernig", sagte ich im autoritären Ton, den ich mir für solche Fälle zurechtgelegt hatte. „Derzeit wird versucht festzustellen, was genau gestern geschehen ist und ..."

„Ich weiß es von Chris. Der ist auch aus Österreich, aber schon ewig in Dublin, weil er eine Irin geheiratet hat. Er organisiert immer wieder Treffen für Auslandsösterreicher, und ich gehe öfter dahin, weil ich hier noch kaum jemanden kenne."

Sam schaute erstaunt.

„Nach drei Jahren? Ich dachte, die Iren sind so kontaktfreudig."

„Na ja, die sind ein bisschen wie die Amerikaner. Wer nicht zur Familie gehört ...“ Gabernig winkte ab. „Außerdem arbeite ich viel.“

„Chris war also auch an dem Abend in die Botschafterresidenz eingeladen?“, holte ich ihn zurück zum Thema. Unterdrückte den alten Kripo-Reflex, nach meinem Notizbuch zu greifen, alles aufzuschreiben. Würde Flanagan sowieso nicht interessieren und Gabernig nur noch nervöser machen.

Der nickte ernst.

„Der Chris ist immer bei jedem Event mit dabei. Er war auch den ganzen Abend über da. Also, so lange, bis die Sache mit Laura passierte und alle heimgeschickt wurden. Er hat mir erst davon erzählt, als er wieder zuhause war.“

„Wo waren denn Sie zu der Zeit?“

„Ich musste früher gehen.“ Er sagte es mit dem trotzigen Ton des unschuldig Angeklagten. „Ich hatte noch einen Video-Call mit Kollegen in New York und musste dafür ins Büro. Ich war noch da, als Chris mich angerufen hat.“ Sein Blick hopste über sein Handy zu Sam und schließlich weiter zu mir.

„Er war ziemlich aus dem Häuschen und meinte, dass wir Gäste jetzt vielleicht allesamt mit Lebensmittelvergiftung im Krankenhaus landen.“ Ein kurzes Lachen. „Der Chris ist eine Drama-Queen, ich hab das alles nicht so ernst genommen. Heute, grad vorhin, rief er mich dann aber noch einmal an und meinte, dass die Frau an einer Vergiftung gestorben ist und man jetzt ermittelt, die Polizei hat ihn ins Präsidium zitiert. Erst in dem Gespräch hab ich so richtig mitbekommen, dass es Laura war, die gestorben ist. Und da hab ich es dann doch mit der Angst zu tun bekommen.“ Er hob die Hände, stützte sich dann wieder mit den

Ellbogen auf die Knie. Seine Augen waren sehr blau und weit aufgerissen.

Sam sagte nichts. Sein Lächeln wie das eines Arztes am Bett des Hypochonders. *Na, na, wird schon werden.*

„Ich denke, wenn du bis jetzt keine Beschwerden hast, kannst du unbesorgt ...“

„Ich habe mit Laura mein Essen getauscht“, platzte es aus Florian Gabernig heraus. „Die in der Küche hatten mir das Falsche gegeben, und ich habe eine schwere Gluten-Unverträglichkeit, also hat sie mir ihren Lachs angeboten und dafür mein Gulasch gegessen. Und jetzt ist sie tot!“

Also eine Verwechslung, wie schon von Flanagan angedacht. Das machte Laura Brunners Tod logischer, aber auch tragischer.

Auch Gabernig war voller Emotionen – vor allem für sich selbst. „*Ich* müsste jetzt eigentlich in einem Kühlhaus liegen.“ *Nicht so laut,* wollte ich sagen. Aber zu spät. „Die wollten eigentlich *mich* umbringen, verstehen Sie?“

Wir verstanden sehr gut. Leider auch alle, die rund um uns saßen. Gespräche wurden unterbrochen, Ohren gespitzt, Antennen ausgefahren.

Sam schickte mir einen vielsagenden Blick von der Seite. *Wir haben schon genug öffentliche Aufmerksamkeit erregt. Wenn Flanagan das erfährt, sind wir einen Kopf kürzer.*

Wusste ich auch. Aber dieser Gabernig war wie ein Glitzern im Schlick. *Komm näher,* flüsterte es, *hier hab ich was Interessantes für dich.*

Ich beugte mich ihm entgegen, senkte die Stimme in der Hoffnung, dass er den Hinweis verstand. „Wer sind denn *die*, von denen Sie da sprechen, Florian? Wer hätte Interesse an Ihrem Tod?“

4

Mein erster Partner bei der Kripo war die heiße Kartoffel des gesamten Dezernats gewesen. Der *resche Resch*, wie ihn alle nannten, war einmal gut gewesen. Ein harter Hund, den jahrelange Schlaflosigkeit und chronischer Zynismus bis auf die Knochen zernagt hatten. So eine wie mich, frisch geschnäuzt und gekampelt mit Bestnoten vom Lehrgang, die brauchte er gerade noch. Reschs Worte, nicht meine. In Polizisten-Buddy-Movies entwickeln solche Typen irgendwann einen grummeligen Respekt für ihre Junior-Partnerinnen. Aber der Resch machte mich einfach nur zur Sau, wo er konnte. Untergrub systematisch jeden Selbstwert, den ich in den fünf Jahren zuvor gesammelt hatte. Drei Jahre lang machte ich das mit, dann beschwerte ich mich über ihn. Es musste irgendwie zu ihm durchgedrungen sein, denn daraufhin machte er mich noch mehr zur Sau, aber meist, wenn ich nicht da war. Am Kantinentisch, an der Kaffeemaschine, in geflüsterten Halbsätzen und Bemerkungen. Davon erfuhr ich erst, als der Resch eines Tages zuerst in einen monatelangen Krankenstand verschwand. Aus Krankenstand wurde Vorruhestand, aus gesundheitlichen Gründen Leberkrebs. Ende der Geschichte. Kein Platz mehr für altersmilde Versöhnung oder zumindest eine Aussprache.

Heute dachte ich nach langer Zeit zum ersten Mal wieder an meinen damaligen Mentor, wie das Konstantin jetzt immer nannte. Zumindest an eine seiner Weisheiten, die er wie Ohrfeigen verteilt hatte.

Eins merk dir, Patsilein. Wenn man in Mordsachen ermittelt, findet man alles, nur keine Schuldigen.

Damals hatte ich die Augen verdreht. Zwölf Jahre später, nach unserem Gespräch im Café Nero, musste ich dem reschen Resch einmal mehr zustimmen.

Mit „die" hatte Florian Gabernig nämlich niemand Bestimmten gemeint. Das sei nur so dahergeredet gewesen, in der Aufregung. Er habe keine Ahnung, wer es auf ihn abgesehen haben könnte. So wie Laura habe er selbst nie jemandem etwas Böses getan. Er mache seine Arbeit, mehr nicht. Und er mache sie gut. War das ein Verbrechen?

Kommt auf die Arbeit an, hätte ich gerne gesagt. Hatte es nur gedacht, dank meines meist recht zuverlässigen Realitätssinnes. Der erzählte mir was von fehlenden Handlungsbefugnissen. Warnte mich, mit Zeugen auf Konfrontation zu gehen. Wenn Flanagan von diesem Gespräch erfuhr, und das würde er eher früher als später, würde es allein deswegen Ärger geben. Kompetenzüberschreitung, bestenfalls. Schlimmstenfalls drehte uns die Verteidigung einen Strick daraus.

Außerdem wartete Ronan, der flohartige Detective, schon im hart erkämpften Medienraum auf uns. Also schickten wir Florian Gabernig seiner Wege, ausgestattet mit der Nummer des Ermittlungsteams und dem dringenden Rat, nicht weiter zu warten, sondern sich umgehend dort zu melden.

Danach im Laufschritt zurück ins Garda-Hauptquartier.

„Und? Was hältst du von ihm?" Sam hatte genug Puste für uns beide.

„Das Übliche", hechelte ich zurück. „Keiner übernimmt Verantwortung. Niemand hat Feinde, jeder macht nur brav seine Arbeit. Wenn das wirklich stimmen würde, hätte ich keine Arbeit mehr."

„Hm." Anstatt sich näher zu erklären, erhöhte Sam nur weiter das Tempo. Hängte uns ab, mich und meinen Zynismus. Offenbar nagte der inzwischen auch an mir, so wie damals am Resch.

Ronan schien uns nicht vermisst zu haben. Schnell wurde klar, warum: Unsere drei Stühle hatten in dem Medienraum zwar genug Platz, mit den Beinen wurde es aber schon schwierig. Wir stapelten uns trotzdem rein. Vorne am Gerät Ronan, hinter ihm rieb sich meine Schulter an der von Sam. Einer, der sich noch mit guter, altmodischer Seife wusch. Überall sonst nur der statische Geruch veralteter Computer. Dazwischen ließ immer wieder Ronans Mittagessen grüßen. Offenbar ein Liebhaber von Knoblauch. Der Wandventilator surrte, ohne etwas auszurichten.

Zu sehen gab es nichts. Nur Menschen, die mit vollen Händen im Hintereingang der Botschafter-Residenz verschwanden, mit leeren Händen wieder auftauchten. Treppauf, treppab, eine immer geschäftigere Karawane menschlicher Ameisen, je näher der Anfang der Veranstaltung rückte.

Gewissenhaft identifizierte Ronan jedes einzelne Gesicht, ordnete es dem jeweiligen Foto der vorliegenden Personalliste zu, hakte einen nach dem anderen ab, wiederholte Sequenzen, wenn sich zwei Leute näher kamen, machte Notizen neben den Namen, um damit später die Aussagen der jeweiligen Personen abzugleichen. Dasselbe mit dem Vordereingang.

Bald kämpfte Sam erfolglos gegen den Sekundenschlaf. Und ich? Dachte an Laura Brunner, die ihr Leben verloren hatte wegen eines Gefallens für einen Fremden. An Florian Gabernig, der so viel Angst um sein eigenes Leben hatte, ihm war nicht einmal der Gedanke gekommen, dass ihn dieser Essenstausch ebenfalls potenziell verdächtig machte. Der keine Feinde hatte und nur seine Arbeit machte. Nur seine Arbeit.

Da war es wieder, so wie vorhin im Café Nero: das verheißungsvolle Leuchten im Schlick. Ich holte mein Handy hervor und begann zu recherchieren.

Sarah, im Oktober 2009

Diesmal war sie dran. Niemand hatte es gesagt, aber vieles sprach dafür. Die ersten Kündigungswellen bei 123People hatten 2008 begonnen und folgten seitdem demselben Schema: zuerst die Durchhalteparolen von Denis, dem Niederlassungsleiter, während der allgemeinen Team-Besprechung. Alle im Raum machten ihre Arbeit GANZ fantastisch! Taten ihr Bestes! Go, Team! Worte wie *Zusammenhalt* fielen, und *Resilienz*. Nach der blumigen Einleitung dann die ernüchternde Realität. Globale Wirtschaftskrise, bla bla, bla, katastrophale Auswirkungen auf die Kunden, die ihre Kundenservice-Hotlines an 123People auslagerten, bla bla, Knock-on-Effekt, bla bla, auch hier müsse man der Situation nun Rechnung tragen. Um für die Zukunft fit zu bleiben, hieß es also: umstrukturieren und verschlanken. Man arbeite schon mit dem Hauptquartier in London an einer Strategie.

Diese Strategie endete dann mit einer Besprechung mit dem Abteilungsleiter und jemandem von der Personalabteilung, die ohne weiteren Kommentar im Kalender einiger Team-Mitglieder auftauchte. Meist am Dienstagnachmittag.

Sarah kannte den typischen Ablauf. Als eine der Kontaktpersonen der Personalabteilung hatte sie bei der Vorbereitung der Gespräche mitgeholfen, war währenddessen dabei, um das Unternehmen rechtlich abzusichern. Zuerst traf es die Leute mit befristeten Verträgen. Im Quartal darauf das Marketingteam.

Gerade wieder unkompliziert schwanger und zum Platzen voll mit Glückshormonen, hatte Sarah für sie alle ein tröstendes Wort übriggehabt. Alles würde besser werden, die Betroffenen rasch wieder Arbeit finden. Wie konnte es anders sein, bei all dem Talent?

Die, die wieder Arbeit fanden, fanden sie weit weg. Australien. Kanada. Neuseeland. Bei 123People hingegen wurde alles schlechter. Kaum war der kleine Oisín geboren, hatte bereits die Hälfte der Dubliner Belegschaft ihre Jobs verloren. Nicht nur die aus dem Marketing. Inzwischen überall, auch im Verkauf.

Aber wenn es keine Leute im Verkauf mehr gab, wer brauchte dann noch die Personaler? Noch dazu welche, die nicht präsent waren, wenn es um die Aufgabenverteilung ging? So stillte Sarah den kleinen Oisín nach drei Monaten ab und kündigte ihre verfrühte Rückkehr aus der Babypause an. *Das sind ja schöne Nachrichten,* hatte ihr Teamleiter Brendan gesagt und nervös gelacht. Ali, die Sarahs Agenden in der Zwischenzeit übernommen hatte, lachte gar nicht. Sie hatte früher das Marketing-Team betreut. Das bestand nur noch aus zwei Leuten. Sie würde ihre Aufgaben nicht ohne Kampf an Sarah zurückgeben.

Egal. Sarah brauchte das Geld. Jakes Job und damit das höhere ihrer beiden Einkommen war schon seit über einem Jahr futsch, seitdem schafften sie ohnehin nur noch 50 Prozent der Rückzahlungsrate, und solange sie in der Babypause war, nur 30. Aber zumindest die Zinsen für die Hypothek wollten sie zurückzahlen können, das hatten sie sich als letzte Schmerzgrenze vorgenommen.

Seit August war Sarah nun zurück an ihrem Arbeitsplatz. Zwei leere Schreibtische weiter saß Ali, drei weiter ihr Chef Brendan. Menschliches Treibgut in einem Meer an Endzeitstimmung. Der Lunch-Catering-Service war den Sparmaßnahmen zum Opfer gefallen, die meisten brachten sich ein Sandwich von zuhause mit oder flohen in die nahegelegenen Iveagh Gardens. 123People solle sich umbenennen, scherzten sie dort, und zwar in 3-2-1People. Zumindest die, denen das Lachen noch nicht vergangen war. Der Rest versuchte so wenig wie möglich aufzufallen, sich unentbehrlich zu machen. Wie erwartet verteidigte Ali ihr von Sarah gewonnenes Territorium bis aufs Blut. Sie sprachen kaum noch miteinander. Vor allem an den Tagen, wenn „Michelle von HR" aus dem Hauptquartier in London angeflogen kam. Tauchte sie auf, dauerte es nicht mehr lange bis zur nächsten Mitarbeiterversammlung, in der schmerzhafte Einschnitte angekündigt wurden. Michelle von HR war Brendans Boss, und sie hatte noch vier weitere europäische Niederlassungen unter sich. In jeder verbrachte sie derzeit einen anderen Wochentag. Selektierte, wer verdammt war und wer noch weiter über den Zeitpunkt seiner Verdammung spekulieren musste. Sie arbeitete in einem der mit Glas abgetrennten Büros gegenüber von Sarahs Schreibtisch. Tag und Nacht, so schien es. Den fedrigen Haarschnitt perfekt geföhnt, die Blusen faltenfrei, die Turnschuhe aus rotem Lackleder an ihren nackten Füßen, neben sich stets einen Krug heißes Wasser mit einer Zitronenscheibe darin. Sarah hatte sich beschäftigt gegeben, sobald Michelle den Kopf hob, hatte jede ihrer Anfragen zu dieser oder jener Personalakte sofort priorisiert, ihr stets ein souveränes Lächeln zugeworfen durch ihre Trennscheibe aus Glas. Michelle von HR hatte es erwidert, glänzend und kühl wie Edelstahl. Das nahm Sarah als gutes Zeichen. Besser, als ignoriert zu werden, so wie Ali. Sie waren auf dem besten Weg, eine Beziehung miteinander aufzubauen, sie und Michelle. Und wer Beziehungen hat, wird immer aufgefangen. So hatten es ihre Eltern Sarah beigebracht, und sie war derselben Ansicht.

Bis gestern. Da hatte sie einen neuen Termin in ihrem Kalender vorgefunden, gerade, als sie sich den Mantel angezogen hatte, um es noch zum Zug zu schaffen.

Brendan & Sarah, 17:30 in Raum Amsterdam. Michelle von HR war ebenfalls dazu eingeladen. Kein weiterer Kommentar.

Seit diesem Anblick war sie das Gefühl eines verdorbenen Magens nicht mehr losgeworden. Nicht im Zug nach Hause, nicht beim Vorbereiten des Abendessens, nicht, während sie Oisín das Fläschchen gab, während Sophie neben ihrem Vater im Wohnzimmer saß und vergnügt über *Peppa Pig* kreischte.

Sie stellte sich schlafend neben Jake, der sich ebenfalls schlafend stellte. Sie brachte es nicht über sich, ihm von dieser Entwicklung zu erzählen. Von ihren Befürchtungen. Die Frage zu stellen, was sie nun machen sollten. Was sie der Bank sagen würden.

Nichts. Die haben größere Probleme als uns. Wir sind nicht die Einzigen, die nicht zahlen können, würde er bloß in diesem leidenschaftslosen Mono-Ton erwidern, den sie in den letzten Monaten fürchten gelernt hatte. Der nach einem Wochentag auf der Couch klang, nach abgesagten Drinks und den früher unverzichtbaren Fußballtrainings mit seinen Freunden, nach ungewaschenen Pfannen und dem brüllenden Oisín, dessen Windel schon längst hätte gewechselt werden müssen, während vor zugezogenen Vorhängen mal wieder *Robocop 3* lief. Aber es gab Schlimmeres. Die Vorwürfe zum Beispiel, zu denen er sich manchmal noch aufraffte. Diese Sätze, die mit *Du* begannen, immer nur mit *Du*.

Da schwieg sie lieber. Blieb stark für sie beide und wartete ab. Vielleicht hatte sie Glück und es erwischte Ali, nicht sie. Ali war gerade mal Mitte 20. Sie lebte noch bei ihren Eltern. Hatte keine Hypothek, kein Haus, keine Kinder, keinen Ehemann ohne Job. Ali konnte im Handumdrehen eine Stelle in Übersee annehmen. Das würden Brendan und Michelle von HR doch sicher berücksichtigen. Ja, das würden sie.

Das sagte sie sich an diesem Tag auf dem Weg ins Büro. Während sie angestrengt die Stunden bis zu ihrem Termin füllte, sich die Handflächen ständig an ihren Jeans trocken wischte, jeden Blick von Michelle von HR interpretierte, die schon aus London angekommen war. Außer den ungewöhnlich tiefen Augenringen war sie wie immer. Grüßte freundlich, trank ihr heißes Wasser, bat Sarah um ihre Meinung über einen Teamleiter aus dem französischen Team, dem man ein Abschlagspaket anzubieten gedachte. Ihr Blick voller Ermutigung, als sie sagte: „Wir sehen uns später im Meeting, Sarah."

Und dann, als es so weit war, lächelte sie ihr zu, so warmherzig wie noch nie.

„Es tut mir schrecklich leid, Sarah", sagte sie in diesem Londoner Akzent, so überlegen, so imperialistisch, so hassenswert, man konnte nur froh sein, dass gerade kein spitzer Gegenstand in der Nähe war. „Ich persönlich bin aber davon überzeugt: Du wirst keinerlei Probleme haben, wieder einen Job zu finden. Du hast so viel Talent und Qualifikationen."

1

Als wir die Bänder endlich durchhatten, fielen auch dem Tag schon die Augen zu. Vor den Fenstern dämmerte es in Anthrazitgrau, der Strom an Menschen in den Gängen nur noch ein Tröpfeln. Wer nicht hier sein musste, hatte das Weite gesucht. Auch Ronan verabschiedete sich scheu lächelnd von mir und versprach, alle Unterlagen mit sich nach oben in den versperrten Besprechungsraum zu nehmen, wo alle relevanten Unterlagen lagerten. Er werde uns dann bei der morgigen Fallbesprechung sehen, mich und Sam.

Der ließ sich nirgendwo blicken. Vor etwa 20 Minuten hatte er ein Telefonat entgegengenommen, den Hindernisparcours meiner überschlagenen Beine elegant genommen und mir lautlos seine baldige Rückkehr versprochen. Eine Weile hatte ich seine Stimme vor der Tür gehört. Auf und ab, auf und ab, während sich sein gedämpftes Gespräch langsam verschärfte. Verstehen konnte ich trotzdem nichts. Außer, dass es um was ging. Und ein empörtes „... bist du mir schuldig!", das für einen Moment sogar den gewissenhaften Ronan aus seiner Konzentration riss. Danach waren seine Schritte den Gang hinuntergestampft und nicht mehr zurückgekommen.

Ich fand ihn in der Teeküche am Ende des Ganges. Angespannt hämmerte er auf die Knöpfe der Kaffeemaschine ein. An einem an der Wand montierten Fernseher flüsterten die Sechs-Uhr-Nachrichten auf RTE.

„Ich glaub, die hat kein Wasser mehr."

Sein Kopf schoss hoch und zu mir herum. „Ach so. Danke für den Hinweis." Dieser Blick war garantiert schlecht für meine Gesundheit. Dann erst sah er seine Jacke in meiner Hand. Gewachst, Marke Belstaff, nicht billig. Eine angenehme Überraschung, wenn man seinen Musikgeschmack bedachte.

„Ronan musste den Medienraum wieder abgeben. Da dachte ich ..." Ich hielt ihm die Jacke entgegen.

„Nochmal danke", sagte er schmallippig. „Entschuldige, ich bin etwas angespannt."

Eine kleine Pause entstand. Wahrscheinlich erwartete er eine Nachfrage von mir. Den Versuch, mehr herauszufinden.

„Kein Wunder. Videomaterial sichten ist die Hölle. Ich wette, der gute Ronan kickt gerade ein paar Katzenbabies durch die Gegend, einfach so zum Ausgleich."

Der Filmbösewicht verschwand wieder aus Sams Augen. Er lachte ungläubig, zeigte mir seine geraden, weißen Zähne.

„Und was machst du? So zum Ausgleich?"

Ich dachte an die SMS, die ich gerade von Ben Ferguson erhalten hatte. Ich solle sein Zigarettenetui rausrücken, wenn mir mein Leben lieb war. Am besten auf neutralem Boden, bei einem Drink nach Ende seiner Arbeit. 20:00 Uhr im *Bleeding Horse Pub* gleich gegenüber.

„Arbeiten, meistens." Ich deponierte meine Sachen auf einem der runden Tische, knöpfte mir den Mantel wieder auf, ging zum Wasserkocher und entleerte ihn in die Spüle. „Willst du auch einen Tee?"

Der österreichische Kollege schaute leicht angewidert.

„Ich hoffe, da ist keine Milch drin."

„Kann ich aber empfehlen."

„Na gut." Er seufzte. Jetzt war offenbar schon alles egal. „Wenn ich schon mal in Irland bin ..."

Er ließ sich auf einem der Sessel am Tisch nieder. Während ich Teebeutel in Tassen verteilte, schnüffelte es in meinem Rücken ein bisschen, dann diskretes Naseputzen. Die roten Ränder um seine Lider waren mir schon vorhin aufgefallen.

Ich drehte mich nicht um. Fragte mich, warum zum Teufel ich Sam dieses Angebot zum Tee überhaupt gemacht hatte. Das Privatleben meiner Kollegen ist für mich tabu, zumindest im nüchternen Zustand. Probleme hatte ich selbst genug.

Aber Sam hatte sich schon wieder anderem zugewandt. Als der Tee fertig war und ich mich zu ihm setzte, studierte er mich mit zur Seite geneigtem Kopf.

„Du warst ziemlich beschäftigt mit deinem Handy. Arbeitest du schon an einer Theorie?" War wohl ironisch gemeint, aber meinetwegen. Er kannte mich noch kaum.

„Ich hab einfach noch einmal über Gabernigs Geschichte vom vertauschten Essen nachgedacht. Gehen wir mal davon aus, dass sie stimmt, und jemand wollte ihn im Rahmen dieses Essens ins Visier nehmen. Alle anderen Gäste, die dasselbe gegessen haben, erfreuen sich bester Gesundheit. Deshalb kommen für mich nur Leute infrage, die an dem Abend das Essen entweder angerichtet oder den Gästen serviert haben, sprich: jemand in der Küche oder im Service am Tisch."

Jetzt lächelte er nicht mehr. Gut so.

„Das hätte doch sicher jemand beobachtet, oder?"

„Möglich. Andererseits war viel los. Da waren wahrscheinlich alle auf ihre eigenen Aufgaben konzentriert." Ich überreichte Sam seine Tasse und setzte mich zu ihm. „Und wer rechnet mit so was? Ich meine, Österreich als Land hat sicher seine Feinde, aber ein politischer Mordanschlag in Dublin?"

Sam schnupperte am aufsteigenden Dampf seiner Tasse, verglich ihn misstrauisch mit meinem. Hellbeiges Gebräu für mich, starker Bauarbeiter-Tee mit zwei Schweißtropfen Milch für ihn.

„Trink ruhig. Einer für echte Männer."

Er zog eine Grimasse und riskierte einen Schluck. Schaute positiv überrascht.

„Passt schon." Er nahm einen noch größeren Schluck, zeigte mit dem Kinn auf die Liste vor uns. „Du meinst also, der Mord war eine private Angelegenheit zwischen Gabernig und einem der Mitarbeiter?"

„Das ist eine Möglichkeit. Die andere ist, dass Gabernig eine Beziehung zu Laura Brunner hatte, von der wir bisher nichts wissen, und irgendwas ist zwischen ihnen schiefgelaufen. Er schwört öffentlichkeitswirksame Rache, schiebt ihr das vergiftete Essen unter und verlässt die Veranstaltung früher als die anderen. Dann meldet er sich als angeblicher Zeuge und will damit von seiner Rolle ablenken."

„Na, geh. Das kann ich mir nicht vorstellen." Sam griff nach der Milchpackung vor sich und tröpfelte sich etwas davon in die Tasse. „Ich geb zu, er hat sich ziemlich eingeschleimt bei mir. Aber würde Laura das Essen mit ihm tauschen, wenn die zwei sich eh nicht mehr riechen können?"

„Vielleicht hat Gabernig einfach gelogen und sie konnten sich eben doch riechen."

Sam schaute zweifelnd. Überfordert von all den Spekulationen ohne Datengrundlage.

„Außerdem: Was manche Frauen für Männer tun, die es nicht verdienen ... du wärst überrascht."

„Solche Frauen hab ich persönlich noch nicht kennengelernt." Das klang nach einer sehr frischen, sehr schmerzhaften Wunde. Zum Glück kam Sam von selbst zurück zur Sache. „Und überhaupt, sagen wir, die beiden hatten aus irgendwelchen Gründen doch eine Beziehung. Warum würde er sich irgendwo Gift besorgen? Das ist doch sicher nicht so leicht zu kriegen. Und wenn man es hat, könnte man ihr einfach eine Bonbonniere zur Versöhnung schicken und das Gift davor reinspritzen. Das ist doch viel einfacher, und es gibt weniger Zeugen." Bonbonniere. Wer brauchte da noch Pralinen? Aber im Österreichischen hörte sich sowieso immer alles irgendwie besser an.

„Und wahrscheinlich denkst du jetzt, dass die Schleimerei bei mir erfolgreich war, aber ganz ehrlich: Den Flo kann ich mir nicht als Mörder vorstellen."

„Ich auch nicht." Ich spürte dem angenehm warmen Schluck Tee auf seiner Reise in meinen Bauch nach. „Aber er ist ein Täter. Und seine Angst ist nicht ganz unbegründet."

„Wieso Täter? Weil er ein Banker ist oder was?"

„Ehrlich gesagt hab ich nicht so ganz verstanden, was er eigentlich ist. Du etwa?"

Sam schaute ertappt. Während des gesamten Gesprächs mit Gabernig hatte er bloß verständig genickt.

„Vorhin hab ich mich etwas schlau gemacht." Ich holte mein Handy aus der Tasche. „Gabernig arbeitet nämlich für einen sogenannten Vulture Fund. Geierfonds, auf Deutsch."

„Von sowas hab ich noch nie gehört." Sam verschränkte die Arme und ließ sich demonstrativ gegen die Sessellehne sinken. „Das wirst du mir erklären müssen."

„Wie viel Zeit hast du?"

„Genug. Aber davor brauche ich einen richtigen Kaffee."

Das Irland in meinem Kopf, von dem mein Vater gelegentlich, aber immer mit hämisch verzogenen Lippen erzählt hatte, war arm gewesen. Ein Land, regiert von als Männer und Frauen Gottes getarnten Sadisten, das außer Beten nicht viel auf die Reihe brachte, schon gar nicht, seiner Bevölkerung Jobs zu verschaffen. Ein Land der Auswanderer, so wie Arthur Logan einer war.

Bis kurz nach seinem Tod, Mitte der 90er Jahre, der *Keltische Tiger* auf den Plan trat – ein beispielloser Wirtschaftsaufschwung, getragen von Steueranreizen für globalisierungshungrige ausländische Unternehmen und einem staatlich und von den Medien befeuerten Immobilienboom. In nur 15 Jahren katapultierte sich Irland aus dem Armenhaus in Randlage mitten hinein in die Riege der reichsten europäischen Staaten.

Eine Erfolgsstory ohne Ende. So dachten die meisten Iren, und gerieten in eine Raserei. Vermietern misstraute man zu Recht schon seit Kolonialzeiten, deshalb kauften, kauften, kauften sie Immobilien. Holten nach, was sie so lang nicht gehabt hatten. Die Projekte der irischen Baubranche wurden immer größenwahnsinniger, die Hauspreise verdoppelten sich alle fünf Jahre. Mit der Finanzkrise 2008 wurden die kollektiven Luftschlösser zu Kartenhäusern. Übrig blieben Heere unvollendeter Apartmentanlagen, Büroblocks und Reihenhaussiedlungen. Steinerne Zombies in grünen Landschaften, ihre Bauherren längst im Konkurs, ihre zukünftigen Besitzer ohne Arbeit. Wer sollte die astronomisch hohen Kredite, leichtfertig vergeben durch die Banken, nun bezahlen? So musste der irische Staat seinen selbst gezüchteten schwarzen Schäfchen zur Hilfe eilen. Man gründete hastig eine vom Staat getragene „Bad Bank", die man mit dem etwas seriöseren Namen NAMA ausstattete. Die übernahm Kredite im Wert von 77 Milliarden Euro, machte Irland so neben Griechenland zum finanziellen Sorgenkind Europas. Ein schwarzes Loch in der Staatskasse, das es zu stopfen galt, und zwar rasch.

Die NAMA verkaufte also die Kredite und ihr Risiko weiter, meist mit riesigen Rabatten. An internationale Investmentfonds mit aufgeblasenen Namen wie Promontoria oder Cerberus. Höllenhunde, die sich in Form unscheinbarer Tochterfirmen auf der Insel niederließen. Eine davon war ProAsset, ein kleines Büro in bester Lage mit einer Handvoll Mitarbeiter – geleitet von Florian Gabernig.

„Interessante Geschichte." Sam ließ die Reste seines Kaffees in der Tasse kreisen. So schwarz, ich kriegte schon beim Hinsehen Sodbrennen. Solche hatte ich früher auch mal vertragen. „Das heißt, Florian Gabernig investiert im großen Stil mit faulen Krediten?"

„Etwas Zucker drüber, dann nennt sich das *Management notleidender Kredite*." Inzwischen war es dunkel, über unseren Köpfen blinzelte die Deckenbeleuchtung. Niemand ließ sich blicken. Weiter entfernt am Gang heulten Industriestaubsauger.

„Die Geierfonds halten sich vor allem an Staaten, die fast bankrott sind, schnappen sich alles, was die Bad Banks loswerden wollen, und dann warten sie ein paar Jahre. Wenn sich die Wirtschaft erholt hat, machen sie ihr Investment wieder zu möglichst viel Geld. ProAsset jongliert laut dem Artikel hier derzeit mit Krediten im Wert von 70 Milliarden Euro."

Sams Pfiff über diese Information zog sich noch länger als seine Vokale.

„Und woher kommt die Empörung in den Medien? Klingt doch nach einem legitimen Handel. Die übernehmen das Risiko von Unternehmen, die schlecht gewirtschaftet haben. Klar, dass sie dafür einen Gewinn sehen wollen."

„Das Problem ist, die irischen Banken haben nicht nur Geschäftskredite verkauft. Die saßen auch auf einem Berg von privaten Hypotheken, die niemand mehr zurückzahlen konnte oder wollte."

Ich nahm auch den letzten Schluck aus der Tasse.

„Pfändung hatte die ersten Jahre über keinen Sinn, weil der Immobilienmarkt einbrach. Häuser, für die die Leute eine halbe Million Schulden aufgenommen hatten, waren plötzlich nur noch zweihunderttausend wert. Dann verlor noch einer der Partner seinen Job, oder sogar beide, und schon waren sie hoffnungslos im Rückstand."

Sam kraulte sich den Bart, während er laut nachdachte.

„Also: Die Banken brauchen dringend Geld und verkaufen einen Teil der privaten Kredite zum Schleuderpreis an ProAsset. Die greifen zu und warten ab, bis die Hauspreise wieder steigen. Wenn sie mit dem Wert zufrieden sind, fordern sie einfach bei den säumigen Zahlern den Rückstand, oder gleich den ganzen Kredit."

„So kann man sich das wohl vorstellen." Ich nahm unsere geleerten Tassen an mich. „Noch einen?"

Er schüttelte den Kopf, beobachtete mich bei der Vorbereitung meiner nächsten Tasse, als würde ich einen Molotow-Cocktail mixen.

„Wer hat denn so eine Nachzahlung plötzlich flüssig?", fragte er. „Oder gar eine halbe Million?"

„Niemand. Deshalb mussten die Schuldner sich entweder mit den Fonds einigen, oder eben ihr Haus verkaufen und so ihre Schulden abzahlen. Es sei denn, es war genug wert. Sonst haben die Leute ihr Haus verloren, und immer noch Schulden. Nur weniger davon."

„Na, bravo. Kein Wunder, dass sowas überall in den Zeitungen steht. Wo ist denn in dem Fall der Konsumentenschutz, frag ich mich?"

Ich hob die Schultern.

„Der Staat war selbst überfordert mit dieser Masse an Schuldnern, da hatte man andere Probleme. Privatkonkurse gibt es hier erst seit 2012, und auch danach durften die Kreditgeber noch längere Zeit die vorgeschlagenen Zahlungspläne ablehnen. Ich wette, viele der Leute waren so eingeschüchtert, die wollten einfach nur raus aus der Situation." Mir fiel meine Mutter ein, damals nach dem Tod meines Vaters. Wie viel Druck man auf sie ausgeübt hatte, seine Schulden zu bezahlen, egal, womit. Ihre Verzweiflung. Plötzlich machte mein Magen dicht. Ich schluckte Bitteres, sagte:

„Flo arbeitet erst seit fünf Jahren bei der Mutterfirma von ProAsset, oder nicht?"

Sam beobachtete mich von seinem Platz aus, und ich versuchte mein Pokerface zu retten.

„Und vor dreieinhalb Jahren hat er die Leitung übernommen. Man kann davon ausgehen, so eine Beförderung bekommt man, wenn man dem Unternehmen besonders viel Gewinn bringt."

Mein Kollege nickte, schaute einen Augenblick hinüber zum vor sich hinmurmelnden Fernseher. „Wahrscheinlich hat der gute Flo hier in Irland viel mehr Feinde, als ihm bewusst ist", sagte er. „Oder es ist ihm sehr wohl bewusst, und er macht einen auf Unschuldslamm. Was meinst du?"

Was ich meinte, erkannte Sam auf einen Blick. Betrachtete mich nachdenklich und nickte. An ihm war ein guter Kriminalpolizist verloren gegangen, so viel stand fest.

Es war ein fucking guter Tag, wenn man Danny Rabbitt fragte. Einer der wenigen, an denen es schon jetzt
am Vormittag so heiß war, der Strand von Portmarnock
und die Menschen darauf begannen zu wabern und in-
einanderzufließen. So als wären sie alle zusammen eine
Fata Morgana, oder der Stoff dieser unglaublich teuren
Designerklamotten, die sich Grá immer bei Brown To-
mas aussuchte, oder ein fucking guter Trip.

Für den Moment musste es aber eine Flasche Cider
tun. Bulmers, süße Scheiße. Davon hielt sein Magen
nicht mal genug aus, um gepflegt einen sitzen zu haben, geschweige denn etwas, das sich wirklich lohnte.

Aber heute war sowieso kein Tag für eine Session. Er
war mit Tiff hier. Grá hatte ihm eingeschärft, sie nicht aus
den Augen zu lassen. Tiff war gerade erst den Schwimm-
flügeln entwachsen und hatte dieses Draufgängertum in
sich, für das Grá immer ihm die Schuld zuschob.

Mochte schon sein. Anstatt Schwäne oder Flamin-
gos, so wie normale Mädchen, hatte seine Tiff sich zum
Geburtstag einen aufblasbaren Killerwal gewünscht. Sie
hatte darauf bestanden, ihn selbst an den Rand des Wassers zu schleifen. Dort taumelte er in der nur wenige
Zentimeter hohen Brandung, während Tiff den Gestran-
deten mit Wasser aus der hohlen Hand rettete, so wie
sie es unlängst in den Nachrichten gesehen hatte. Da
war Dannys Herz zu Brei geworden, so ehrlich musste man sein.

Hoffentlich wurde der Junge auch mal so. Noch
schrie Aaron die halbe Nacht und zog ihnen den letzten Nerv. Vor allem Grá hatte sich in eine reizbare Kob-
ra verwandelt. Na, gekreuzt mit einem Elefanten. Über
20 Kilo hatte sie mit Aaron zugenommen. Hoffentlich

wurde sie die wieder los. Aber gut, sie waren seit der Schule zusammen und sie würden es bleiben. Er wusste, was er an Grá hatte.

Und was sie gerade nicht hatte, bekam er eben im Kat Klub. Die Figuren dieser osteuropäischen Weiber waren einfach nicht zu übertreffen. Und sie konnten die Klappe halten. Rannten nicht rum und erzählten ihrer Cousine dritten Grades in Limerick, wer es da mit ihnen getrieben hatte letzte Nacht. Vielleicht kein Kunststück, wenn die Cousine dritten Grades in einem Nest irgendwo zwischen Kaunas und Werweißwo lebte. Trotzdem praktisch.

Klappe halten war alles in seinem Geschäft. Und das Geschäft lief 2013 so gut wie noch nie. Er war selbst überrascht gewesen, weil das Land doch so im Arsch war. Himmel, sogar der fette Sack von Gesundheitsminister war jetzt mit fast zwei Mille verschuldet, hatten sie im Radio heute gesagt. Hatte sich verspekuliert mit einem Altenheim, ha fucking ha. Aber zumindest hatte er noch einen Job, im Gegensatz zu den Losern, die hier heute mit ihm am Strand saßen. An einem Mittwochvormittag.

Aber Red, sein Boss und Schwippschwager, hatte ihm das Ganze erklärt. Die Krisengewinnler wollten mehr Pillen und Koks, weil ihre Geldsäcke jetzt noch voller waren als in den Zeiten des Booms. Die Junkies wollten noch mehr Crystal und Heroin, weil man sie als Erstes von Bord des sinkenden Schiffes geworfen hatte. Der Rest der Loser rauchte Shit. Er konnte es sogar hier am Strand riechen, mal hier, mal da. Ängste vor der Zukunft, Schutzschirmen, Kreditrückständen, die es in Schach zu halten galt.

Und Danny Rabbitt half ihnen dabei. Er koordinierte eine Kompanie kleiner Straßenkuriere, meist Jungs aus der Gegend oder Ausländer, die nichts anderes kriegten. Sorgte dafür, dass jeder hatte, was er brauchte, und dass jeder zahlte, was und wann er musste. Wer nicht zahlte, dem passierte was. Dafür war nicht Danny verantwortlich, sondern Red. Dem erzählte er, wenn einer der Kunden Probleme machte, einer der kleinen Scheißer gierig wurde, glaubte, sein eigenes Ding drehen zu müssen, oder die Klappe nicht hielt. Red oder jemand über ihm sorgte dann dafür, dass das nicht mehr vorkam. Angeblich mit Leuten aus dem Norden, die der Friedensprozess ihre Arbeit gekostet hatte und die ausgerechnet in der Wirtschaftskrise wieder neue fanden. Was für ne fucking Ironie.

Ihm war das vollkommen schnurz. Disziplin war nicht Dannys Baustelle. Noch nicht. Wenn er mal in ein paar Jahren höher auf der Leiter stand, was ihm Red schon immer in Aussicht stellte. Seine Baustelle war die Koordination.

Die konnte er auch vom Strand von Portmarnock aus erledigen. Dieses neue iPhone war schon ein richtig geiler Scheiß.

Er winkte Tiff mit ihrer halb getrunkenen Flasche Ribena. Sie schüttelte den Kopf. Zu beschäftigt mit ihrem Ritt auf dem Rücken ihres Gummi-Orcas. Jetzt hatte sie auch ein älteres oder zumindest größeres Mädchen im kurzärmligen Neoprenanzug mit aufsteigen lassen. Ihre Zehen verspritzten das Wasser in alle Richtungen, die Rüschen an Tiffs weißem Tinkerbell-Badeanzug glitzerten wie Feenstaub. Sollten sie Spaß haben. Er leerte die Flasche Bulmers und griff sich die nächste aus der Kühlbox, zog sich die Basecap tiefer ins Gesicht und wandte sich der Candy-Crush-Saga zu. Ziemlich girly, aber haute richtig rein. Er war süchtig danach, sagte Grá immer. Sie musste es wissen, sie war immerhin auch schon am Gingerbread-Glade-Level.

Als er den Kopf wieder hob, stand sie vor ihm und schlotterte, die Lippen ganz ohne Farbe. Nicht Tiff. Das Mädchen im kurzärmligen Neoprenanzug. Typisch. Delegieren hatte seine Erstgeborene noch vor dem Sprechen gelernt.

„Hey. Was geht mit euch, Mädels? Wollt ihr was zu trinken?"

Das Kind schaute nur starr. „Tiffany. Wir haben ..." Ihre Lippen zitterten, ihr Atem kurz vom Rennen zu ihm. „Tiffany, sie ist ..." In ihrem Rücken das Meer, die Brandung, in der zuvor noch seine Tochter auf ihrem Killerwal geritten war. Jetzt war da keine Tiff mehr. Auch kein Killerwal. Ein paar Leute hatten sich versammelt. Hände, die Augen beschatteten. Finger, die hinaus aufs dunkeltürkise Wasser zeigten. Weiter rechts, viel zu weit rechts draußen, schaukelte ein schwarz-weißer Fleck, an den sich ein kleinerer, weiß schimmernder Fleck klammerte.

Mit voller Wucht rammte ihm die Angst ihre Klinge in den Bauch.

Er sprang auf und ließ das Mädchen in Neopren hinter sich. Rannte quer über Steine und Muscheln und Badetücher ans Wasser, rief Tiffs Namen, denn anderes fiel ihm nicht mehr ein. Keine Strategie, keine Lösung, nur ohmeingottohmeingottohmeinliebergott, Tiff, lass nicht los, was immer du tust, lass die fucking Haltegriffe nicht los, dann gehörst du der Strömung, egal ob du schwimmen kannst oder nicht.

Die Leute standen. Die Leute zeigten. Taten nichts, außer zu blöken – das Kind, das Kind wird abgetrieben, jemand soll die Lifeguards rufen, wo sind denn die heute? Nicht da, eingespart von der öffentlichen Hand, nur noch am Wochenende passt hier jemand auf.

Er watete hinein in die kalten Arme des Wassers, ohne Sinn oder Verstand, denn auch wenn das Wasser hier noch flach war, da hinten fiel es ganz plötzlich ab, wie eine Klippe unter Wasser, zuerst 50 Meter und dann 100. Mum und Dad hatten ihm nie Schwimmen beigebracht, wozu auch, ihnen hatte es ja auch niemand beigebracht. Vom Meer hielt man sich fern, Punkt.

Das hatte er auch Tiff gesagt. Nicht weiter als bis zu den Knien. Sonst packt dich das Strömungsmonster und zieht dich mit nach Schottland, und wer will schon in Schottland sein? Kniehoch, nicht höher, verstanden? Seine Tochter hatte genickt und *Ja, Daddy* gesagt, und jetzt, nur ein paar Minuten später, hing sie da draußen an einem Killerwal aus Plastik und schrie nach ihrem Daddy, und dass sie nicht mehr könne.

100 Meter von ihm entfernt vielleicht, sicher nicht mehr als 80, egal, in jedem Fall zu weit.

Er kämpfte sich weiter durchs zuerst kniehohe, dann hüfthohe Wasser, egal wie kalt und kälter das Wasser wurde, es hatte vielleicht 14 Grad um diese Jahreszeit, nicht mehr, denn wenn Tiff da reinfiel und nicht mehr rauskam, dann brauchte auch er nicht mehr nach Hause zu kommen, das schlechte Gewissen würde ihn umbringen, und davor noch Grá.

Er schrie Tiff zu, sie solle nur ja nicht loslassen, er wäre gleich bei ihr, und dann ließ Tiff los. Der helle Fleck ihres Badeanzugs verschwand im Wasser, und auch ihr Kopf.

Jemand am Strand schrie auf, hoch und spitz, dann tauchte Tiffs Kopf wieder auf, unter, und wieder auf, schaukelte am Wasser wie die Äpfel in den Wassereimern, nach denen die Kinder bei ihrem Geburtstagsfest vor zwei Wochen gefischt hatten.

In seinem Kopf begann ein Strudel zu kreisen, immer schneller, und da sah er von links jemanden auf seine treibende Tochter zuschwimmen. Arme, die durch das Wasser pflügten, mit jedem Zug spritzte weiße Gischt, immer näher auf Tiff zu. Ein junger Mann.

„Sind Sie der Vater?" Neben ihm war einer aufgetaucht, ein älterer Mann. Sein Blick stach, seine grauen Haare nass ans Gesicht geklatscht. Kräftige Finger gruben sich in Dannys Oberarm. Der Mann schien keine Antwort auf seine Frage zu brauchen. Ein Blick in Dannys Augen genügte ihm.

„Gehen Sie zurück zum Strand." Das war ein Befehl. Der Mann zog ihn am Arm zurück. „Sie ertrinken sonst nur. Mein Sohn ist unterwegs. Bleiben Sie ruhig. Wir holen Ihr Kind, okay?"

Und sie holten sein Kind tatsächlich.

Hievten Tiff zurück auf den Rücken ihres gekenterten Killerwals. Nahmen den Wal und seine Fracht in die Mitte und schwammen zurück an Land. Halfen Danny, sie in einen Berg Handtücher zu wickeln und sie zu beruhigen.

„Keine Ursache", sagten die Männer zu Danny, kaum hatten sie genug Atem. Es waren Vater und Sohn. Sie seien zufällig schon weiter draußen gewesen und hätten gesehen, dass die Mädchen in Schwierigkeiten geraten waren.

„Das hätte doch jeder Vater auf der Welt getan", sagte der Sohn. In dessen weichem Äußeren und der sanften Stimme schien nichts von einem Helden zu stecken. Keinerlei Ähnlichkeit mit seinem in jeder Hinsicht stählernen Vater. Nur die sture Ablehnung von Dannys Dankbarkeit teilten sie. „Das ist nicht der Rede wert", winkte der Sohn ab und sein Vater nickte ernst dazu.

Was für ein unglaublicher Stuss. Er verdankte ihnen Tiff, und damit alles.

1

Auf neutralem Boden, hatte Ben gesagt. Dabei war nichts weiter entfernt von neutral als das *Bleeding Horse Pub*. Überall nur Polizei. Man erkennt uns ja meist auch ohne Uniform. Zumindest bilde ich mir das ein. Das schulterboxende Geplänkel, die winddichten Jacken und schlechten Frisuren. Die Neigung, den Raum auch mitten im Gespräch nach Hinweisen auf Unregelmäßigkeiten abzusuchen, diese Grundanspannung, die sich immer wieder in überlautem Lachen entlud. Konnte natürlich auch an der Tatsache liegen, dass gleich gegenüber des *Bleeding Horse* das Garda-Hauptquartier lag.

Einen Drink schienen jedenfalls eine Menge Leute hier drin bitter nötig zu haben. Ich inklusive. Sam hatte sich bis morgen Früh verabschiedet, Ben eine „kleine Verspätung" angekündigt. Stefan hatte meinen Anruf nicht entgegengenommen, und ich die Nase voll von diesem Tag.

Der Barmann trug eine bunte Fliege und redete mir erfolgreich einen *Bloody Sling* ein, mit dem ich mich auf eine der erhöhten roten Lederbänke direkt an einer Backsteinwand zurückzog. Etwas abseits, aber mit gutem Überblick. *Perfekt*, dachte ich. Bis sich aus einer Gruppe Männer an der Bar plötzlich ein älterer Typ im Anzug löste. Mich ansteuerte. In seiner Hand ein Bierglas voll mit Eis und Coca-Cola, auf seiner roten Krawatte purzelten Pinguine durcheinander. Großartig.

„Schön, Sie zu sehen, DI Logan." Paul Flanagan lächelte erfreut. „Die Fish & Chips hier kann ich nur empfehlen."

Ich konnte kaum den Mund zu einer Antwort öffnen, da stellte er sein Glas auf meinem Tisch ab.

„Wo ist denn der Kollege aus Österreich? Auch hier?"

Nicht dass es ihn etwas anging. Aber Flanagan war noch immer mein Ermittlungsleiter.

„Er ist im Präsidium. Bert wollte eine detailliertere Aussage von ihm über den Abend beim Botschafter."

„Oh", tat er unangenehm berührt. „Ich hatte vergessen, dass er an dem Abend ja Zeuge war. Dann möchte ich Sie keineswegs stören."

Natürlich blieb er trotzdem, auch ohne meine Einladung. Seine Neugier war zu stark. Meine aber auch.

„Wie liefen denn die Gespräche mit den anderen Zeugen bisher?"

In seinen Augen flackerte es. Nicht unfreundlich. Eher, als hätte ich ihn zu einem Spiel aufgefordert.

„Wir haben noch nicht mit allen gesprochen, aber es gab doch eine recht interessante Entwicklung." Mit einem großen Schluck nahm er ein paar Eiswürfel und fast noch die Zitronenscheibe mit. Schaute mich forschend an. Wusste ich schon, dass er es wusste? Er kam wohl zum Schluss, dass es egal war.

„Das getauschte Essen bringt natürlich eine neue Dynamik. Mister Gabernig ist sicher eine etwas kontroversere Person als Miss Brunner." Er warf einen kurzen Blick auf den Fernseher über mir. Zwei Teams aus der englischen Liga liefen auf. Erhielten ein paar zustimmende Johler aus der Gruppe, mit der Flanagan hier war. Niemand darin kam mir bekannt vor. „Aber das wissen Sie selbst doch schon länger, nicht wahr? Ich hab mich ein bisschen über Sie erkundigt." Flanagan hatte sich wieder mir zugewandt. Lächelte, als hätte er keine Ahnung von der versteckten Drohung in diesem Satz. „Sie werden in München sehr geschätzt für

Ihre Arbeit. Das überrascht mich nicht. Sie haben was im Kopf, das ist mir schon seit heute Vormittag klar." Mal was Neues: väterliches Lob von einem mir im Rang gleichgestellten älteren Typen. Ich hatte kaum Gelegenheit zu einem ironischen Lächeln, da kam er schon einen Schritt näher an meinen Tisch. „Ich muss mich bei Ihnen entschuldigen, DI Logan. Wahrscheinlich halten Sie mich für einen unerträglichen alten Sack nach unseren bisherigen Begegnungen, und ich würde es verstehen. Aber die Art und Weise, wie Sie in meinem Team, na ja, sagen wir mal, installiert wurden, würde keinem Ermittlungsleiter gefallen. Ihnen am wenigsten, wenn ich Sie richtig einschätze."

Er schätzte mich richtig ein. Und dieser *Bloody Sling* war verdammt gut.

„Nun, ohne mich selbst zu sehr loben zu wollen", sagte er, während ich mit dem Strohhalm in meinem zerstoßenen Eis stocherte. „Aber ich bin lange genug dabei, um gute Leute von Blendern unterscheiden zu können. Und Sie sind keine Blenderin. Sie und Mister Feierstin haben viel Gutes zu diesem Team beizutragen."

So viel Honig auf einmal. Warum? Versuchte er mich zu manipulieren? Fest stand: Er war für mich schwer zu lesen. Das machte mich unruhig. Andererseits. Jetzt drehte ich dem Mann schon einen Strick daraus, dass er sich bei mir entschuldigte. Vielleicht machte ich mir das Leben unnötig schwer. Sah Feinde und Hintergedanken, wo keine waren.

„Ich tue mein Bestes. Und es ist ein interessanter Fall."

Er nickte zustimmend. Setzte sich mit dem halben Hintern auf den Hochstuhl mir gegenüber.

„Ist es. Leider nur nicht der einzige. Die Dunkelheit in dieser Jahreszeit macht die Leute verrückt. Vor allem die Gangs begleichen ihre Rechnungen. Gerade wurde wieder einer in Einzelteilen über die Gegend verstreut. 17 Jahre alt", hauchte er in sein Glas, sein Blick bis an den Rand voll mit Abscheu. „Und warum? Wegen angesagten Sneakern und dem neuesten Smartphone."

Dazu konnte man nur schweigen. Im Hintergrund rauschte der Fernseher, vielstimmiges Pub-Palaver und dazu David Bowie. *Let's Dance.* Auch das Eis meines *Bloody Sling* schmolz. Keine neuen Nachrichten. Verdammt nochmal, Ben.

Einerseits wusste ich selbst, wie das lief, wenn plötzlich ein neuer Fall auftauchte. Alle Pläne standen Kopf. Andererseits. Wahrscheinlich hatte ich mich zu viel auf Ben verlassen. Egal, ob er zu wenig Zeit hatte oder zu viel Schiss – er wollte mir nicht mehr helfen, egal, was einmal zwischen uns gelaufen war. Ich sollte lieber zusehen, mir neue Quellen aufzutun. Flanagan zum Beispiel. So lang wie der dabei war, hatte er sicher auch Verbindungen.

„Haben Sie noch Familie in Raheny?", wechselte er abrupt das Thema. „Ihre Mutter kommt doch von hier, nicht wahr?"

„Mein Vater."

„Ach ja, hatten Sie erwähnt. Man kommt in die Jahre."

Hatte ich das? Ich konnte mich nicht daran erinnern.

„Mutter, Vater ... egal!" Er winkte ab. „Sie hören sich so an, als hätten Sie eine Menge Zeit hier in Dublin verbracht."

„Mein Vater hat mit uns Kindern grundsätzlich Englisch gesprochen. Und in den Ferien waren wir immer hier."

„Warum? Konnte Ihr Vater Sie nicht leiden?"

Mir entkam ein lautes Lachen. Noch nie hatte ich auf dieser Insel Leute getroffen, die stolz gewesen wären auf ihr Land. Zumindest nicht offiziell.

„Also, ich war gern hier als Kind. Und mein Dad hat zwar viel geschimpft über die alte Heimat, aber er war sehr oft zu Besuch, wie ein guter irischer Junge. Die Worte meiner Großmutter, nicht meine."

Flanagans Grinsen verbreiterte sich zu etwas Ehrlichem.

„So sind die irischen Mütter eben. Denen entkommt man erst im Grab."

„Na, das hat mein Dad definitiv geschafft."

Noch vor ein paar Jahren wäre mir so ein Satz nicht rausgerutscht, schon gar nicht das bittere Lachen dazu. Zu meinem Dad und seinem Ende war alles gesagt, so meine Meinung. Alles verarbeitet, oder zumindest verdrängt, wie es sich gehörte. Inzwischen war ich älter geworden und um so viele Gewissheiten ärmer. Brüchiger. Und so steckten Flanagans dahingesagte Worte in mir wie Projektile in Panzerglas.

Natürlich bemerkte er es sofort.

„Ich muss mich wohl noch einmal bei Ihnen entschuldigen, DI Logan. Meine Bemerkung war unsensibel."

„Ach, ich bitte Sie."

Dieser Blick. Dieses Bedauern. So wie damals der Guard im Haus unserer Großmutter. Seine Schildkappe in einer Hand, einen durchweichten Abschiedsbrief in der anderen. Das musste aufhören.

„Das ist alles viele Jahre her. Vergessen Sie's. Woher kommen Sie, DI Flanagan?"

„County Monaghan."

„Das ist fast schon im Norden, oder?"

„Ja. Carrickmacross. Muss man nicht gesehen haben. Beschissene Gegend."

Schmuggler und Schlitzohren, urteilte schon die Stimme meiner Großmutter, der Dublin-Nana, in meinem Ohr. *Das ist alles, was es da oben gibt. Und ein paar Ban-*

diten. Keine Ahnung, wann sie das gesagt hatte oder zu wem. Aber ihr Urteil war stets absolut gewesen.

„Ich wette, Sie übertreiben."

„Nein. Die 70er in Irland waren eine miese Zeit, und im Grenzgebiet war es noch mieser." Er verteidigte seine Meinung mit größtem Ernst. „Ich hab zugesehen, dass ich wegkomme. Hab's drüben über dem Wasser probiert, aber das war nichts für mich."

„London?"

„Glasgow. Ich hatte da eine Handvoll Cousins, bei denen ich unterkommen konnte."

„Hört sich bekannt an. Ich lebe auch gerade bei meiner Cousine."

„Haben wir also doch mehr gemeinsam als gedacht." Sein Lächeln warm, verschwörerisch. Unmöglich, es nicht zu erwidern. Fast. „Aber Sie versuchen mich doch nur abzulenken. Ich hab was gutzumachen." Er nahm sein Glas, legte entschlossen die Handfläche mitten in den feuchten Ring, den es auf der Holzplatte hinterlassen hatte. „Noch ein *Bloody Sling*?"

Nein, danke, sagte meine Vernunft. Sie wusste: Diesen Drink würde ich bezahlen müssen. Morgen oder irgendwann später.

„Keine Angst, Sie müssen ihn nicht mit mir trinken. Ich muss sowieso nach Hause. In meinem Alter sollte man zu dieser Zeit eigentlich schon im Bett liegen." Jetzt erst zeigte er mir so richtig die Zähne. Allesamt sanierungsbedürftig. „Einen für Sie, einen für den Glücklichen, der den Rest des Abends mit Ihnen verbringen darf. Deal?"

Ich betrachtete den leeren Platz mir gegenüber, das tote Handy auf der Tischplatte.

Nein, danke. Das war die richtige Antwort. Wusste ich doch auch, Klugscheißerin.

„Warum nicht? Die sind nicht schlecht." Zwei Drinks würden mich schon nicht dem Teufel verkaufen. Und vielleicht ergab sich noch eine Verbindung, die mir nützen konnte.

„Eine gute Entscheidung." Mein Ermittlungsleiter nickte mir zu und nahm mein Glas an sich, wechselte hinüber zur Bar.

Ich beobachtete ihn aus dem Augenwinkel, während er über einen Scherz des Barmanns mit der bunten Fliege lachte. Man kannte sich offenbar schon lange.

Unter meiner Haut ein warnendes Brennen. Ich entsperrte mein Handy und las meine neuen Nachrichten. Eine, und die war von Ben. Sah so aus, als hätte er sich doch nicht verspätet.

2

Hab gesehen, du bist schon in Gesellschaft. Leider keine gute. Pass auf mit Flanagan, und was immer du tust, erzähl ihm nichts über dich. Bin auf dem Weg nach Hause. Wir reden dann morgen, okay? B

3

Fuck.

4

Es gibt Menschen, denen kann man in ihrem Beruf nicht viel vormachen, nur im Privatleben stellen sie sich selten dämlich an. Und da spreche ich nicht nur von mir selbst.

So wie ich, lebt auch mein Mann vom Fragenstellen und Schweigen. Nur besser. Für jede Therapiesitzung mit Dr. Stefan Fuchs legen wohlhabende, aber deprimierte Menschen knapp 100 Euro auf den Tisch. Weil er richtig gut ist, davon bin ich überzeugt.

Trotzdem hat er es vor fast neun Jahren für eine gute Idee gehalten, mich zu heiraten. Daran arbeiten wir uns seither ab. Allzu oft jeder für sich, und das nicht erst, seit wir getrennt leben. Weil meine Arbeitswut. Weil seine passive Aggression. Weil unsere Familien. Weil seine Besserwisserei und mein Trotz. Weil unser Kinderwunsch, den ich begraben, er aber am Leben erhalten wollte. Alles, was sich mal ergänzt hatte, stieß sich nur noch ab. Die übliche Leier.

Seit ich letzten November aus unserer Wohnung auszog, hatte sich die Lage beruhigt. Wenn wir auch noch nicht wieder ganz zueinander gefunden hatten, suchten wir zumindest nach einem Weg zurück zum Anfang. An dem war Stefan wie von einem anderen Planeten in meinem Leben gelandet. Am Haidhausener Stadtteilfest. In einem Innenhof voller Duftwicken und Stockrosen. An einem Tisch, brechend voll mit nagelneu aussehenden, ausnahmslos von ihm selbst gelesenen Büchern. Er war Minimalist, wie so viele Menschen ohne Geldsorgen. Ich nahm ihm drei Bände einer Taschenkrimiserie ab, die er mir als *ziemlich beknackt* anpries. In Band zwei steckte er mir seine Visitenkarte.

Dr. phil. Stefan Fuchs, Psychotherapeut.

Falls ich einmal *reden wolle*. Mein bis an die Zähne bewaffnetes Herz, er hatte es einfach so an sich gerissen, mit diesem Satz, diesem Augenzwinkern, diesem stummen Versprechen von Stabilität.

Am nächsten Tag rief ich ihn an. Zwei Wochen später zog ich aus meiner Einzimmerwohnung in Giesing zu ihm in den Haidhausener Altbau, sieben Monate später heirateten wir, weil – warum verdammt nochmal nicht?

Er bezauberte mich mit einer mir bis dahin unbekannten Art von Liebe. So erwachsen. Glatt wie ein Kieselstein. Liebe, die nicht schnitt oder mir den Schlaf raubte. Diese Liebe kochte abends, schenkte mir ein Glas Wein ein und hörte mir zu, sichtlich fasziniert von diesem fremdartigen Wesen, das da aus ihrem brutalen Paralleluniversum des vorsätzlichen Gewaltverbrechens auftauchte und sich an seinen Esstisch aus Vintage-Eiche setzte.

Sollten Stefans Eltern ihre quasi-aristokratischen Nasen rümpfen darüber, was ihr einziger Sohn an mir fand – eine Frau, deren Stammbaum nicht viel mehr zu bieten hatte als eine unübersehbare Neigung zu Geisteskrankheiten. Die elitären Spießer.

Inzwischen war klar: Dr. Thomas und Birte Fuchs hatten vielleicht mehr Ahnung von der Welt, als Stefan und ich damals vermutet hatten. Denn Stefan hatte nicht nur die Augenbrauen seiner Eltern geerbt, sondern auch die Missbilligung für Lebensentwürfe, die dem eigenen entgegenliefen. Er tarnte sie nur besser. Verschoss seine vergifteten Pfeile in Form von psychologischen Kurzanalysen, denen man schwer widersprechen konnte. Mit den Jahren immer öfter auf mich.

Und trotzdem. Ich vermisste ihn. Uns.

„Hey. Spät, aber doch."

„Hey Pat. Entschuldige, es war viel los heute. Eine schwierige Sitzung heute Nachmittag, da bin ich nochmal raus in die *Sakristei* auf ein Glas Wein. Mal ohne Handy." Eine kurze Pause, in der er lauschte. „Du bist auch noch unterwegs, oder?"

„Ja. Mit Sinéad." Ich hatte sie vorhin zur Hilfe gerufen. Zwar hatte sich Flanagan wie versprochen rasch verabschiedet. Aber da waren immer noch zwei Drinks. Und seit Bens Nachricht schien das *Bleeding Horse* voll zu sein mit Flanagans Augen und Ohren. In meinem Kopf zu viele Fragen, auf die es heute keine Antwort mehr geben würde. Gegen sowas half nichts besser als ein Abend mit Sinners.

„Und? Kann sie noch stehen?" Meine Cousine hatte uns vor vielen Jahren einmal für eine Woche in München besucht. Stefan war noch immer nicht darüber hinweg.

„Sie ist erst auf dem Weg. Davor war ich im Büro."

Er schmunzelte ins Telefon.

„Hört sich nicht gerade nach Auszeit an. Wahrscheinlich gehörst du der irischen Polizei schon mit Haut und Haaren."

„Kennst mich doch."

„Das tu ich." Er sagte es, als würde er gerade in eine melancholische Landschaft schauen. So sah ich ihn vor mir. Fast zwei Meter, altersungemäß gekleidet in Jeans und einem Tournee-T-Shirt einer obskuren 70er-Jahre-Band. Im kritischen Teil seiner 40er angelangt, und doch ein junger Mann. So viel charmanter und leutseliger als ich. Dabei war *er* doch das Nordlicht.

„Wann kommst du denn mal rüber?" Meine Frage überraschte mich selbst. Ein Tentakel aus irgendeiner undurchschaubaren Tiefe, das auch Stefan zu erschrecken schien.

„Nach Dublin?"

„Natürlich. Du wolltest schon immer mal nach Dublin, hast du gesagt. Warum nicht jetzt? Vielleicht am Wochenende?"

Stefan holte tief Luft.

„Also, ich weiß nicht." Stoff raschelte im Hintergrund. Als wälze er sich im Bett auf die andere Seite. Diese Melodie der Vertrautheit, ich vermisste sie plötzlich so sehr. „Wir wissen beide, wie das ist, wenn du an einem Fall arbeitest. Dann warte ich in Dublin auf dich anstatt in München, und du bist mit deinem Kopf erst recht ständig woanders."

„Diesmal nicht. Bei diesem Fall trage ich doch kaum Verantwortung. Ein kleines Rädchen, das Videomaterial sichtet, mehr nicht. Am Wochenende ist das Schlimmste sowieso vorbei, denke ich."

Er lachte. Ein Witz, den er schon zu oft gehört hatte.

„Du fehlst mir", sagte ich. Für so ein Geständnis brauchte ich meistens ein paar Drinks. Weil es die Wahrheit war. Das machte auch Stefan zu schaffen. Länger als üblich suchte er nach der passenden Antwort.

„Du fehlst mir auch, Pat. Aber sollten wir nicht lieber ein, zwei Wochen warten? Ich meine ... das kommt jetzt ein bisschen plötzlich. Schlaf vielleicht noch einmal eine Nacht drüber und sieh zu, wie sich der Fall entwickelt. Wenn ich da bin, will ich mich nicht über die alten Sachen streiten."

Wahrscheinlich hatte er recht. Ich bereute dieses Gespräch ohnehin schon. Am Telefon hatte unsere Beziehung noch nie so richtig funktioniert. Dann noch diese Eierschalen, auf denen wir uns seit der Trennung bewegten. Dieses Schleifchen aus Höflichkeit, das Stefan gerade für mich um seinen Mittelfinger band: Er hatte keine Lust, nach Dublin zu kommen. Schlicht und einfach. Das alles schnürte mir plötzlich die Kehle zu.

„Entschuldige, Pat." Er seufzte. „Ich klinge gerade wie ein Arsch. Aber ich bin einfach müde. Wir haben so lange von Dublin geredet. Morgen schau ich nach einem Flug. Okay? Ja?"

„Okay", sagte ich. „Ja."

Ich machte Sinéad auf mich aufmerksam, die gerade zur Tür reinkam und sich schnurstracks auf zur Bar

machte. Schluckte das Gefühl nach feuchtem Wasch-
lappen in mir nach unten, rückte mein Gesicht gerade.
Das mit dem *Alles-in-Ordnung,-kein-Problem*-Lächeln.
War natürlich zwecklos.

„Wie siehst *du* denn aus?", sagte Sinéad, nachdem
sie mich und die beiden *Bloody Slings* mit einem Seitenblick gestreift hatte. „Komm, beseitigen wir die mal.
Dann suchen wir uns ein Plätzchen ohne Bullenüber-
schuss und besorgen uns was Ordentliches zu trinken."

5

Meine Kindheit verbrachte ich meist ohne Freundin-
nen, aber nie allein. Grund für beides war meine Familie. Meine Mutter teilte die Ansicht ihrer Eltern, dass
Freizeit nicht mehr war als eine Strategie des Teufels,
um seine Interessen in der Welt durchzusetzen, und
war deshalb ständig am Arbeiten. Die Familie meines
Vaters wog ihre Abwesenheit mehr als auf, schon allein durch ihre besitzergreifende Größe. Den Sommer
verbrachten wir in Irland, den Rest des Jahres über
nisteten sich zum Horror meiner Mutter immer wieder Onkel oder Tanten bei uns ein. Am öftesten Onkel
Billie mit meinen drei Abrissbirnen von Cousins, und
Sinéad, ihrer älteren Schwester. Während unsere insgesamt sechs Brüder durch die Nachbarschaft maro-
dierten, wurde sie zu meiner älteren Schwester. Mit
Brief und Blutsiegel.

Nach dem Tod meines Vaters zerfransten die Fami-
lienbande nach Irland. Die Mutmaßungen über seinen
Selbstmord spalteten uns in Fraktionen. Der Pragmatismus meiner Mutter, mit dem sie meinen Vater für tot
erklären ließ. Die Weigerung der Dublin-Nana, seine

Krankheit als solche anzuerkennen. All die unausgesprochenen Vorwürfe. *Eure Gene! Nein, eure Beziehung!*

Nur Sinéad blieb. Sinéad kannte die Patsy Logan vor der Polizistin. Die dunklen Ecken und alles, was ich darin in Schach hielt. Immer, wenn wir uns sahen, kam es raus.

Ich, die geschüttelte Flasche Champagner, sie, der Korkenzieher. So hatte Stefan über uns geurteilt. Ohne das bei seinen Klienten übliche Verständnis in der Stimme.

Die Patsy, zu der ich in Sineáds Gegenwart wurde, machte ihm zu schaffen. Zu wenig Impulskontrolle, zu viel Nach-mir-die-Sintflut. Eine, die ihr Leben in beide Hände nahm und es dann über Bord warf. Die Sinéad in die angesagte Bar am Dach eines angesagten Hotels ein paar Blocks entfernt vom *Bleeding Horse* folgte, anstatt nach Hause zu gehen.

„Und wenn schon? Wohin bringt uns denn diese ganze Kontrolle?" Sinéad bezog sich nicht auf das Glas Rosé, mit dem der wie aus Stein gemeißelte Kellner soeben ihr geleertes Glas ersetzte. Sie meinte damit mich und mein Sackgassenleben.

„War nur eine Frage der Zeit, bis du ausbrichst, Liebes. Ich weiß, wer du wirklich bist."

„Du meinst, wer ich war. Die Pillen und all das."

Sie winkte ab, als täte meine Zeit der Drogenexperimente nichts zur Sache.

„Dich in diese geordneten Strukturen zu zwängen, war vielleicht in deinen 20ern die Rettung. Aber die ganze Checkliste mit Mann, Haus und Kindern macht eine wie dich nicht glücklich. Das musst du schon selbst erledigen."

Eine wie mich. Küchenpsychologie ertrug ich leichter, wenn sie aus dem Mund einer Frau ü40 mit fri-

schem Pommesgabel-Tattoo am Oberarm kam. Ein bisschen zumindest.

„Aha. Ich hab aber kein Haus und keine Kinder und
vielleicht auch bald keine Karriere mehr." Ich nahm
einen Schluck von meinem vernünftigen Glas Wasser
mit einem Schuss Chlor. „Soll ich also meine Ehe in die
Tonne treten? Ist das deine Idee von meinem glücklichen Leben?"

Sinéad schüttelte den Kopf. Ihre eigene Trennung
hatte sie zwar freier, aber auch viel ärmer gemacht. „Stefan ist ein guter Mann. Viel besser als Mick. Ich fands nur
nicht okay, wie sehr er dich wegen der Kinderwunsch-
behandlungen unter Druck gesetzt hat, das ist alles."

Kinderwunsch. Ein Wort wie ein Nadelstich in meinem Bauch. Aber zumindest kein Messer mehr, so wie
noch bis vor kurzem. Die Zeit hatte offenbar endlich
begonnen, ihre Arbeit zu machen.

„Das waren vor allem seine Eltern. Er hat sich entschuldigt. Die Entscheidung liegt ganz bei mir, sagt er."

„Ist das nicht noch gemeiner? Alles auf deine Schultern zu legen?"

Sinéad erinnerte mich manchmal an mich selbst,
bei der Vernehmung einer mir verdächtigen Person.
Zumindest erkannte sie die Warnung in meinen Augen.
Spülte den Rest ihrer Offenheit mit dem Wein nach
unten.

„Wie gesagt, Stefan ist in Ordnung. Und ich finde, ihr
solltet euch bei nächster Gelegenheit zusammenraufen.
Im Moment ist er aber in München und du hier. Warum genießt du nicht die Pause?"

Ich kannte diesen Blick schon so lange.

„Du meinst, ich soll Ben genießen? Das wird doch
nie was. Noch bin ich verheiratet, außerdem hat er eine
Freundin."

„Sagt wer?"

„Er."

„Und das glaubst du ihm? Man muss euch doch nur zusammen beobachten."

„Heimlich durchs Fenster, so wie du?"

Sie grinste, machte ein Geräusch wie Wassertropfen auf einer heißen Herdplatte. „Mach schon, Liebes, krieg's aus deinem System. Oder warum sonst bist du hier? Doch hoffentlich nicht nur, um diese absurde Geschichte über euren Dad wieder aufzuwärmen?"

Diese absurde Geschichte. Die von meiner Taufpatin, Tante Roisin. Die hatte mir bei unserem letzten Treffen eröffnet, sie habe meinen Dad gesehen. Quicklebendig sei er in einen Bus gestiegen, ein paar Monate, bevor meine Mutter ihn für tot erklären ließ. Die Logans waren traditionell großzügig, was ihre Definition von verrückt anging. Meine Taufpatin lebte weit jenseits dieser Grenzen. Nur ihr Hund Rasputin und eine Schar von Erzengeln hielten noch zu ihr.

„Und du jetzt auch?" Sinéad konnte es nicht fassen. „Du glaubst doch sonst nur, was du siehst? Harte Fakten, und so? Klingelt da was?"

„Ich will es bloß aus dem System kriegen, okay?"

Sie lachte in ihr schon wieder halb geleertes Glas. Was Alkoholkonsum betraf, spielte meine Cousine trotz ihrer mittelgewichtigen 1,60 in der obersten Liga.

„Es gibt ein paar Ungereimtheiten. Denen will ich nachgehen, mehr nicht. Ben hat mir versprochen, mit Dads Akte zu helfen." Dass auf die der Special Branch seine Hand draufhatte, ließ ich unerwähnt. Genauso Bens Rückzieher. Das schadete nur der Argumentationskette. „Und du hast doch sicher noch ein paar Verbindungen. Jemand von deinen Journalistenfreunden könnte vielleicht …"

„Ach, Liebes. Du weißt, ich würde alles für dich tun." Sie seufzte. Griff nach der E-Zigarette, mit der sie seit kurzem ihre tägliche Packung B&H ersetzte, und rutschte von ihrem Barhocker. „Aber mit so einer Sache sprengst du unsere Familie. Das ist dir klar, oder?"

„Niemand muss davon erfahren, Sinners."

Ihr Lächeln wurde großschwesterlich, ihre spanisch dunklen Pupillen hart wie Edelsteinchen.

„Werden sie aber, Patsy. Das weißt du."

Sie hatte recht. Die Logans waren zu alteingesessen, zu weitverzweigt und verdammt irisch, um nicht Wind davon zu kriegen, dass ich in der Vergangenheit rumwühlte. Und dann würden sie es in alle Welt posaunen. Allen voran Sinéad. Wenn die mich mal bei meinem Namen nannte, war es Zeit, die Sache fallen zu lassen und auf einen besseren Moment zu warten. Ich winkte ab, ließ sie ziehen. Sie zwängte sich zwischen einer Mauer junger Männer hindurch, die den Ausgang zum Raucherbereich der Dachterrasse blockierten. Eine neue Generation der Iren, mit weichen Gesichtern, Bärten, unterschiedlichen ethnischen Hintergründen. Sie tranken Craft Beer anstatt Guinness, ihre Stimmen wie Nebelhörner im allgemeinen Stimmengewaber.

Plötzlich sehnte ich mich in einem geradezu irrationalen Ausmaß nach Stefan. Nach seiner Haut. Dem Reißverschluss der Narbe, den eine Blinddarm-OP lange vor unserer Zeit hinterlassen hatte. Ich wollte ihn öffnen, in ihn hineinkriechen, meinen Mann ausfüllen, so wie früher. So ist das mit Patsy Logan: Komme ich an die Promillegrenze, werde ich zum emotional bedürftigen Wrack.

Da pfeife ich auf Würde und Selbstwert. Mache Sachen, die mir im nüchternen Licht des Tages niemals einfallen würden.

Einen Blick in mein Facebook-Konto werfen, zum Beispiel. Mein Profil darauf ist eine tote Informationswüste, mein Bild sieben Jahre alt. Eine glücklich lachende Frau mit krauser Nase auf ihrer Hochzeit. Ich erkenne mich kaum darauf wieder, und das ist okay so, denn ich nutze das Profil vor allem für Ermittlungen. Und für Stefan. Eine meist stille Mitleserin seines Lebens. Es war, wie in seinen Kopf zu schauen. Unheimlich vielleicht, aber auch tröstlich. Sein Leben ohne mich, vielseitig wie seine rasch wechselnden Interessen. Die meisten Fotos kannte ich schon. Ich arbeitete mich durch seine Timeline der letzten Wochen, gehetzt von einer inneren Unruhe, keine Ahnung, woher die plötzlich kam, alles, was ich wusste: Sie wurde stärker. Stefan, umringt von Unbekannten, ein Namensschild um den Hals bei einer Tagung, mit unserem Graupapagei Pauli auf der Schulter, bei einer Weinverkostung in der *Sakristei*. Egal wo, die Menschen suchten seine Nähe. Drängten sich um ihn. Nicht nur auf den Bildern, auf dem ganzen Profil. Sie lachten über seine Kommentare. Liebten und bewunderten seine Beiträge.

Vor allem diese Frau.

Ein schlanker Scherenschnitt im langen Sommerkleid vor einem Sonnenuntergang, die Arme zu einem V gehoben. Siegerin.

In meinem Kopf plötzlich ein Bild. Jung, unverbraucht, noch alle Optionen offen. Eine, die ihr Leben um Stefan legen konnte wie einen warmen Mantel. Ein Klischee. Stefan hatte immer darüber gelacht. *Junge Frauen*, sagte er, *sind mir viel zu glatt*. Und trotzdem war ich ihm offenbar zu kratzig. Vielleicht hatte er seine Meinung geändert, so wie viele in seinem Alter.

Hör auf zu spinnen, Patsy.

Wäre Sinéad hier, hätte sie mir gleich gegeigt, was sie von Recherchen wie diesen hielt, nämlich ebenso wenig wie ich selbst. Im Normalfall. Aber sie war nicht hier, und noch weiter weg war der Normalfall.

Im Gegensatz zur Schattenfrau. Die war sehr präsent, genau vor meiner Nase. Während ich zwischen Arbeit und den Nachwehen meiner Fehlgeburt getrudelt war, während Stefan mich noch zu einer Fruchtbarkeitsbehandlung, diesmal wirklich der letzten, zu motivieren versucht hatte, war sie auf seinem Profil aufgetaucht.

So wie ich legte sie offenbar Wert auf ihre Privatsphäre. Bis auf einen offensichtlichen Fake-Namen, ihren Scherenschnitt von Foto und den Wohnort München war keine Information auf ihrem Profil freigeschaltet. Auf dem von Stefan war sie auffallend aktiv. Nichts Kitschiges oder sonst irgendwie Verdächtiges. Keine Herzchen, Küsschen oder überschwänglichen Bewunderungsäußerungen. Nur die steten Tropfen der Aufmerksamkeit. Kein Beitrag ohne ihren Kommentar, kein Foto ohne ihre Reaktion. Stefan verhielt sich freundlich, antwortete jedes Mal, überließ ihr stets das letzte Wort. Gentleman, der er war. Es war schon fast zu offensichtlich.

Ich atmete tief durch. Schloss die Augen. Hörte dem vielstimmigen Chor der Nachtschwärmer zu. Dem Dauerfeuer meines Herzschlags.

Ganz ruhig. Leise drang meine Vernunft durch. *Es sind ein paar Posts, keine Liebesschwüre. Du hattest zu viele Drinks. Geh ins Bett, vergiss es.* Sie hatte recht. Wie immer.

Ich schloss Stefans Facebook-Profil, legte das Handy zur Seite. Fragte mich, wo Sinéad blieb. Bestellte einen Rosé beim aus Stein gemeißelten Kellner. Nahm das Handy wieder auf und schrieb eine Nachricht an Stefan:

Who the fuck ist Berna Dette?

Aufsteigertypen

1

Acht Uhr, der Morgen das kalte Grauen. Nur Sam Feurstein sah aus wie der Morgentau höchstpersönlich. Die Haare feucht, die Augen blitzblank wie sein BMW, den er gleich vor Sinéads Haus geparkt hatte, stand er vor der Tür. Morgenmenschen bereiten mir Kopfschmerzen. So wie alles im Augenblick. Mein Anblick bremste ihn zum Glück ein wenig ein.

„Guten Morgen, Frau Kollegin. Du hast meine Nachricht eh bekommen, oder?"

Wahrscheinlich. Nur lag mein Handy oben neben meinem Bett. Oder es steckte in meiner Tasche, vielleicht auch irgendwo im Mantel. Hoffte ich zumindest. In der Hotelbar hatte ich es jedenfalls noch an mir gehabt, und auch im Sugar Club. Im Bernard Shaw verlor sich seine Spur dann im trüben Wasser meiner Erinnerung. Nur, dass ich es abgeschaltet hatte, das wusste ich noch. Tat ich sonst nie. Andererseits, ich schrieb sonst auch nie lächerlich eifersüchtige Nachrichten an meinen Mann. Oder trank unter der Woche Whiskey. Sinéad, verdammt nochmal.

„Ich war heute schon unterwegs und dachte mir, wir könnten vielleicht gemeinsam frühstücken gehen vor der Besprechung."

Die war erst in zwei Stunden. Und ich im Pyjama.

„Um die Uhrzeit hat in der Gegend noch kein Café geöffnet."

Sein Lächeln verschmälerte sich kein bisschen.

„Oje, schade. Gestern Abend beim Fernsehen kam mir nämlich noch ein Gedanke zu unserem Fall. Da wollte ich gerne deine Meinung dazu hören."

Der Mann kannte mich jetzt schon zu gut. Außerdem hatte er etwas zu erzählen, das war ihm anzusehen.

„Dazu brauchen wir kein Café." Ich öffnete die Tür ein wenig weiter. Zimmerte mir ein einladendes Gesicht zurecht. „Tee und Filterkaffee haben wir auch. Wenn das für dich in Ordnung geht."

Bis ich mich halbwegs frisch zusammengesetzt, angezogen und zwei Aspirin intus hatte, fühlte sich Sam schon wie zuhause. Vor ihm stand ein großer Pott Kaffee, ihm gegenüber dampfte eine Tasse Tee. Offenbar mein Platz. Sogar Fritz war in die Küche gewackelt und lag Sam unter dem Tisch zu Füßen, was er sonst nur noch bei mir tat. Der Verräter. Und er war nicht der einzige.

„Kannst du diesen Mann fassen?" Sonst nie vor halb zehn auf den Beinen, hatte sich Sinéad bereits über einen der Ohrensessel drapiert. Zeigte auf meinen Kollegen, das Phänomen. „Sam hier war heute schon schwimmen."

„Wo?"

„Irische See, wo sonst? Unten in Seapoint." Ihr linkes Bein wippte lebhaft über der Armlehne. Der dünne Stoff ihres Bademantels war schon längst von ihrer nackten Haut gerutscht. „Ist das nicht verrückt? Das Wasser hat im Winter doch keine sechs Grad." Sinéad war begeistert. Traumatisiert von einer noch immer nicht offiziell geschiedenen Ehe mit einem Muttersöhnchen, hatte sie viel übrig für zur Schau gestellte Männlichkeit.

„Na, es sind schon acht Grad", korrigierte Sam sie sichtbar geschmeichelt. „Es fühlt sich ganz fantastisch an. Jedenfalls danach."

„Aha." Ich glaubte ihm kein Wort. „Na, dann viel Spaß."

„Du solltest es auch mal probieren." Er biss beherzt in eines der Dreiecke aus gebuttertem Toast, die Sinéad uns auf den Tisch gestellt hatte.

„Nein, danke."

„Ist aber gut für die Stimmung."

„Dazu muss man es erst mal überleben."

Das erste Dreieck Toast war verschwunden, er beugte sich mir entgegen, holte sich das nächste, musterte mich eine Sekunde lang.

„Du schaust aus, als hättest du schon Schlimmeres überlebt."

Was für ein Kompliment.

Sinéad grinste. Noch breiter, als Sam ihren Toast über den grünen Klee lobte. Egal, wie unbeeindruckt sie an ihrer E-Zigarette schmauchte. Ich kannte sie. Wenn das hier so weiterging, waren wir bald in Schwierigkeiten.

2

Draußen machte es sich der Tag im Zwielicht gemütlich. Der Schein der Hängelampe über dem Esstisch eine Insel aus Licht, auf der wir gestrandet waren. Mein Handy hatte ich inzwischen aus meiner Manteltasche geborgen. Stumm und schwarz lag es neben mir. Ich war noch nicht bereit für die Realität. Und wenn ich schon bei Stefan Abbitte leisten musste, dann bitte nicht auf nüchternen Magen.

Während Sinéad noch einmal für Nachschub an Buttertoast sorgte, erzählte Sam von seiner gestrigen Aussage auf dem Präsidium. Von seiner Begegnung mit Laura Brunner vor den Toiletten und der Tatsache, dass sein einziger schöner Anzug nun bis auf Weiteres konfisziert war. Noch bemerkenswerter war sein Abend vor dem Fernseher gewesen.

„So eine Art Aktenzeichen XY, nur eben für Irland. Und da gab es einen Beitrag über einen Mord, den fand ich interessant: Anfang Dezember ist hier in Dublin ein junger Anwalt erschossen worden. Direkt vor seinem Haus. Angeblich im klassischen Stil der Drogengangs. Zweimal Brust, einmal Kopf." Sam veranschaulichte mir das Geschehen mit einer Fingerpistole.

„Du meinst Aidan Kelleher." Sinéads Reaktion kam so schnell, sie nahm nicht einmal den Blick vom Toaster. Natürlich hatte sie jedes Wort mitgehört.

„Genau." Sam zeigte auf sie, als habe sie soeben die Millionen-Euro-Frage beantwortet, und wandte sich wieder mir zu.

„Angeblich kratzen die bei der Polizei sich noch immer die Köpfe wegen dem Fall."

Wunderte mich nicht.

„Gangster-Morde haben eine schlechte Aufklärungsquote. Niemand traut sich den Mund aufzumachen."

„Ist mir klar. Nur – die Angehörigen von Kelleher trauen sich das aber schon. In dem Bericht wurde seine Familie interviewt. Alle waren sie auf den Barrikaden und haben beteuert, dass Aidan nie im Leben irgendwelche Drogen angerührt hat und einfach nur ein braver Bub vom Land war." Er bot mir den Vortritt bei der nächsten Ladung Toast an und ich griff zu. Tee und Toast mit gesalzener Butter waren meine persönliche Vorstellung vom Paradies. Erst recht nach einer Nacht wie dieser.

„Auch Anwälte nehmen Drogen", sagte ich. „Kelleher wäre nicht der Erste, der das vor seinen Lieben verheimlicht hat. Und wenn meine Eltern Konservative vom Land wären, würde ich auch nicht beim Sonntagskaffee erzählen, dass ich mir immer wieder mal Illegales reinziehe." Ich sah, wie Sinéad ein Grinsen unterdrückte. Sie wusste – ich sprach aus Erfahrung.

„Seine Verlobte hatte mehrere Nasenringe, die hat dasselbe gesagt." Sam ließ sich von meinem spontanen

Lachen daraufhin nicht beirren. „Und sogar ein Kollege aus der Kanzlei, für die er gearbeitet hat. Die waren sich alle einig, dass Aidan vollkommen anständig war."

„Okay, verstanden. Aber worauf willst du hinaus?"

„Also mich erinnerte die Sache irgendwie an Florian Gabernig." Sam verschränkte die Arme vor der Brust, lehnte sich zurück in seinen Stuhl. Weckte damit Fritz, der den Kopf hob und gähnte, seine Zunge eine perfekte, rosarote Welle.

„Aidan Kelleher war vielleicht ein paar Jahre jünger als er. Aber beide sind klassische Aufsteiger. Respektable Berufe, erfolgreich, adrettes Äußeres, gute Umgangsformen. Nicht gerade die klassischen Mordopfer."

Respektabel. Sinéad schnaubte verächtlich. Sie hatte begonnen, Eier in eine Schüssel zu schlagen, mit einer Pfanne zu hantieren. Sam registrierte es, sprach trotzdem weiter. „Und beide wurden von Leuten ins Visier genommen, die mit organisierten Methoden vorgingen. Trotzdem gibt es kein offensichtliches Motiv."

Etwas in meinem Hinterkopf zündete. Zündete fehl. Zu meiner Verteidigung, es war noch vor neun.

„Von wegen, kein Motiv", mischte sich Sinéad ein. So viel Druck hinter ihren Worten. So, als habe sie sich schon lange zurückgehalten mit ihrer Meinung. „Es tut mir ja leid um den armen Aidan, und erst recht um die junge Deutsche, aber Schlipse wie dieser Kelleher sind der Grund, warum die Leute in diesem Land vor die Hunde gehen."

Mit den Leuten meinte sie sich selbst. Zorn in ihren Tigeraugen. Zorn in ihrer Sandpapierstimme. Und ich konnte sie verstehen. Bevor wir alle aufgehört hatten, für unsere Nachrichten zu bezahlen, hatte Sinéad für den *Irish Independent* gearbeitet. So richtig mit Schreibtisch und fixem Gehalt. Dann war die Krise gekommen.

In der Welt, in den Medien, in ihrer Ehe. Gemeinsam mit der digitalen Transformation waren sie über Sinéads Lebensgrundlage hinweggefegt. Jetzt war sie Yogalehrerin, Online-Redakteurin für einen Dubliner Blog, der mit seinen Tipps lokale Unternehmen promotete, und gab Kurse im journalistischen Schreiben für all jene Hoffnungsvollen, die es immer noch nicht verstanden hatten (Sinéads Worte, nicht meine). Klang gut, ernährte sie und Fritz auch halbwegs, aber nicht viel mehr. Schon gar nicht machte es sie unabhängig genug für eine Zukunft ohne ihren Mann, mit dem sie sich um dieses Haus hier stritt.

„Weißt du, wie die sowas jetzt nennen? Portfolio-Karriere." Sinéads Finger krallten Anführungszeichen in die Luft. „Solche Begriffe denken sie sich für uns aus, als Ersatz für die menschenwürdig bezahlten Jobs, die wir mal hatten. Diese Kriegsgewinnler und ihre Anwälte, die Leute aus ihren Häusern vertreiben. Was ist so verkehrt daran, wenn es denen zur Abwechslung auch mal an den Kragen geht?"

Ausbruch beendet. Sie schnüffelte, fuhr sich mit dem Handrücken über die Nase und tätschelte dann Fritz den Kopf, der besorgt zu ihr gewatschelt war, ihr seine Schnauze zwischen die Unterschenkel steckte. Dann ließ sie unser Frühstück in Rauch aufgehen. Und in meinem Hinterkopf regte sich wieder etwas. Noch eine Zündung. Eine, aus der etwas Brauchbares wurde.

„Was meinst du, wegen der Ähnlichkeit von Florian und Kelleher?", fragte Sam, der das mit einem Blick zu verstehen schien. „Seh ich Gespenster oder was?"

Vielleicht. Wahrscheinlich sogar. Andererseits hatte ich in meinen über 15 Jahren bei der Kripo schon so viele Gespenster gesehen. Buchstäblich. Manchmal hatte ich mich damit lächerlich gemacht. Immer war mir das egal gewesen. Ich ging ihnen trotzdem nach. Jedem einzelnen, egal wohin sie mich führten.

„Was war das für eine Kanzlei, für die Aidan Kelleher gearbeitet hat?"

„Eine mit ziemlich gutem Namen, angeblich." Er nahm sein Handy zur Hilfe. „Hogan, Black & O'Keefe."

Ich scrollte mich durch Reihen kompetent wirkender Frauen und Männer. Abgesandte aus einer teurer angezogenen, besser frisierten Parallelwelt, auf die ich immer wieder an den Gerichten traf.

„Wäre mal interessant, deren Klientenliste zu sehen", sagte ich. Sam summte zustimmend. Sinéad widmete sich offiziell unseren Eiern, machte aber so ein komisch spitzes Gesicht, das ich von ihr bereits gut kannte.

„Sag mal, Sinners, hast du da jemanden, der Bescheid weiß? Irgendeinen Kontakt von früher?"

Das Lokal gab sich très chic. Das minimalistische Re-
staurantschild am gusseisernen Zaun war beleuchtet
wie in einer Kunstgalerie. Eine Steintreppe führte hinunter ins Souterrain eines viktorianischen Stadthauses.
Keine Fenster, das Licht des späten Mittags war nach
oben verbannt. Egal, man versäumte nichts. Seit seiner
Ankunft im August herrschte hier mehr oder weniger
schlechtes Wetter. Eine hübsche Maus in weißer Bluse
und Krawatte nahm ihm den Mantel ab. Den zerfled-
derten Regenschirm. Noch eine Erkenntnis der letzten
Zeit: Der Regen kam hier von allen Seiten.

„Die Herrschaften sind bereits da, Sir", sagte eine zweite hübsche Maus. Französischer Akzent, schiefe Schnei-
dezähne wölbten ihre vollen Lippen, wenn sie lächelte.
Sie hinterließ eine anregende Duftspur von Mandelkek-
sen. Ließ ihn an ihre Titten denken und ob die wohl auch
danach schmeckten. Es war schon viel zu lange her.

Sie führte ihn zwischen den Tischen hindurch. Männer in dunklen Anzügen, mittelalte Frauen in Kostümen und mit Perlensteckern in den Ohrläppchen. Re-
gierungsleute, Finanzleute, Investoren, Immobilienleute
und ihre diskreten Vasallen aus den Redaktionsstuben
und Anwaltskanzleien.

Seine eigenen Leute erwarteten ihn in einem kleinen Gewölbe. Um sich beim Setzen nicht den Kopf zu
stoßen, musste er sich bücken. Gut, dass er nicht klaus-
trophobisch veranlagt war.

Man reichte sich die Hände über gestärkte Tisch-
decken, gestärkte Servietten, Silberbesteck, prickeln-
des Wasser aus dem Filter.

Peter Barr von der Kanzlei traf er fast jede Woche.
Das Beiwagerl an seiner Seite war neu. Einer dieser Ty-

pen, wie sie ihm trotz seiner kurzen Zeit in Irland schon öfter aufgefallen waren. Landei im Anzug. Die Haare zu gegelt, die Wangen zu rot, die Finger zu grob, die Tischmanieren aus dem Pub.

Aidan Kelleher. Jung und hungrig, aber mit Erfahrung, rückte Peter seinen jungen Mann ins rechte Licht. Der wusste Bescheid über die Immobilien. Spezialisiert auf Streitsachen. Aidan mochte noch ein paar Milchzähne haben, aber die seien spitz, haha. Geschärft in fünf Jahren angedrohter, eingeleiteter, vor Gericht gebrachter Verfahren. Der Beste aus dem Pool seiner Junior-Anwälte. 80 Prozent der gegen Mandanten eingeleiteten Verfahren sähen nie ein Gericht von innen. „Außer, es liegt in ProAssets Interesse, versteht sich." Peters Tieftöner-Lachen dazu verschwand in der Wand des Gewölbes.

Während sein Vorgesetzter ein Loblied auf ihn sang, fremdelte Aidan noch mit dem gediegenen Ambiente. Er ignorierte das Buttermesser seines Gedecks, trug die Butter in dicken Strichen auf das noch warme Sauerteigbrot – mit dem Hauptspeisenmesser. Bestellte sein Steak gut durch, wenn das ginge, vielen Dank. Die von Peter für alle georderten rohen Austern mit Miso, Chili, Frühlingszwiebeln und Reisweinessig betrachtete er, als wären es Wasserleichen. Was der Bauer nicht kennt.

Die ganzen alten Sprüche aus Flos Jugend daheim im Salzburger Land, an die er in New York jahrelang überhaupt nie gedacht hatte – plötzlich waren sie wieder da. Als hätten sie auf der Landebahn in Dublin schon auf ihn gewartet. Vielleicht, weil er sich wieder in Europa befand. Oder weil er schön langsam doch älter wurde und sentimental. Aber ganz sicher, weil ihn hier in Dublin immer wieder etwas an Österreich erinnerte. Der Humor und das fehlende Selbstbewusstsein. Die vordergründige Höflichkeit. Die Freunderlwirtschaft überall. Der Beißreflex gegen das größere, einflussreichere Nachbarland. Die harmlose Fassade, die man so leicht unterschätzte. Und dann.

„Jetzt ist die beste Zeit für ProAsset, um loszulegen", sagte Kelleher, während sie auf ihre Bestellung warteten. „Die Arbeitslosigkeit liegt zum ersten Mal seit der Krise unter zehn Prozent. In den nächsten drei Jahren halbiert sie sich laut unserer Prognosen noch einmal. Die Tech-Firmen bauen alle weiter aus. Facebook. Google. LinkedIn. Skiller. Airbnb. Die Investitionen der Pharma-Industrie bleiben ebenfalls stabil. Und die Wachstumsraten im Eigentum kennen Sie ja sicherlich schon, da muss ich Ihnen nichts erklären. Das wird in ein, zwei Jahren abflachen. Noch länger zu warten, lohnt sich nicht. Vor allem nicht, wenn man bedenkt, wie lange unsere Verfahren manchmal dauern können."

Aidan Kelleher gefiel ihm schon jetzt. Wie er das Wort Verfahren aussprach. So einen Pragmatismus brauchte es. Den Respekt für eine gewisse natürliche Ordnung im Leben. Dass alles seinen Preis hatte. Den hatten die Leute vom Land viel öfter, als man dachte. Und er musste es wissen, er war einer von ihnen.

„Sie haben unser Portfolio sicher schon gesehen, Aidan. Womit sollen wir beginnen?", fragte er, während ihnen die Maus mit den vermuteten Mandeltitten das Essen servierte: Heilbutt mit Trüffelstaub und Krabben-Bisqué. „Was würden Sie uns raten?"

„Die privaten Wohnobjekte im Dubliner Speckgürtel." Eine Antwort wie aus einem Bolzenschuss-Apparat. Kelleher übernahm sein Steak mit einem dankbaren Lächeln, wartete, bis die Maus sich wieder zurückgezogen hatte. „Die hatten die höchsten Kredite und einen Preisverfall von bis zu 70 Prozent. Ihre damalige Bewertung erreichen die trotz der guten Entwicklung auf absehbare Zeit nicht mehr, sogar vielleicht nie mehr. Wenn Sie die demnächst verkaufen können, stehen die Chancen gut, rasch einen guten Schnitt auf Ihren Kaufpreis zu machen."

Rasch. Guter Schnitt. Worte, die er gerne hörte. Die Todd aus dem New Yorker Headquarter gerne hören würde. Der hatte sich für Flos Bestellung für das Dubliner Büro starkgemacht. Eine rasche Bestätigung, dass er aufs richtige Pferd gesetzt hatte, wäre ideal.

„Dazu müssen wir aber zuerst mal ein Verfahren gewinnen, oder? Sobald die Leute zu einem Ombudsmann gehen, kann das Jahre dauern."

„Wir schreiben so rasch wie möglich die säumigsten Kreditoren an und sehen, was passiert. Die private Entschuldung wird nächstes Jahr reformiert, aber noch ist es nicht so weit. Alles dauert hier lange. Wie immer." Aidan Kelleher nahm das Steakmesser zur Hand, schien in seiner blankpolierten Klinge kurz seinem eigenen Blick zu begegnen. „Wenn wir schnell sind, können wir noch ein paar gute Gewinne machen."

Sie aßen. Peter lobte sein Täubchen mit Foie gras und kandierten Karotten. Der Heilbutt war auch nicht schlecht. Aber das war das Problem, wenn man mal ein paar Jahre in New York gelebt hatte. Nichts beeindruckte einen mehr. Alles schmeckte ein bisschen nach Enttäuschung. Fühlte sich langsam an und irgendwie beschränkt. Roch nach Provinz, so wie Aidan Kellehers Aftershave.

Er versicherte der besorgt nachfragenden Kellnerin, die Schuhsohle auf seinem Teller sei das beste Steak, das er jemals gegessen habe. Was vielleicht sogar stimmte.

„Flankierend würde ich die Apartmenthäuser in Dundrum, Ashbourne und an der Townsend Street ins Auge fassen", sagte er nach einem Schluck von seinem alkoholfreien Bier. Peter nickte nur dazu, überließ seinem Schützling die Show. „Es gibt in der Stadt viel zu wenige Wohnungen, weil während der Krise nichts gebaut wurde. Der Bedarf ist jetzt aber so hoch, die Lücke kann trotz der Bautätigkeit nicht schnell genug geschlossen werden. Die Leute suchen händeringend nach Immobilien. Entweder die jungen urbanen Tech-Arbeiter oder Investoren, die Objekte für eine Airbnb-Vermietung suchen. Das ist gerade im Zentrum noch lukrativer, wegen der vielen Touristen."

„Was ist mit den Mietern?" Vor seinem geistigen Auge bildeten sich gerade Trauben betagter Langzeitmieter, die medienwirksam ihre Vertreibung aus ihrer jahrzehntelangen Bleibe beklagten. Schlachten mit Gentrifizierungsgegnern, wie es in Berlin gang und gäbe war.

„Die Mieterstruktur ist hier anders als auf dem Kontinent. Kaum jemand mietet langfristig. Es sind vor allem junge Berufstätige, viele aus dem Ausland. Manche bleiben ohnehin nur ein paar Jahre und gehen dann entweder zurück nach Hause oder kaufen sich eine Immobilie. Viele arbeiten für Tech-Firmen, die alle gut bezahlen. Sie wissen außerdem, dass der irische Mietmarkt volatil ist, egal ob private oder institutionelle Vermieter."

In anderen Worten, sie hatten keine Lobby. Waren eine zu isolierte und inhomogene Gruppe, zu schlecht vernetzt und mit den lokalen Gegebenheiten nicht genug vertraut, um sich effektiv zu organisieren und Einspruch zu erheben.

„Die aktuellen Verträge sind bei allen der irische Standard. Die sind jedes Jahr kündbar oder werden neu verhandelt. Wenn wir die Wohnung ausmalen lassen oder ein paar neue Möbel reinstellen, können wir jederzeit kündigen. Im Rahmen der gesetzlichen Frist, versteht sich. Dann können Sie entscheiden, ob Sie verkaufen oder zu einem angepassten Preis neu vermieten wollen. Beides hat am derzeitigen Markt durchaus Vorteile."

„In jedem Fall klingt das nicht gerade, als würden wir uns damit viele Freunde machen."

Die beiden Anwälte tauschten einen Blick.

Sag's du ihm. Nein, du.

„Der irische Staat wäre blank bis auf die Unterhosen, gäbe es nicht Unternehmen wie Ihres, und es gäbe noch viel weniger verfügbaren Wohnraum", sagte Kelleher mit großem Ernst, keine Spur mehr von seiner anfänglichen Unbeholfenheit. „Sie haben die Mittel bereitgestellt, als niemand sonst sie hatte. Das weiß die Regierung, und das wissen tief drinnen auch die Schuldner. Wer jahrelang keine Kreditraten zahlt, wird eines Tages Schwierigkeiten bekommen. Wer schlecht wirtschaftet, kriegt irgendwann die Rechnung präsentiert. Das ist nicht Atomphysik, sondern das Leben."

Niemand sagte daraufhin etwas. Nur Peter Barr trug einen Blick spazieren wie Abraham der Weise.

Ich hab's dir ja gesagt, der ist gut.

„Machen Sie sich keine Sorgen, Herr Gabernig. Natürlich werden wir alles tun, um Härtefälle zu vermeiden." Das Lächeln von Kelleher hatte wieder die Handschlagqualität der Begrüßung angenommen. Er zersägte die letzten Bissen seines Steaks. „Aber das Recht ist ganz auf unserer Seite."

Am Grand Canal

1

Sam und ich trafen zwei Minuten vor elf im Lageraum ein. Sprich, zu spät. Alle anderen waren schon da, Flanagan inklusive.

Unsere Begegnung im *Bleeding Horse Pub* am Vorabend schien vergessen. Er hob nur kurz die Augenbrauen, während er an seinem Kaffeebecher nippte, dabei seine Krawatte an die Brust drückte. Es grüßten die 90er: grünes Paisley-Muster auf gelbem Grund. Seinen Ehering trug er rechts. Offenbar gab es keine Mrs. Flanagan mehr.

Jeder Stuhl war besetzt, der Rest reihte sich entlang der Wand auf. Überall der Geruch nach Kaffee, altem Teppich und Papier frisch aus dem Drucker. Man rückte bereitwillig zur Seite, damit Sam und ich nebeneinander stehen konnten. Mehr als nur Höflichkeit, sondern ein Signal. Wir wurden als Einheit gesehen. Die Deutschen. Eine Luftblase im irischen Smaragd. Dass Flanagans Blick uns folgte, bildete ich mir wahrscheinlich nur ein. Ich konzentrierte mich auf mein Handy. Meine Nachricht von gestern Abend hatte Stefan gelesen, aber nicht beantwortet. Meine Entschuldigung, mehrfach umformuliert und feinstgeschliffen, war noch immer nicht gesendet. Unser üblicher Stellungskrieg, wenn ich zu impulsiv geworden war, oder er am hohen Ross saß. Nachricht senden? Mich wieder seiner moralischen Überlegenheit unterwerfen? Oder trotzig bleiben? Vielleicht sogar ein paar Tröpfchen Öl ins Feuer?

Um Punkt zehn erlöste mich Flanagans Händeklatschen aus dem Dilemma. Zurück an die Arbeit.

Die guten Nachrichten wieder zuerst: Noch verhindere eine vorläufige Nachrichtensperre ein zu großes Interesse der Öffentlichkeit an unserem Fall. Das hielt zumindest die Anfragen der Medien in Grenzen. Nicht aber die aus Regierungskreisen. Deutsches Außenministerium, österreichisches Außenministerium, das Büro des Taoiseach, des irischen Regierungschefs – alle säßen ihm im Nacken.

„Ihr wisst, was das bedeutet, Leute", sagte Flanagan mit einem Blick über den Brillenrand.

Alle wussten es. Brauchbare Ergebnisse oder zumindest Fortschritte, und das hurtig.

Danach ließ er alle der Reihe nach antreten mit ihren Erkenntnissen. Es redete nur, wem DI Flanagan das Wort erteilte. Ich hatte mir vorgenommen, ebenfalls den Mund zu halten. Abwarten. Zuhören.

Der abschließende Bericht der Gerichtsmedizin kam auf den Tisch, eine Zusammenfassung aller bisherigen Befragungen, Ronan berichtete von der erfolglosen Suche nach eindeutigen Hinweisen auf dem Videomaterial. Toxikologischer Befund. Bericht der Spurensicherung. Datenforensischer Bericht. Tralala.

Kurz vor eins lagen alle bisher verfügbaren Puzzleteile am Tisch. Das Ergebnis war nichts und wieder nichts.

Nur ein Verdacht bestätigte sich: Laura Brunners Weste war auch beim näheren Hinsehen lupenrein. Eine kluge junge Frau mit den besten Chancen. Eine, die alles richtig gemacht hatte im Leben. Eine gerade Linie nach rechts oben, ohne leichtsinnige Hobbies oder riskante Liebschaften. Auf Dating-Plattformen war sie zuletzt vor einem Monat aktiv gewesen. Ihr Blut war frei von Drogen, auf ihrem Handy keine verheimlichten Nachrichten eines Stalkers, die letzten Bilder auf ihrem Instagram-Konto ein paar bearbeitete Fotos von der Killiney Bay, die im winterlichen Sonnenschein einen auf Italien machte. Der interessanteste Fund war ein Vibrator mit zehn Funktionen in ihrem Nachtschränkchen.

Laura Brunners nun offiziell bestätigter Tod an multiplem Organversagen aufgrund einer Vergiftung schien nicht mehr als eine grausame Laune des Schicksals. Zur falschen Zeit am falschen Ort. Man musste schon ein Gemüt wie DI Flanagan haben, um dem etwas Positives abzugewinnen.

„Zumindest für die Deutschen haben wir vorab mal eine Antwort", sagte er in den Raum. Die Deutschen, das war ich. In diesem Fall hatte ich jetzt noch weniger hier verloren als zuvor schon, so Flanagans Botschaft zwischen den Zeilen. Zu dumm, dass mein Jagdtrieb inzwischen übernommen hatte. Er würde mich schon rauswerfen müssen, um mich loszuwerden.

2

Nächster Stopp: die Gästeliste. Alle waren befragt worden, niemand stach bisher mit einer widersprüchlichen Aussage hervor. Niemand hatte sich länger mit Laura unterhalten. Niemand hatte etwas Verdächtiges gesehen. Weder ihr Boss noch die Kollegin von der Außenhandelsstelle hatten länger Zeit mit ihr verbracht.

Florian Gabernig und sein spontaner Essenstausch waren der einzige Ansatzpunkt, um den sich eine Theorie stricken ließ. Seine Aussage vom Vortag wurde filetiert, sein Leben durchleuchtet.

„Unterm Strich hat er keins." Bert mit der Monobraue, der das Gespräch geführt hatte, war ratlos. „Er war mal mit einer Amerikanerin in New York verlobt, das ging schief. Seit dreieinhalb Jahren lebt er in Dublin.

Arbeitet in einem Büro am Merrion Square und wohnt in einem Penthouse am Hanover Quay mit Blick auf das Grand-Canal-Theater, sauteuer. Er hat keine Mitbewohner und ist nicht fest liiert."

„Keine Frauen, keine Probleme", imitierte der notorische Zwischenrufer einen russischen Akzent. Ha fucking ha. Während das Gelächter der Kollegen verebbte, presste Sam die Lippen aufeinander, studierte seine Schuhspitzen. Verbiss sich entweder ein Lächeln oder einen Kommentar. Nur Mags verdrehte die Augen. Lief rot an, als sie bemerkte, dass ich es beobachtet hatte.

Flanagans Lächeln blieb schmal, sein Blick fokussiert. Eine Sekunde lang war sein Atem das einzige Geräusch im Raum.

„Was ist mit Freunden? Kollegen?"

Bert ratterte sich durch eine Litanei an Leuten, die Florian Gabernig kannten. Sie alle redeten wie aus einem Mund. Smart und äußerst umgänglich.

„Bleiben noch die Leute, die ihn nicht kennen."

Ein Satz, als käme er von mir.

Eine Kollegin in Jeans und Jackett trat von ihrem Platz an der Wand vor. Rotblonder Pferdeschwanz, die Haut leicht orange von billigem Selbstbräuner.

Sie referierte über die Befragungen des Botschaftspersonals sowie des anwesenden Catering-Teams.

„Wir haben soweit möglich den genauen Weg des Caterings bis auf Gabernigs Teller nachvollzogen und mit den Aussagen der Leute querverglichen. Ich habe auf der Basis mal eine Liste der Leute erstellt, die für uns interessant sein könnten."

Sie gab einen Stapel Kopien aus.

Eine Handvoll Gesichter in Schwarz-Weiß. So international, wie man es von den Tech-Unternehmen in den Dubliner Docklands kannte. Nur ein paar Stufen tiefer. Die unterbezahlte Kaste im Hintergrund, plötzlich im Rampenlicht.

Ich studierte die Gesichter, während Liz alle Namen durchging.

Anneliese Bär, 45, aufgerissene Augen und Kraushaare einer Medusa, zuständig für die Koordination der Veranstaltung in der Österreichischen Botschaft.

Rose Connolly, 57, traurig hängende Schultern, Koordinatorin des Caterers vor Ort.

Marko Babcic aus Kroatien, einer der Küchenchefs bei Bites & Bobs Catering, die mit mitteleuropäischem Essen vertraut waren. Noch nie einen Koch gesehen, der so hager war wie er.

Außerdem die beiden Commis-Chefs, der hamsterbackige Paul Curran aus Belfast und Kenan Sadeghi, mit dem vorgeschobenen Kinn und den Augenlidern auf großspurigem Halbmast. Dessen Eltern hatten in den 80ern das erste iranische Restaurant in Dublin eröffnet, wusste Liz zu berichten.

„Die ganze Achse des Bösen. Kein Wunder, dass wir in Teufels Küche sind." Flanagan genoss den Chor der demonstrativen Erheiterung aus großen Teilen des Ermittlerteams. Sogar Sam schien es lustig zu finden. Den Mann sollte mal jemand verstehen.

Liz räusperte sich, sprach weiter.

„Das Service-Personal war grob gedrittelt und jeweils einem Abschnitt am Tisch zugeteilt. Wobei da laut Aussagen immer mal wieder jemand eingesprungen ist. Für den Abschnitt, an dem Brunner und Gabernig saßen, waren Ivan Johnston und Jurgita Pavlis zuständig. Niemand außer Miss Brunner hatte Vergiftungserscheinungen. Die Substanz muss also während oder nach der Ausgabe in eine Einzelportion gemischt worden sein. Die beste Gelegenheit dazu hatten insgesamt fünf Leute." Liz hielt die Hand hoch, zählte an den Fingern ab. „Curran und Sadeghi bereiteten im Tandem die Gerichte vor. Rose Connolly hat die Teller noch einmal geprüft, die Leute vom Service nahmen sie von der Theke auf und trugen sie von der Küche im unteren Halbstock nach oben in den Salon zu den Gästen."

Kurze Pause, ob es Einwände gab. Es gab keine.

„Der Weg von der Küche in den Salon führt einen längeren Gang entlang und dann ein paar Treppen wieder nach oben, vorbei am Eingangs- und Garderobenbereich. Da waren zumindest die Leute vom Service theoretisch unbeobachtet. In der Küche wird gemeinsam gearbeitet. Aus meiner Sicht hatten vor allem Johnston und Pavlis die Gelegenheit, am Essen was zu machen."

„Würde ich so nicht sagen, Liz." Bert verschränkte die Arme um den Globus seines Bauches. „Ich hab mir von Rose Connolly den Catering-Betrieb beschreiben lassen. Da läuft alles wie ein Uhrwerk, jedes Rädchen schnurrt vor sich hin, erst recht in so einem anspruchsvollen Umfeld wie einer Botschaft. Da hat keiner Zeit, dem anderen auf die Finger zu gucken." Er wandte sich an die Kollegen wie an ein Auditorium. „Außerdem sieht das Zeug doch aus wie Salz. Wer prüft da in der Hitze des Gefechts, aus welchem Streuer es auf den Teller rieselt? Das kann ein iranischer Einwanderer genauso wie ein Mädchen aus Litauen. Oder?"

In Liz' unnatürlich gebräuntem Kiefer verspannte sich etwas. Ihre Entgegnung auf Berts Vortrag erstickte Flanagan im Keim.

„Okay, okay." Er winkte mit der Hand in ihre Richtung, wandte sich an Bert. „Was ist mit den Aussagen? Kannte jemand der Leute Gabernig schon? Oder erkannte er ein Gesicht wieder, das ihm schon einmal vor dem Abend begegnet ist?"

Bert schüttelte den Kopf. Nichts.

„Sonst irgendwas Auffälliges? Hat jemand zugegeben, dass er direkt mit dem Essen zu tun hatte?"

„Noch nicht."

„Kollektiver Gedächtnisverlust, das Übliche", sagte Flanagan, mit saurem Lächeln.

Kam die Kriminalpolizei ins Spiel, wenn auch nur für eine angeblich harmlose Schilderung der eigenen Erinnerungen, kriegten es die meisten Menschen mit der Angst zu tun. Vergaßen, logen, blieben vage. Alles besser, als sich mit einer definitiven Aussage möglicherweise ins eigene Knie zu schießen.

„Johnston war der Einzige mit einer konkreten Erinnerung", sagte Bert. „Gabernig hat sich bei ihm beschwert, weil er das falsche Essen bekommen hat."

Zum ersten Mal schien Flanagans Interesse geweckt. „Und?"

„Johnston ging raus in die Küche, um nachzufragen, ob es noch was vom Lachs gäbe, aber die Portionen waren bereits alle verteilt. Gabernig war nicht glücklich darüber und brachte das wohl auch zum Ausdruck." Vielsagendes Augenrollen. Wie die meisten Iren, die ich kannte, empfand auch Bert offenbar jede noch so berechtigte Beschwerde als Zumutung. „Den Essenstausch zwischen Brunner und Gabernig hat er aber angeblich nicht mitbekommen. Zu beschäftigt."

„Das heißt, Pavlis hat serviert?"

„Sie sagt, sie wisse es nicht mehr. Johnston gab an, dass er wegen Gabernigs Beschwerde sich noch daran erinnere, dass er davor nichts mit ihm zu tun gehabt hatte. Pavlis war allgemein nervös. War den Tränen nahe und hat behauptet, sich an nichts mehr richtig zu erinnern."

Flanagan nickte nachdenklich. Tränen konnten alles bedeuten.

„War den Leuten klar, dass wir hier in einer Mordsache ermitteln?"

Kopfschütteln.

„Nein. Die meisten haben mitgekriegt, dass Brunner zusammengebrochen ist, zumindest indirekt. Wenn sie dann noch bei uns antanzen müssen, ahnen sie natürlich was."

„Holt die Leute noch mal rein. Wenn die mal wissen, dass es um Mord geht, stürmt alles zum Notausgang. Da fällt sicher noch jemandem was ein. Dreht ein bisschen an der Schraube, vor allem bei Johnston und Pavlis. Dann sehen wir weiter."

Dann parkte sein Blick auf mir.

„Haben Sie noch Anmerkungen oder Fragen, Mister Feierstin? DI Logan?" Eine Höflichkeitsfloskel, nicht mehr. Flanagan war bereit zum Aufbruch, und mit ihm das ganze Team.

„Die habe ich tatsächlich." Ich bemühte mich um Harmlosigkeit. Trotzdem verdichteten sich DI Flanagans Augenbrauen.

„Ich bitte darum."

Um uns herum das lautlose Stöhnen der erschöpften Kollegen. Adieu, Mittagspause.

Ich spürte Sams Blick auf mir. Wir hatten uns geeinigt, dass ich sprechen würde. *Du bist viel erfahrener und kompetenter als ich,* hatte er mir auf dem Weg hierher seinen Wiener Honig ins Ohr geträufelt. *Ich bin nur der Papiertiger.*

Und ich? Der Bad Cop. Altes Schlitzohr.

„Hat Florian Gabernig irgendwann in seinem Gespräch den Namen Adrian Kelleher erwähnt?"

Eine kurze Pause entstand. In diesem Raum musste man niemandem erklären, wer Aidan Kelleher war.

Trotzdem – um mich herum fast nur Gesichter voller Fragezeichen.

„Nein." Bert schüttelte entschieden den Kopf. „Sollte er das?"

„Möglicherweise. Gabernig hat die letzten Jahre über eng mit Adrian Kelleher zusammengearbeitet. Er war einer seiner Anwälte. Zumindest bis zu dessen Ermordung im letzten Dezember."

„Ein interessanter Zufall." DI Flanagans Blick bohrte sich in meinen, seine Augenbrauen über der Nasenwurzel geballt.

„Ja, vielleicht ein Zufall. Aber auch ziemlich bemerkenswert, finde ich. Aidan Kelleher hat seit dem Sommer 2015 offenbar für ProAsset über 100 Verfahren am Höchstgericht eingeleitet."

„Und woher haben Sie diese Informationen? Aus dem Abendfernsehen von gestern?"

„Zum Teil. Die Anregung kam vom Kollegen Feurstein hier. Und ich kenne ein paar gut vernetzte Leute."

Sinéad und ihren ehemaligen Kollegen Richie vom *Irish Independent*, um genau zu sein. Der hatte an einer Reportage über den mysteriösen Mordfall gearbeitet, gegraben nach den Verbindungen zwischen Kelleher und dem organisierten Verbrechen. Bis eines Tages ein Vertreter der Anwaltskanzlei Hogan, Black & O'Keefe seinen Chefredakteur kontaktierte und ihm höflich nahelegte, es jetzt gut sein zu lassen mit dem Graben, sonst sehe man sich gezwungen, die Gardai über sein Hineinpfuschen in eine laufende Ermittlung zu informieren. Mal ganz abgesehen von einer Verleumdungsklage gegen den *Independent*. Der Chefredakteur war daraufhin eingeknickt, Richies Story in der Schublade begraben worden.

„Das ist eine interessante Geschichte." DI Flanagan lächelte wie über eine überraschend kluge Antwort seiner Enkelin. „Wir werden sie auf jeden Fall verifizieren. Vielen Dank für diesen Input, DI Logan."

War's das?, fragte sein Blick.

„Sorry, die Geschichte geht noch weiter." Ich lächelte in die Runde. Man war gespannt. Ob auf meine Geschichte oder auf Flanagans Reaktion, war schwer zu sagen. Er betrachtete mich mit einer ähnlich abgestoßenen Faszination wie bei unserem ersten Treffen.

„ProAsset hat über Kellehers Kanzlei nicht nur gegen säumige Unternehmen geklagt", beeilte ich mich, bevor er mir das Wort abschneiden konnte, „sondern auch gegen Privatpersonen. 2011 übernahm ProAsset ein ganzes Portfolio rückständiger und uneinbringlicher Kredite von der Hibernia-Bank. Die meisten Verfahren betrafen Bauprojekte und Immobilien, deren Wert sich in den letzten Jahren stark erholt hatte. Wenn ich es richtig verstanden habe, gab es bis vor ein paar Jahren noch wenig institutionelle Hilfe für private Kreditschuldner. Das haben ProAsset und Kelleher als ihr Anwalt ausgenutzt. Einige Schuldner haben sich gewehrt, aber viele waren so eingeschüchtert, dass sie schnell klein beigaben. ProAsset veranlasste die Pfändung der Immobilien. Der Wert lag zwar oft noch unter dem Wert der ursprünglichen Darlehen, aber weil ProAsset diese Darlehen für einen Spottpreis von den Banken übernommen hatte, war immer noch ein guter Gewinn drin. Die betroffenen Familien aber haben ihr Haus verloren. Eine ziemlich üble Geschichte. Ich glaube, dazu gab es schon einige Berichte in den Medien. Und deshalb dachten Sam und ich, ein Blick in die finanzielle Historie des Personals wäre vielleicht sinnvoll. War jemand in den letzten Jahren in Schwierigkeiten? Wurde jemand aus seinem Apartment geworfen oder hat sein Haus verloren?"

Ich schloss den Mund. Hörte jetzt erst die Stille, die meinen Bericht begleitet hatte. Erschrocken, als wäre ich gerade in ein Fettnäpfchen getreten.

„Vielen Dank, DI Logan." Flanagan entschränkte seine Arme, strich sich sorgfältig die Krawatte glatt. „Ich hatte mit einer Frage gerechnet, und Sie präsentieren uns hier schon eine ganze Theorie. Ich bin beeindruckt."

Flanagan war nicht beeindruckt, so viel war sicher. Unter dem Samthandschuh seiner Freundlichkeit nichts als Stahl. „Gabernig und Kelleher waren also das Ziel ein und derselben Person? Ist es das, was Sie sagen wollen?"

„Person oder auch Organisation", sagte ich. Wenn schon das Redekonto überziehen, dann so richtig. „Zumindest könnte hinter ihrem Tod dasselbe Motiv stecken." Ich sah hinüber zu Sam. Moralische Unterstützung? Fehlanzeige. Er studierte seine Handrücken. Wartete ab, was sich da zusammenbraute. „Beide Morde waren gut vorbereitet. Hätte ich etwas zu sagen in dieser Ermittlung, würde ich da genauer hinsehen wollen. Denn möglicherweise ist Florian Gabernig noch immer in Gefahr. Oder vielleicht sogar andere ..."

Flanagans einsilbiges Lachen hatte etwas von einem Wetterleuchten.

„Wenn es so weitergeht, dann wird das hier bald noch Ihre Ermittlung." Er kam um den Schreibtisch herum, von dem er sich schon erhoben hatte, ließ sich an der Tischkante nieder. „Und ich gebe Ihnen recht, es ist eine bemerkenswerte Verbindung. Wir werden mal zusehen, mehr über die Kreditwürdigkeit der Leute herauszufinden und diese Ermittlungslinie zu angemessener Zeit zu verfolgen." Zu angemessener Zeit.

Während der zuständige Sergeant die Aufgabenliste um einen Punkt verlängerte, betrachtete Flanagan mich wie eine fehlerhafte Gleichung. „Wir sollten aber auch aufpassen mit vorschnellen Rückschlüssen und Zusammenhängen, die wir nicht mit Daten und Fakten belegen können."

Hörte sich an wie ein wohlmeinender Hinweis, war aber eine Ohrfeige. Und Flanagan genoss ihren Klang zu sehr, um es bei einer zu belassen. „Ich weiß nicht, wie sehr Sie mit den Details der Ermittlungen zum Fall Aidan Kelleher vertraut sind. Ich war jedenfalls an den Ermittlungen am Rande beteiligt und kann Ihnen sagen: Daran trägt alles die klassische Handschrift des Drogenmilieus. Außer dem Schützen war mindestens eine weitere Person am Anschlag beteiligt, das Geschoß kam aus einer Waffe, wie sie immer wieder von den Gangs verwendet wird." Er strich sich über die Krawatte, redete jetzt in den Raum. „Und darin liegt der Hund dieser Theorie begraben. Erstens gibt es wenige Leute im organisierten Verbrechen, die offiziell zahlungsunfähig werden. Die Bosse wissen gar nicht, wohin mit ihrem Geld, und den kleinen Fischen hilft man notfalls aus, solange sie loyal sind." Mit verschränkten Armen fixierte er mich. „Wenn die Drogenbosse also was gegen Mister Gabernig hätten, dann wäre man in seinem Fall ähnlich vorgegangen. Gift ist denen nicht handfest genug. Wie hoch das Risiko eines Fehlschlags ist, sehen wir alle selbst. Mal abgesehen davon, dass es für die Gangs keinen Grund gibt, so einen spektakulären Ort wie eine Botschaft für die Begleichung ihrer Rechnung zu wählen. Das bringt nur schlechte PR. Verstehen Sie, was ich meine?"

Ein Ton wie im Nachhilfeunterricht. Bert unterdrückte sichtbar ein Feixen. Andere im Raum waren noch weniger erfolgreich, ihre Schadenfreude zu verbergen.

„Bisher sprechen die verfügbaren Informationen für eine Einzeltat", brachte Flanagan die Lektion zum Abschluss. „Deshalb würde ich vorschlagen, wir sprechen noch einmal mit den Betroffenen, und das so schnell wie möglich. Ich bin mir sicher, wenn wir bei den Befragungen etwas mehr auf die Tube drücken, kommt auch was dabei raus und wir können Ihnen und den Botschaftern bald mehr Antworten geben. Hoffentlich schon morgen." Er lächelte wie Väterchen Frost, klatschte sich dann wieder in die Hände. Diskussion beendet.

Wir waren entlassen.

3

Vampirteint, vor grün gekacheltem Hintergrund. Ein kaltes Funkeln in riesigen Pupillen. Blutrote Schlieren auf Zähnen, die schon so einiges an Tee und Kaffee gesehen hatten. Der Spiegel in so einer Bürotoilette war niemandes Freund. Ich seufzte, spülte mir den Mund aus, zog den Lippenstift nach und bürstete meinen Pferdeschwanz. Starrte eine Weile auf mein Handy. Keine neuen Nachrichten. Rief dann Stefan an und kroch auf seiner Mobilbox zu Kreuze, weil, wenn schon Demütigung, dann richtig.

Als ich auf dem Weg aus dem Präsidium nach draußen am Besprechungsraum vorbeikam, hatte sich die Ermittlergruppe bereits aufgelöst wie ein Trupp Fahnenflüchtiger. Nur Sam Feurstein stand noch vor der bereits verschlossenen Tür zum Besprechungsraum, die Hände in den Taschen.

„Respekt. Du hast ein paar Leute ziemlich beeindruckt da drinnen."

„Aha. Hat man gar nicht gemerkt."

„Ich schon." Er folgte mir den Gang hinunter. „Du hast was Unerwartetes eingebracht und Flanagan damit herausgefordert. Eh klar, dass das an seinem Watschenbaum rüttelt. Aber für die Ermittlung ist es ein wichtiger Impuls, das war ihm sofort klar."

Sonnige Gemüter wie das von Sam waren mir seit jeher ein Rätsel. Vielleicht aber auch kein Wunder, wenn man selbst Sicherheitsabstand zu Watschenbäumen hielt, indem man lieb lächelte, anstatt eine eigene Meinung zu vertreten.

„Wie wärs mit ein bisschen frischer Luft?", schlug er vor, bevor das Schweigen zwischen uns zu unangenehm werden konnte. „Liz hat mir ein Café mit guten Sandwiches zum Mitnehmen empfohlen."

„Danke, aber ich muss mal wieder bei meinem Boss in München berichten."

„Selbstverständlich. Und danach?"

„Der Botschafterin."

„Und danach?"

„Nach Hause. Bettdecke über den Kopf."

„Das ist nicht zu unterschätzen, so auf nüchternen Magen."

Diesem Mann zu entkommen war eine Kunst.

„Sam, vielen Dank, aber das ist nicht notwendig. 20 Jahre arbeite ich bei der Polizei, und genauso lange erklären mir Typen wie dieser Flanagan die Welt. Du musst mich nicht aufheitern."

Er schüttelte den Kopf über mich, erlaubte mir einen kurzen Blick auf den Mann fürs Grobe von der WEGA.

„Schau mich an. Gelbe Haut, Terroristenvisage, ein Name, der jüdisch klingt. Meinst du, ich weiß nicht, was Diskriminierung ist? Oder dass ich nicht schon alle Achse-des-Bösen-Schmähs gehört habe? Keine Sorge, von mir gibt's sicher kein Mitleid."

Schach und matt. Was blieb einem da anderes übrig, als zu lachen?

Sam grinste nur. Mehr erleichtert als glücklich, fand ich. „Sieh's als einen diplomatischen Akt der Völkerverständigung. Sandwich und Suppe auf österreichische Staatskosten. Mehr ist eh nicht drin."

Weder Konstantin noch die Botschafterin waren erreichbar. Ich hinterließ beiden eine kurze Zusammenfassung der Lage und sah zu, dass ich dem charmebefreiten Präsidium entging. Keine Antwort von Stefan. Er sah untertags selten auf sein Handy. Wusste ich. War auch nicht die erste Funkstille, mit der er sich an mir rächte. Trotzdem. Diese fühlte sich irgendwie anders an. Eine Stille, die einen anschrie.

Die Drehtür entließ mich zurück in die Harcourt Street. Alles wie immer: Autokolonnen, brüllende Busse, Essenskuriere auf Rädern und dichter Menschenverkehr. Nur die Luft war milder als noch ein paar Stunden davor. Auch die Sonne hatte sich knapp vor Dienstschluss noch einmal aufgerafft, malte die Stadt in versöhnlichen Farben. Kümmerte sich nicht um die ewig feucht glänzenden Straßen, sollte der Frühling sie doch trocknen.

Sam wartete schon auf mich, eine dieser Tweedkappen auf dem Kopf, die man irischen Männern immer in romantischen US-Komödien aufsetzt. Auch schon egal. Er hatte mein Mittagessen dabei. Tomatensuppe und vegetarisches Reuben-Sandwich, keine schlechte Wahl. Ich lotste ihn stadtauswärts zum Grand Canal. Dort gab es weniger Verkehr, mehr Gras und Bäume und Schilf. Dort atmete die Stadt ein wenig auf. Wir ließen uns auf einer Bank mit Gedächtnisplakette nieder.

Maeve. One day, we'll see each other again.

Solche Sentimentalitäten waren eigentlich nie mein Ding gewesen. Jetzt brauchte ich gleich mehrere Schlucke aus meinem Becher Suppe, um den Knoten in meinem Hals abzutransportieren. Er wanderte weiter in meinen Magen. In meinen leeren Bauch. Keine neun Wochen hatte meine Schwangerschaft gedauert, dann war unser Kind aus mir verschwunden. Eineinhalb Jahre später waren die Emotionen immer noch da. Sprangen mich immer dann von hinten an, wenn ich glaubte, ich wäre darüber hinweg. Die unausgesprochenen Fragen nach der Schuld, und wer die trug. Wenn ich etwas gelernt habe in meinen Jahren im K11, ist es die Tatsache, dass nichts schwerer zu ertragen ist als ein Unglück, für das niemand etwas kann. Schuldige müssen her, sonst verbringt man den Rest seines Lebens mit der Suche nach ihnen. Verdächtigt die Hormone oder die falsche Ernährung oder die Überstunden am Tag vor der Blutung oder die heimlichen Zweifel an der angeblich ureigenen biologischen Bestimmung.

Tomatensuppe. Ich brauchte mehr Tomatensuppe.

Auch Sam wirkte nachdenklich. Schweigend verschlang er sein BLT-Sandwich. In der Wintersonne hatte seine Haut tatsächlich einen Gelbstich, seine Schultern angespannt fast bis zu den Ohren. Kein Wunder. Dieser Optimismus den lieben langen Tag. Der musste doch Kraft kosten. Der Wind zeichnete feine Wellen ins Wasser, die sich am Schilf brachen. Eine Schar Schwäne hatte sich rund um die Böschung und die Kanalschleuse niedergelassen und ging ihrem Alltag nach, ohne uns zu beachten.

„Darf man hier campen?" Mit seinem Grübchenkinn zeigte Sam kanalabwärts auf ein paar Iglu-Zelte, die wie übergroße Früchte zwischen den Bäumen lagen. „Oder ist das irgendeine Kunstaktion?"

„Obdachlose." Ich betrachtete den saftigen Inhalt meines Sandwiches. „Es gibt zu wenige Notunterkünfte und zu viele Leute ohne Dach über dem Kopf. Manche kommen in Hotels unter, der Rest muss sehen, wo er bleibt. Ist eigentlich verboten, sich hier einzunisten, aber das ist es ja überall."

Wie auf ein Stichwort kam eine junge Frau das andere Ufer heraufgeschlurft. Sie trug einen Schlafsack als Cape über ihrem pinken Trainingsanzug. In der Hand einen zerknautschten Einwegkaffeebecher, zwei kleine Packungen Kartoffelchips. Das abgezehrte Gesicht doppelt so alt, wie sie sein sollte, die typischen Augenringe eines Junkies.

„In Wien hätte man die schon längst von hier vertrieben." Sams Blick folgte der Frau wie einem Zielobjekt, als sie sich dem ersten Zelt näherte und den Reißverschluss öffnete. Der Stoff klaffte auf und erlaubte einen halbmondförmigen Einblick, auf eine Gestalt, die sich kaum rührte, nicht einmal, als sich die junge Frau durch den Eingang duckte und zu ihr setzte. Begleitet von so einigen Flüchen verschloss sie das Zelt wieder hinter sich.

„In Wien kümmert sich wahrscheinlich irgendeine Institution um sie", sagte ich. „Hier nicht. Die Guards wissen das und lassen sie in Ruhe, wenn es keinen Ärger mit den Nachbarn gibt."

„Eben das meine ich." Sam zerbröselte einen seiner Kartoffelchips zwischen den Fingerspitzen, warf sie zwei Tauben hin, die emsig pickten. „In Wien hätte es schon längst Ärger mit den Nachbarn gegeben, die das Elend nicht sehen wollen."

„Willkommen in Irland. Hier herrscht das schlechte Gewissen. Und die Immobilienfonds, versteht sich."

Sam verschluckte sein Lachen. In der Brusttasche seiner Abenteurerjacke schalmeite und vibrierte es. Er tat so, als höre er es nicht, öffnete sich eine Dose Öko-Cola und trank so lange, bis sich nichts mehr rührte. Eine grimmige Atmosphäre senkte sich auf uns. Ich weckte mein Handy aus seinem Wachkoma, um sie zu vertreiben. Ging natürlich nach hinten los. Keine neuen Nachrichten. Vielleicht hatte Stefan auch beschlossen, mich zu ignorieren. Wäre nicht das erste Mal.

„Du nimmst diesen Fall ziemlich persönlich, oder?" Sam sagte das, als sei er in anderen Gedanken. Noch ein Chip. Aus zwei Tauben wurden vier.

„Ich nehme alle Fälle persönlich."

„Das glaube ich sofort. Aber die Geschichte hier ist doch gar nicht deine Baustelle. Ich meine ... du bist in einer Auszeit, oder? Du müsstest eigentlich nur Flanagan zuschauen, wie er sich abstrampelt, und ihn oder einen seiner Lakaien für Berichte in die deutsche Botschaft zitieren. Verzeih mir die Frage, aber warum strengst du dich so an? Du hast doch sicher Besseres zu tun, als dich für deinen Einsatz abwatschen zu lassen."

Gute Frage. Ein wenig zu gut für meinen Geschmack. Natürlich konnte ich Sam jetzt zu seinem Instinkt gratulieren. Ihm erzählen, dass ich mir selten mehr als ein paar Tage freinahm, weil etwas in mir mit jedem Ruhetag rastloser wurde und hungrig, es begann in mir zu wühlen, bis es auf was Weiches, Verletzliches stieß, in das es seine Zähne schlagen konnte. Oder ihm gestehen, dass mir diese Zelte und ihre Bewohnerin Gänsehaut verursachten. Weil ihr leerer Blick mich an den meiner eigenen Mutter erinnerte. Damals, zwei Jahre nach dem Tod meines Vaters.

4

Ich war 16 und eines Sonntagvormittags auf dem üblichen Bußgang nach einem gelungenen Samstagabend.

Von meinem Zimmer in die Küche zur Kaffeemaschine und zurück. Meine zwei kleinen Brüder waren beim Schwimmtraining, wo Robbie war, wusste der Teufel.

Eine Gnadenfrist, in der ich meinen Kater für mich alleine hatte, weil meine Mutter meist immer noch ein paar Stunden im Büro der Spedition arbeitete. Sie am Küchentisch sitzen zu sehen, die rechte Hand um eine Tasse mit offensichtlich kaltem Kaffee, beunruhigte mich. Noch schlimmer war, dass sie keine Fragen stellte. Nicht nach der Dauer der letzten Nacht, nicht nach meinem Plan für die Zukunft, oder wie ich gedachte mit all dem Metall in der Nase mein Leben zu bestreiten, mit diesem Grufti-Aufzug winke mir eher eine Existenz am Rande der Gesellschaft.

Stattdessen sah sie mich mit diesen leeren Augen an, denen für Verzweiflung die Energie fehlte, und bat mich, mich zu ihr zu setzen. Ich blieb stehen und verwies auf meinen Kaffee. Noch während der durch den Filter lief, erfuhr ich, in welcher finanziellen Misere wir durch den Tod meines Vaters steckten. Die Ausweitung der Routen nach Irland. Die neue Flotte, das neue Logo. Alles müsse bezahlt werden, während sich seine Umsatzprognosen als unrealistisch herausgestellt hatten. Sie habe zu retten versucht, was zu retten war über die letzten beiden Jahre. Jetzt war es Zeit für einen radikalen Schnitt.

Die Spedition ihrer Familie würde nach 40 Jahren von einem Konkurrenten aus Österreich übernommen. Sie würde trotz des geänderten Firmennamens als Angestellte das Tagesgeschäft weiterführen, da waren die neuen Eigentümer großzügig.

Aber unser Haus, das auf demselben Grundstück stand, war futsch. Ihr Elternhaus.

„Zum Glück müssen sie das nicht mehr erleben", sagte meine Mutter.

„Wir aber schon", murmelte ich, weil ich in diesem Alter war, in dem nichts Platz hat, neben dem eigenen Schmerz. Mein Kaffee war zu heiß und schmeckte nach Lehm. Ich trank ihn fast in einem Zug, während meine Mutter die Augenlider schloss, um ihre spontane Wut über mich wegzuatmen.

Als sie sich wieder hoben, sah das tiefe Blau ihrer Pupillen unscharf und entzündet aus, und ich begriff: Das war noch nicht das Ende der Neuigkeiten.

„Die gute Nachricht ist, ich habe eine schöne Miet-wohnung für uns gefunden, gleich an der Saalach. Die kann ich mir auch mit meinem Gehalt leisten." Sie sah zu, wie die Spitze ihres Zeigefingers auf das Streublu-menmuster ihrer Tasse tippte. Ihr Blick mied meinen.

„Und die schlechte Nachricht?"

Sie tippte weiter. Jede einzelne Blüte. Erst dann er-öffnete sie mir, dass die schöne neue Mietwohnung nur zwei Schlafzimmer hatte. Sie würde im Wohnzimmer schlafen. Und den Rest könne ich mir ja selbst ausrech-nen, immerhin sei ich *trotz allem* noch gut in der Schu-le. Es tue ihr sehr leid, dass sie mich drum bitten müs-se, aber Robbie würde vollkommen abschmieren ohne den Halt ihrer Anwesenheit, Mick und Kev waren beide noch Kinder, und ihr Budget würde vorerst mal nicht für eine größere Wohnung reichen.

„Und wo wohne ich dann? In einem Zelt an der Saa-lach?" Ich war selbst verwundert, wie ich es schaffte, so patzig zu werden. Wo mir eigentlich kaum Luft zum At-men geblieben war.

Ich solle es ihr nicht noch schwerer machen, als die Entscheidung ohnehin war, appellierte meine Mutter an meine Vernunft, so wie sie es gewohnt war. Sie habe aber schon einen Platz in einem betreuten Wohnheim für Ju-gendliche für mich gefunden. Über der Grenze, in Salzburg.

Dort wäre ich doch ohnehin oft am Wochenende, und überhaupt gab es eigentlich gar keine Grenze mehr zwischen Freilassing und Österreich. War doch jetzt alles EU.

„Drei Kilometer Luftlinie von uns, hab ich mir ausgerechnet, mehr nicht", sagte sie und lächelte mich feucht an. „Was sagst du, meine Große? Schaffst du das? Ein Jahr, und dann hab ich mehr Luft finanziell und wir sind wieder alle zusammen."

Was natürlich Blödsinn war. So wie die meisten falschen Hoffnungen, die man sich im Leben so macht. Ich zog nie wieder zurück nach Freilassing. Und wir waren nie wieder alle zusammen.

5

Es war eine dieser alten Geschichten, die mir manchmal auf Weihnachtsfeiern entwischten, wenn die meisten Leute schon zuhause waren, aber die Bar noch ausschenkte. Oder gegen Ende eines Nachtdienstes. Pech für Sam: Beides war gerade nicht der Fall. Alle meine Bälle in der Luft, alle Zügel fest in der Hand.

„Was ist mit dir?", konterte ich. „Offiziell bist du erst im Februar Verbindungsbeamter, und trotzdem sitzt du vor dem Fernseher und spinnst dir Zusammenhänge über Aidan Kelleher zurecht. Und da meinst du, *ich* nehme es zu persönlich?"

„Auch wieder wahr." Er lachte, als wäre er vor meinen Augen gestolpert. Entleerte die Reste seiner Chipstüte auf den Gehweg und wollte wohl noch etwas sagen, als eine Möwe aus dem Nichts auf uns herabstieß. Sie hackte die Tauben aus dem Weg, stellte sich vor uns hin und ordnete sich die Flügel. Starrte uns an, als verspeise sie Leute wie uns zum Frühstück.

Sams Handy meldete sich erneut. Sein kurzer Blick auf das Display reichte auch mir. Es waren wieder diese „Manu" und ihre Goldmarie von Tochter. Er wischte das Gespräch mit einem ärgerlichen Laut weg. Die perfekte Gelegenheit, um die Aufmerksamkeit endgültig von mir abzulenken. Zurückzufinden zum Small Talk.

„Nimm es ruhig. Ich glaube, die Dame hat es schon öfter versucht."

Mein Lachen verhallte unerwidert, Sams Stimmung plötzlich im freien Fall.

„Danke, aber kein Bedarf." Er leerte den Rest seiner Dose 7up, drückte sie in der Hand zusammen, legte sie auf den Boden und trat sie vollends platt. Das erneute Brummen in seiner Tasche ignorierte er. Betrachtete die Dose.

„Eine sehr anhängliche Frau", sagte ich.

Ein Lachen brach aus Sam wie ein Gesteinsbrocken. „Im Gegenteil."

Was antwortete man auf sowas? Ich wartete ein paar Sekunden ab, ob noch mehr kam. Sam war sich aber offenbar selbst unschlüssig, wie er an diesen Satz anschließen sollte. Sich erklären? Einfach so stehen lassen? Zu vertraulich werden oder unhöflich?

Zum Glück rettete uns mein Handy aus dem Dilemma.

Zeigte mir nicht Stefan, so wie erwartet, sondern eine unbekannte irische Nummer. Kein Anruf, den ich üblicherweise entgegennahm, aber das hier war eine klare Notsituation.

Dran war Bert, der Sergeant mit der Monobraue. Er klang, als störe ich ihn gerade bei etwas Wichtigem. Teilte mir mit, dass die ersten Befragungen für den späteren Nachmittag angesetzt seien. Die Leute vom Catering hätten am Nachmittag Zeit und sich bereiterklärt, noch einmal über vorgestern Abend zu sprechen. Zumindest ein paar von ihnen, für die wir uns besonders interessierten. Johnston und Pavlis, die beiden Leute vom Service, außerdem Curran, der junge Commis aus Nordirland.

Sam und ich seien eingeladen, bei den Gesprächen mit dabei zu sein, wenn wir das wollten.

Die Augenbrauen des Kollegen formten zwei Fragezeichen, als ich aufgelegt hatte, sein Brüten von vorhin hatte sich in Neugier aufgelöst. „Was sagt denn der gestrenge DI Flanagan zu so einer Einmischung von außen?"

„War angeblich sein eigener Vorschlag."

„Na sowas."

Besser hätte ich es nicht ausdrücken können.

1

Eines dieser beunruhigenden Phänomene, wenn einem schon der eigene 40er ins Gesicht starrt: Menschen Mitte 20 wirken plötzlich alle wie Kinder. Jurgita Pavlis, auf dem Papier kurz vor ihrem 26. Geburtstag, sah zum Beispiel aus wie eine Ballettschülerin. Die Größe, der Körperbau, die feinen Züge und hübschen blauen Augen, so groß wie in einem Disney-Film, die Haut so glatt wie ihr streng geknüpfter Dutt. Man mochte sie an der Hand nehmen und ihrer wartenden Mutter übergeben. Wären da nicht ihre zweifellos künstlichen Wimpern. Und die künstlichen Brüste. So groß an ihren kindlichen Rippen, es war fast unmöglich, nicht hinzusehen.

Bert tat sein Bestes, auf Augenhöhe zu bleiben, das musste man ihm lassen. Gemeinsam mit mir führte er die Gespräche mit Jurgita und Paul Curran. Sam hatte man gemeinsam mit Liz zu Kenan Sadhegi und Ivan Johnston geschickt. Zwei Personen auf einmal im Raum waren schon genug, um die meisten Leute nervös zu machen. Drei waren Einschüchterung. Das bringe später Probleme mit der Verteidigung, und die wolle DI Flanagan vermeiden, sagte uns Bert. Meinetwegen. Auch Sam zuckte die Achseln. Er habe ohnehin keine Pläne, sich aktiv an einem Gespräch zu beteiligen, sagte er. Im Gegensatz zu mir.

Bei der Begrüßung stellte Bert mich als *Miss Logan von der deutschen Polizei* vor, für die sie doch bitte noch einmal die Geschehnisse des Abends aus ihrer Sicht erzählen solle. Tat sie, mit leiser Stimme, stark osteuropäisch gefärbtem Akzent und geröteten Händen, die einander mal über, mal unter der Tischplatte kneteten, Finger für Finger, als wollte sie ihre Durchblutung ankurbeln. Ihr Raucherinnenatem war gewürzt mit etwas Minze.

Sie wiederholte im Grunde ihre erste Aussage, die mir Bert vor dem Gespräch schon kurz zu lesen gegeben hatte. Sie könne sich nicht erinnern, ob sie es gewesen sei, die Florian Gabernig sein Essen serviert habe, nein, beim besten Willen nicht. Sein Gesicht kam ihr so gar nicht bekannt vor. Und auch, wer ihm sein Gericht sonst vorgesetzt haben könnte, war ihr schleierhaft.

Ja, das sei möglich, denn es war ihr erster Einsatz in der österreichischen Botschaft, und die Crew setzte sich fast immer wieder neu zusammen. Die wenigsten machten den Job sehr lange, da achte man wenig aufeinander. Sie sei außerdem erst gegen halb sechs in der Botschaft eingetroffen.

Das sei spät, ja. Aber sie lebe draußen im westlichen Teil der Stadt und müsse auf dem Weg von Blanchardstown ins Botschaftsviertel durch die gesamte Innenstadt, weil sie kein Auto habe und die Buslinien alle durch die Stadt verliefen. Ein Albtraum, um diese Uhrzeit, und dann sei der geplante Bus noch ausgefallen, und der nächste überfüllt gewesen.

„Die Botschaft hat mich eingeschüchtert, wissen Sie? Das war alles so gediegen. Sonst bin ich meistens irgendwo bei Unternehmens-Veranstaltungen unterwegs." Ihr Lächeln bat um Verständnis, vor allem bei Bert, dem Sinnbild des gemütlichen Cops. „Ich war nervös. Ich habe gleich einen Rüffel von Miss Bär eingesteckt, weil ich fast zu spät gekommen wäre. Da habe ich danach keinen Fehler machen wollen und mich voll konzentriert."

„Worauf denn konzentriert? Auf Ihre eigene Arbeit? Oder auf die der anderen?"

Das war freundlich formuliert, fand ich. Trotzdem starrte sie mich an, als sei ich Cruella de Vil, ihre Haut noch gespannter als davor. Wahrscheinlich hielt sie meine Frage für eine Falle. War es auch, irgendwie. Entweder man konzentrierte sich, oder man vergaß. So sah ich das zumindest.

„Was ist mit Ihrem Kollegen, Ivan Johnston?"

„Was soll mit ihm sein?"

„Sie waren gemeinsam eingeteilt. Stimmt man sich da nicht irgendwie ab?"

„Verdächtigen Sie etwa uns?" Die Empörung machte sie noch jünger, falls das überhaupt möglich war. Machte ihre Stimme zu der eines Teenagers und verstärkte ihren Akzent, der nach Russland klang, oder Ukraine. „Warum denn? Ich kannte niemanden der Gäste, und ich wette, auch niemand sonst. Die feinen Pinkel sehen uns ja nicht einmal an, meistens."

„Niemand verdächtigt Sie." Bert klang, als wolle er mit seiner kleinen Lüge einen irrationalen Streit schlichten. „Miss Logan will nur ein paar Fakten so gut wie möglich klären. Wie lange sind Sie denn bei Bites & Bobs, Jurgita?"

„Seit Sommer 2017." Sie leckte sich die Lippen. „August. Oder nein, seit September. Den anderen hab ich seit August letztes Jahr."

„Sie haben noch einen zweiten Job?"

„In einem polnischen Supermarkt."

„Sind Sie aus Polen?"

Ihr Lachen über Bert war kurz und bitter wie Wermut.

„Das muss man nicht sein. Hauptsache, aus dem Osten. Da ist man billig, und wir verstehen uns alle irgendwie. Es macht keinen Spaß, aber wenn man kein Wort Englisch kann, kriegt man nichts anderes." Sie ließ den

Blick und die Schultern sinken. Deshalb also die ange-
griffenen Hände.

„Sie konnten gar kein Englisch?" Berts Monobraue
hob sich anerkennend. „Dabei sprechen Sie fast, als kämen Sie von hier."

„Ich lerne", sagte sie und drehte den Kopf bescheiden zur Seite.

„Glückwunsch, Jurgita. Sie lernen schnell", sagte ich.
„Sie sind doch keine drei Jahre in Irland, wenn ich das
vorhin richtig verstanden habe."

„Ja", sagte sie, rasch wie ein Einwand. „Ich komme
aus Litauen. Vilnius, kennen Sie das?"

„Schöne Stadt, hab ich gehört." Bert erwiderte ihr
Lächeln. Mir war meines vergangen. Diese Wohlfühlat-
mosphäre hier drin ermüdete mich plötzlich.

„In Litauen lernt man kein Englisch in der Schule?
Das wundert mich ehrlich gesagt ein bisschen."

Jurgitas Lächeln gerann für eine Sekunde. Hilflos
wandte sich ihr Blick an Bert, der väterlich nickte. *Hör
nicht auf die böse Frau. Ich glaube dir.* Eine Taktik, hoffte ich. Ihm musste genauso klar sein wie mir, dass wir
von dieser Frau bisher noch kaum einen ehrlichen Satz
gehört hatten.

„Doch, natürlich, schon." Wieder leckte sie sich die
Lippen. Eine nervöse Katze. „Mit *kein Wort* meinte ich
nicht wirklich kein Wort. Wenn Sie wissen, was ich
meine."

„Ich weiß, was Sie meinen. Was *ich* meine, ist, dass
Sie eine sehr hart arbeitende Frau sind, und es trotzdem geschafft haben, sich innerhalb von nicht mal drei
Jahren eine Sprache anzueignen, die Sie davor kaum be-
herrscht haben. Und ich nehme an, in polnischen Su-
permärkten ist man ebenfalls nicht viel mit dem Englischen konfrontiert. Wie haben Sie das geschafft?"

Das schien sie nicht nur nervös zu machen, sondern auch zu ärgern. Gut so. Emotionen machten unvorsichtig. Sie ließen einen zu viel reden. Niemand wusste das besser als ich selbst.

„Ich sehe viel fern", sagte Jurgita. „Und ich bin nicht dumm, nur weil ich aus dem Osten komme. Ich habe Finanzwesen studiert. Aber das interessiert hier niemanden."

„Ich weiß, wie das ist, Jurgita. Mein Dad war Einwanderer in Deutschland, da fängt man immer von ganz unten an, egal, was man kann. Und mir ist mehr als klar, dass Sie eine intelligente junge Frau sind. Das ist genau mein Problem. Ich verstehe nicht, warum Sie noch immer behaupten, dass Sie sich so sehr darauf konzentrieren müssen, einen Teller zu halten, dass Sie nicht mehr wissen, wem Sie ihn serviert haben. Noch dazu, wenn dafür nur maximal sechs Leute infrage kommen. Es sei denn, Sie lügen uns hier gerade an."

Schweigen. Jurgita konzentrierte sich auf ihre Finger, runzelte die Stirn, während sie über ihren nächsten Satz nachdachte.

„Männer im dunklen Anzug sehen für mich, ehrlich gesagt, alle gleich aus", sagte sie nach längerem Schweigen.

Wir teilten ein Mikro-Lächeln miteinander. Jurgita Pavlis hatte nicht unrecht. Und sie kämpfte sichtbar gegen die aufsteigende Panik. Ihre Fingerknöchel waren geradezu weiß. Unter ihrem enganliegenden Pullover hämmerte ihr Herz in seinem Käfig. Ich fragte mich, warum. Hatte sie Angst davor, dass wir sie für eine Mörderin hielten? Oder einfach nur vor Männern in dunklen Anzügen?

„Jurgita", ich lehnte mich ihr entgegen. „Jetzt mal im Ernst. Woher kommen Sie wirklich?"

2

15:36 Uhr Nachricht von Patsy Logan an Ben Ferguson:
*Hey. Machen wir es kurz. Ich habe was, das du willst,
und ich brauche ein paar Informationen von dir. Wie stehen die Chancen auf eine baldige Übergabe?*

15:42 Uhr Nachricht von Ben Ferguson an Patsy Logan:
Nicht schlecht.

3

Das Tageslicht hatte sich längst verabschiedet, als die
Befragungen beendet waren. Ich stand etwas abseits des
Eingangs unter dem Vordach, beobachtete den mensch-
lichen Kreisverkehr durch die Drehtür. Dachte über die
Frau nach, die sich hartnäckig Jurgita nannte. Schließlich kam auch Sam zum Vorschein. Er folgte einem älteren Mann mit durchgedrücktem Kreuz und einem
dichten, weißen Haarteppich durch die Drehtür, verabschiedete ihn im schönsten wienerisch gefärbten Englisch. Der Mann erwiderte seinen Gruß nicht, rückte
stattdessen zur Seite und in meine Nähe, stellte den Kragen seiner dunkelblauen wattierten Jacke auf. Machte so
wie ich keine Anstalten, seinen Platz unter dem schüt-
zenden Vordach aufzugeben. Verständlich. Wer setzte
sich diesem Hooligan von Sturm freiwillig aus? Wie ein
Kugelhagel prasselte der Regen auf Dächer und Straßen, während der Westwind seine über dem Atlantik
angesammelte Wut an den Straßenlaternen abreagierte.

„Das nenne ich mal einen perfekten Sturm." Der
Mann sah mit der gleichmütigen Resignation der Iren
angesichts ihres Wetters zu mir herüber, zwinkerte mir

zu. Sein Gesicht jünger, als seine weißen Haare es vermuten ließen. Einer, der oft die Augen zusammengekniffen hatte, über die Jahre. Ich erkannte ihn von einem Foto auf der Mitarbeiterliste von Bites & Bobs wieder. Ivan Johnston.

Vielleicht registrierte er die Veränderung in meinem Blick, oder er folgte einfach seinem Instinkt. Jedenfalls versiegte seine Kontaktfreude mit einem Schlag. Ich war nicht die erhoffte Chance auf einen kurzen Small Talk. Möglicherweise war ich eine von *denen*. Verdächtigte ihn einer Gewalttat. Eines Mordes, womöglich. Ein perfekter Sturm. Er hatte nicht das Wetter gemeint, sondern die Situation. Im Sinne von beschissen.

„Na dann los." Er verabschiedete sich mit einem Nicken, zog den Kopf ein und warf sich dem Wetter entgegen. In nicht einmal übertrieben eiligen Schritten nahm er die Harcourt Street stadteinwärts, begleitet vom Platschen seiner Schuhsohlen durch das Regenwasser, das schon jetzt den Rinnsteinen über den Kopf wuchs.

Ich sah ihm nach, bis er zwischen den Regenwänden verschwand.

„Wie war es mit ihm?", fragte ich Sam, der Johnstons Platz neben mir eingenommen hatte und mit dem Reißverschluss seiner Jacke kämpfte.

„Mit wem? Johnston? Oder Sadeghi?" Er klang gereizt. Zwischen Charme und Angriffslust lagen beim Kollegen oft nur wenige Worte. Oder ein widerspenstiger Reißverschluss.

„Johnston. War er das nicht gerade?"

Sam nickte abwesend. „Der war auffallend kooperativ, muss ich sagen."

„Inwiefern auffallend?"

„Na, im Vergleich zu Kenan Sadeghi. Der konnte uns zwar jeden Spritzer Schlagobers auf seinen Kuchenstücken nacherzählen, aber vom Rest hat er nicht viel mitgekriegt."

Ich grinste. Erinnerte mich stark an Paul Currans ebenso freundliche wie unbrauchbare Aussage, die er mir und Bert vorhin gegeben hatte. Um Jungkoch zu werden, brauchte man offenbar vor allem einen Tunnelblick.

„Johnston wusste noch ziemlich genau Bescheid über alles, was passiert ist. Zumindest, soweit es ihn direkt etwas anging. Gabernig hat sich bei ihm über sein Essen beschwert. Hat sich anscheinend wie ein ziemlicher Arsch benommen. Als Johnston das Essen mit raus in die Küche nehmen wollte, gab er sich dann wieder versöhnlich und sagte, das wäre schon okay, er würde nur das Fleisch essen. Johnston ging trotzdem in die Küche, um nachzufragen, aber da gab es keinen Ersatz mehr. Also hat er es dabei belassen. An Laura Brunner hat er sich auch erinnert. Anscheinend hat er ihr den Weg zur Toilette gezeigt."

„Das wusste Johnston noch?"

„Das ist kein Wunder, ich hab sie ja selbst gesehen. Sie hatte ein ganz fleckiges Gesicht und war sichtbar in Panik. Das fällt auf. Und sie ist Minuten später schon zusammengebrochen. Sowas merkt man sich einfach." Der Gedanke an Laura Brunner schien wieder ein schwarzes Tuch über sein Gesicht zu ziehen. Mit einem zornigen Ruck löste er das Reißverschluss-Problem. Der war jetzt kaputt, und Sam wieder im Lot.

„Respekt. Johnston ist ein guter Beobachter", sagte ich.

„Oh ja. So aufmerksame Kellner bräuchten wir auch in Österreich."

Keine Ahnung, warum, aber Sams aufrichtige Empörung über die Servicequalität in seiner Heimat brachte mich zum Lachen.

Eine gewaltige Böe trieb den Regen noch tiefer unter das Vordach. Wir zogen uns einen Schritt weiter zur Mauer zurück, wo es nach jahrealtem Staub und feuchten Ziegeln roch.

„Johnston war früher beim Militär." Sam betrachtete seinen ruinierten Reißverschluss, schien sich zu fragen, was da gerade passiert war. „Quartiermeister bei der Marine. Vielleicht hat er deshalb alles im Blick."

Aber natürlich. Jetzt, da es ausgesprochen war, schien es so offensichtlich. Die Haltung. Der intensive Blick. Die Kontrolle, die er auf sich selbst ausübte. Über die Frisur, die glattrasierten Wangen, seinen Körper, den er offenbar noch immer mit Training quälte.

„Aha. Und wie landet man da bei einem Catering-Unternehmen?"

„Er ist schon in Pension, seit er Anfang 50 ist."

„Und seine Frau konnte er nicht ausstehen?"

„Geschieden seit 2002. Seine Frau hat einen Engländer geheiratet und ist ein paar Jahre später an Krebs gestorben. Ihm fiel zuhause die Decke auf den Kopf, sagt er. Er musste unter die Leute."

„Als Kellner?"

„Warum nicht?" Sam schien irritiert, hielt sie offenbar für die Frage eines Snobs. „Als Quartiermeister hat er sicher genug Erfahrung mit Logistik."

„Und mit Waffen."

Sam schloss die Augen, als müsste er ein lästiges Geräusch ausblenden, redete weiter. „Und Catering funktioniert nur mit Ordnung und Disziplin. Alle wissen, was sie zu tun haben. Und du hast ja gesehen, wie fit der ist. Der kann sicher gut mithalten mit den jungen Hüpfern."

Ordnung und Disziplin. Das verband wahrscheinlich.

„Du magst Johnston, oder?"

„Ja, und?" Sams Laune hatte gelitten über die letzten Stunden. Vielleicht gingen ihm auch nur ich und mein ewiges Misstrauen auf die Nerven. Wir hatten fast den ganzen Tag miteinander verbracht. Das hielten nur wenige aus. Sinéad zum Beispiel. Oder psychologisch Geschulte, so wie Stefan. Der sich noch immer nicht gemeldet hatte.

„War nur eine Frage, Herr Feurstein. Mir war Jurgita Pavlis ja auch sympathisch. Sehr sogar."

„Lass mich raten: Du hältst sie trotzdem für eine Mörderin." Oha. Sarkasmus, extrascharf. Aber der Tag war zu lang und ich zu müde, um mich angegriffen zu fühlen.

„Ich halte sie auf jeden Fall für eine Lügnerin."

„Ach so." Er schaute, als wäre er sich seiner Meinung über mich nicht mehr ganz so sicher. „Worüber hat sie denn gelogen?"

Ich sah hinüber zur Drehtür. Männer und Frauen in dunklen Regenjacken schossen daraus hervor wie aus einem Flipperautomaten, ihre Kapuzen über die Köpfe gezogen. Machten, dass sie wegkamen.

„Sie lügt eigentlich noch immer", sagte ich. „Sie besteht darauf, dass sie aus Litauen ist. Aber sobald sie unter Druck kommt, klingt ihr Akzent arg russisch, oder meinetwegen nach Ukraine. Aber in Litauen spricht kaum jemand Russisch, die klingen ganz anders."

Klugscheißerin, sagten seine gehobenen Augenbrauen. Vielleicht war er auch beeindruckt, schwer zu sagen.

„Hat sie einen Pass?"

„Klar, den hat sie uns aufgedrängt, genauso wie ihre angebliche Herkunft. Sah auf den ersten Blick gut aus. Aber was beweist das? Gefälschte Pässe erkennt man heute doch kaum noch. An der Geschichte, die sie uns erzählt, passt jedenfalls nichts zusammen."

So wie an diesem Fall. Der gab alles her, nur keinen roten Faden. Oder einen, den ich vor lauter losen Enden nicht sehen konnte.

„Und hatte Pavlis irgendeine Verbindung zu ProAsset? Hat sie ihr Haus verloren, oder ihre Wohnung oder irgendwas?"

Ich schüttelte den Kopf. Das fehlte noch. Einer wie Sam, der ankam und mein Kartenhaus von Theorie mit dem Finger anstupste.

Denn Lügnerin oder nicht, Jurgita lebte allein in einer Einzimmerwohnung, die sie von einer alten Frau gemietet hatte, die dermaßen froh über die Reinlichkeit ihrer jungen Mieterin war, dass sie die monatliche Rate in den drei Jahren seit Jurgitas Einzug nicht erhöht hatte. Und die bekam sie jedes Monat, wie ein Uhrwerk. Es war eine der wenigen ihrer glaubwürdigen Aussagen, und sie hatte uns sogar Mrs. O'Neills Kontaktdaten zum Nachprüfen gegeben. Nichts, absolut nichts habe sie sich zuschulden kommen lassen, hatte Jurgita beteuert.

„Johnston auch nicht." Sams Stimme war voll dünn verschleiertem Mitgefühl, das schon jetzt Bilder von der morgigen Besprechung in mir aufsteigen ließ. Von DI Flanagans Gesicht, wenn er mir vor seiner versammelten Mannschaft vorrechnen würde, dass meine Ermittlungslinie, multipliziert mit der Anzahl der untermauernden Fakten, zuzüglich der vorliegenden Beweise, eine fette, runde Null ergab. Den Spaß würde er sich nicht entgehen lassen. Und dann sicherstellen, dass auch Botschafterin von Hetzenau davon erfuhr.

„Liz fand deine Theorie anscheinend sehr plausibel", führte Sam ungefragt weiter aus. Es war jetzt also wieder *meine* Theorie, seine eigene Rolle in ihrer Entstehung vergessen. „Sie hat Johnston um drei Ecken auf seine finanzielle Situation angesprochen. Das hat ihn richtig getroffen, das hat man gemerkt. Er hat getan, als wäre das eine Ehrenbeleidigung, und meinte, dass er sein Leben lang keine Schulden gemacht habe und schon gar nicht über seine Verhältnisse gelebt."

„Okay. Und das heißt im Klartext?"

Er sah mich an, als hörte er das Wort zum ersten Mal.

„Klartext heißt, dass ich es interessant fand. Alle anderen Fragen hat er pariert, als würde er sich nur warmspielen." Er schwang einen unsichtbaren Tennisschläger in der rechten Hand.

„Interessant." Ich befragte mein Handy. Keine neuen Nachrichten. „Aber es gibt viele Gründe, warum das ein wunder Punkt ist. So viele Iren in seiner Generation kommen aus einer großen Familie und hatten nie Geld. Meine Großeltern haben sich lieber zu zehnt in ein Haus mit drei Schlafzimmern gepfercht, als für ein größeres Haus Schulden zu machen. Jede Form von Unbescheidenheit war für sie sowieso grenzwertig, wenn nicht überhaupt eine Sünde. In jedem Fall verurteilenswert. Vielleicht hatte Johnston einfach seine Mutter im Ohr. Oder einen Onkel, der pleitegegangen ist."

„Kann schon sein." Sam klang nicht überzeugt. „Was jedenfalls auch interessant ist: Er hatte auf alles eine Antwort, nur als Liz ihn nach Jurgita gefragt hat, ist er ganz vage und einsilbig geworden." Er schoss seinem unsichtbaren Gegner da draußen einen weiteren Ball zu. „Glaubst du, er wollte sie schützen?"

„Vielleicht. Aber ich war nicht dabei. Was sagte denn Liz?"

„Es ist ihr auch aufgefallen. Er und Pavlis arbeiten schon ein paar Jahre zusammen, sagte er, aber sie kennen einander privat nicht. Liz hat das gereicht. Da hab ich gleich an dich gedacht. Du hättest das garantiert nicht so stehen lassen." Er machte eine Pause, um mir Zeit zu geben, mich an dem Kompliment zu erfreuen. Wenn es eines war. „Vielleicht solltest du morgen mal Liz darauf ansprechen."

„Oder du sprichst sie selbst darauf an."

„Ich bin doch nicht vom Fach, so wie du." Zugegeben, mein Grinsen darauf geriet etwas zynisch.

„Netter Versuch, Herr Kollege. Aber nochmal lass ich mich nicht von dir an die Front schicken. Hast ja gesehen, was Flanagan aus einem macht, wenn man ihm mit irgendwelchen halbgaren Ideen kommt. Und recht hat er."

Die Wetterlage in Sams Gesicht hatte sich grundlegend geändert. Es sah ernst aus.

„So halbgar auch wieder nicht. Immerhin wollte er dich bei den Gesprächen mit dabeihaben."

„Wer weiß, warum. Irgendwas führt der Mann im Schilde."

Jetzt verdrehte der Kollege aus Österreich doch noch die Augen über mich.

„Du denkst von den Menschen auch nur das Schlechteste, oder?"

„15 Jahre im K11 für Mord und Schwerverbrechen", sagte ich kühl. „Und die meisten waren Leute, die ganz normal daherkamen, freundlich lächelten, oder das heulende Elend hatten, weil ihre Frau verschwunden war, dabei hatten sie die höchstpersönlich unter der neuen Terrasse einbetoniert, gleich unter den Margeritenbäumchen. Da vergeht einem die Menschenfreundlichkeit, so viel kann ich dir sagen."

„Dann ist es vielleicht Zeit für was anderes. Das Leben ist zu kurz." Ein bisschen hitzig vorgetragen für einen gutmütigen Rat. Eher wie der Ärger von Eltern über ihr hochbegabtes Kind, das nur aus Trotz die Schule abbrach. Ich kannte ihn gut, von meiner Mutter. Vielleicht traf mich Sams Kalenderspruch deshalb so tief. Machte mich müde, als hätte er mich mit einem Betäubungsgewehr angeschossen.

Ja, das Leben war kurz. Aber mein Job war das Einzige, in dem ich mich halbwegs zurechtfand. Wenn ich jetzt den letzten Strohhalm losließ, was dann? Sintflut.

„Sorry, Sam. War ein langer Tag, und nicht mein bester. Vielleicht reden wir morgen vor der Fallbesprechung nochmal und sehen dann weiter."

„Okay", sagte er steif. „Gehen wir nach Hause."

Ich nickte. Bewegte mich nicht vom Fleck, und Sam auch nicht. Das Unwetter rannte noch immer mit Gewalt gegen die Stadt an. Zumindest der Regen war weniger stark. Durch die Straßen irgendwo in der Nähe schlingerte Sirenengeheul. Polizei. Feuerwehr. Rettung. Egal, ob Feuer oder Wasser. Irgendwas Großes.

„Soll ich dich nach Hause fahren?", fragte Sam.

Ich sah noch einmal auf mein Handy. Auf die Nachricht, die gerade reinkam.

„Das ist ein nettes Angebot", sagte ich. „Aber es ist ja nur um die Ecke." Außerdem hatte ich noch was vor heute Abend.

Adio Mexico

1

Kurz vor sieben Uhr entließ mich das Taxi am Anfang der Fleet Street und ich stakste über die Pflastersteine zur Temple Bar. Verdammte Absätze.

Ben Ferguson hatte das Pub als Treffpunkt vorgeschlagen. *Da erkennt uns garantiert niemand,* hatte er mir geschrieben, und ich wusste, was er meinte. Das Pub im gleichnamigen Ausgehviertel mitten im Zentrum gab sich irischer als jede Schafherde. Groß, laut, immer gut besucht und dekoriert bis unter die Decke, hatte es alles, was Irlandfans sich erhofften. Zu Preisen, die trotzdem niemandem die Stimmung zu verderben schienen.

Es war Donnerstagabend und brechend voll. Alle Tische besetzt, alle Fenster angelaufen, alle Hände voll zu tun hinter der Bar. Auf einer Bühne im Nebenraum zwei Männer mit Fiedel und Gitarre, die ihre charmante Unterhaltungsnummer abzogen, bejohlt und beklatscht für ihre Version von *Whiskey in the Jar.* Ich holte mir eine Flasche Cider an der Bar und machte mich auf die Suche.

Hier drin herrschten die Vereinten Nationen des Städtetourismus. Jedes Alter, jede Hautfarbe, je nach Herkunftsland in Funktionskleidung oder in dick wattierte Jacken gepackt, überblickt von einem hochmütigen James Joyce aus Plastik, der offenbar ebenfalls auf Guinness schwor. In einem Durchgang lief eine Fußballmannschaft voller Frauen mit schottischem Akzent auf, uniformiert in engen T-Shirts. *Nicola's Gang* aus Glasgow. Auf Junggesellinnenausflug, so viel verrieten schon die Penis-Strohhalme in ihren aquariumgroßen

Gin Tonics. Die Braut in Schleier und Schärpe hatte ordentlich Schlagseite.

„Oh hallooo", schnurrte sie dem nächstbesten Mann entgegen, der das Pub durch einen kleinen Seiteneingang betrat. Ben, ausgerechnet. Ein nur noch mit Schaumresten ausgekleidetes Pintglas in der Hand, kam er aus dem Innenhof, wo sich die Raucher unter ausladenden Schirmen drängten. Seine Jeans und das olivfarbene Hemd nass vom Regenwasser, das zwischen den Planen der Schirme herabtropfte. Genauso die schwarze Dockarbeitermütze, von der er sich selten trennte. Die exzessive Müdigkeit vom Dienstagabend war aus seinem Gesicht verschwunden. Er sah gut aus. Fand nicht nur ich.

„Kommst du gleich noch mit raus?", fragte ein Mitglied aus Nicolas Gang. Umwerfend schön, ein rüder Glasgow-Akzent, ihre Haut wie dunkler Samt. „Für Hotties wie dich gibt es Platz unterm kleinsten Schirm."

Bens Absage mit einem Hinweis in meine Richtung wurde im Chor bedauert, ich um mein Date beneidet, dann zogen sie unbekümmert weiter. Wir blieben zurück, betrachteten einander zum ersten Mal seit langem im Licht von Glühbirnen, endlich keine Umrisse und Schemen mehr so wie in Sinéads Hinterhof. Und ja, wir mochten noch immer, was wir sahen. In mir dieses befriedigende Gefühl, als griffen zwei Puzzleteile ineinander. Genau die richtige Menge an Reibung, bevor alles an seinem Platz war.

„Sorry. Kaum angekommen, schon verderbe ich dir den Abend."

Ben gewährte mir einen kurzen Blick auf seine Zähne, schüttelte den Kopf.

„Du weißt, ich bevorzuge ältere Frauen. Vor allem launenhafte Workaholics."

„Deine Freundin würde sich sicher freuen, das zu hören."

Wenn Ben Ferguson laut lachte, war es, als setzte man sich in ein Vollbad. Das ist es, was ich brauchte. Keine acht Grad in der Irischen See.

Nach ein paar Runden durch die vielen Nebenzimmer des Pubs wurde ein kleiner Tisch mit zwei Hockern in einer Ecke frei, in der ein Gespräch in halbwegs normaler Lautstärke theoretisch möglich erschien.

Wir ließen uns nieder, Ben mit einem frischen Guinness von der Bar. Karamelliger Schaum, immer am Rande des Überfließens, aber eben nur fast. Die Leute am Zapfhahn der Temple Bar verstanden ihr Geschäft.

Er wischte sich den Schaum mit der Rückseite seines Zeigefingers von der Oberlippe. Beugte sich mir auf verschränkte Arme gestützt entgegen und studierte mich. Bisschen viele Kanten im Gesicht für gerade mal Mitte 30, noch ein paar mehr als schon bei unserer ersten Begegnung vor zwei Jahren. Vielleicht wurde er den Leuten, die er hinter Gitter zu bringen versuchte, immer ähnlicher, so wie in einer langjährigen Beziehung, die sich zur Symbiose ausgewachsen hatte. Er sah amüsiert drein. Wahrscheinlich dachte er gerade dasselbe über mich.

„Also, erzähl mal: Was kann ich für dich tun?"

„First things first." Ich wühlte in meinem zwischen den Knien zerknüllten Wollmantel. Ertastete das noch immer körperwarme silberne Zigarettenetui und befreite es aus der Innentasche. Sah Bens verhärtetem Gesicht beim Schmelzen zu. Seine Finger eiskalt und kondenswasserfeucht, nahm er das vermisste Kleinod zwischen die Handflächen, als wolle er es trösten.

„Ein Familienerbstück?"

„Das hat mal meinem Onkel gehört." Worte wie ein Absperrband. *Gehen Sie weiter, hier gibt es nichts zu sehen.* Dabei gab es garantiert eine ganze Menge zu sehen. Den wahren Detective Sergeant Ferguson, und was ihn ausmachte.

Aber meinetwegen. Flache Gewässer waren sicherer. Außerdem schuldete er mir auch so genug Antworten.

„Was war los gestern Abend?", fragte ich nach ein paar Schlucken aus meiner Flasche.

„Das sollte ich dich fragen." Ben schüttelte den Kopf wie über einen Verrat. „Wie kommst du zu Flanagan? Oder war es nur ein spontaner Flirt?"

Diese Eifersucht. So kindisch. Kindischer war nur meine spontane Genugtuung darüber.

„Ich arbeite mit ihm."

Einen Moment lang wurde Bens Gesicht zu Stein. „Woran?"

„An einem Fall."

„Was zum ..." Dann sickerte die Erkenntnis ein. „Es ist die Sache mit der Vergiftung in der österreichischen Botschaft, oder?" Er wartete meine Antwort nicht einmal ab. Lehnte sich zurück an die Wand. Das langgezogene *Fuuuck* ging im überschäumenden Geigensolo von draußen unter. „Wie bist du denn da reingeraten? Du hast doch frei."

„Unfreiwillig. Das Opfer war Deutsche. Die Österreicher haben ihren Verbindungsmann in Irland involviert, unserer war nicht greifbar, da wollte unsere Botschafterin nicht alleine dastehen. Ich war zufällig in der Nähe, mehr nicht."

Ben hob eine Augenbraue. *Zufällig, na klar.*

„Davon hast du am Dienstag nichts erzählt."

„Weil es noch nicht offiziell war. Flanagan wollte keine Einmischung von außen. Aber unsere Botschafterin kennt jemanden ganz oben, die hat ihm den Arm verdreht."

Das entlockte Ben ein fieses Grinsen. Stand ihm hervorragend, fand ich.

„Und schon steckst du bis zu den Knien in dem Fall."

„Ein bisschen Laufarbeit, mehr nicht."

Das glaube, wer will, sagte Bens Augenbraue. Er kannte mich noch vom Skiller-Fall. Wusste, dass ich mich gerne einmischte. Jeden Stein umdrehte, an jedem Faden zog, wenn ich nur die geringste Möglichkeit dazu bekam.

„Laufarbeit, also. Trotzdem willst du was von mir. Ich nehme an, es geht um den Fall?"

Erwischt.

„Sagt dir der Name Jurgita Pavlis etwas?"

Ich zeigte ihm ein Foto, das ich im Internet von ihr gefunden hatte. Bei ihrem Anblick warf sich Bens Stirn in Falten.

„Ich bin mir nicht sicher." Er nahm mir das Telefon aus der Hand, vergrößerte Pavlis' Gesicht. Wiegte den Kopf hin und her. „Kann sein, von irgendwoher kommt sie mir bekannt vor. Aber ich bin mir nicht sicher. Da muss ich mich schlau machen." Er übergab mir mein Telefon wieder. „Warum fragst du? Hat sie was mit der Botschaft zu tun?"

Ich wartete, bis drei junge Italiener und ihre Raucherfahnen an uns vorübergeweht waren und der stürmische Applaus für die Band im Nebenzimmer sich gelegt hatte.

Erzählte Ben dann von Jurgita Pavlis und ihren widersprüchlichen Aussagen am Nachmittag. Von meinem Verdacht.

„Vielleicht ist sie illegal hier und hat Angst, dass ihre falsche Identität jetzt auffliegt." Ben sagte das ohne jede Leidenschaft. Es war sein Alltag, mehr nicht. „Wäre nicht die Erste aus den Kaukasus-Staaten oder Belarus, die hier landet oder hergelockt wird. Gerade ermitteln wir gegen eine lettische Drogengang. Die haben sich in den letzten Jahren ein kleines Imperium aufgebaut. Ihre Finger sind überall mit drin. Heroin, Waffen, und ziemlich sicher auch Menschenhandel. Die Frauen für Sex, die Männer als Drogenkuriere."

„Pavlis hat aber einen Pass und einen respektablen Job. Sogar zwei."

„Ich kann mal sehen, ob ich was über sie rausfinde." Ben sah mich an, als interessiere ihn gerade etwas völlig anderes. „Und Flanagan lässt dich einfach so bei den Befragungen mitmachen?"

„Nicht einfach so. Davor musste ich natürlich mit ihm schlafen."

„Wie witzig." Er verzog keine Miene, musterte mich über den Rand seines Glases hinweg. „Wahrscheinlich probiert er aus, wie du tickst."

„Warum sollte er das wollen?"

Ben schob meine Frage mit einer Geste vom Tisch und lehnte sich in meine Richtung. So nah, er kitzelte in meinem Ohr.

„Ich hab das ernst gemeint gestern Abend", sagte er, die Stimme ein fernes Donnergrollen in all der Heiterkeit um uns.

„Dass ich Flanagan nichts über mich erzählen soll?"

„Ja. Und hast du?"

„Nein." Zumindest nicht mehr als paar belanglose Sätze. Soweit ich mich erinnern konnte.

Ben zog sich wieder von mir zurück, die Kanten fest an ihrem Platz.

„Lass dich nicht einwickeln von ihm. Flanagan ist ein linker Agent. Was auch immer der über dich weiß, verwendet er gegen dich. Vielleicht nicht sofort, aber irgendwann."

Ein Teil von mir bedauerte, dass Sam, dieser grund- und hoffnungslose Optimist, nicht hier war und mitanhören konnte, dass meine Skepsis Flanagan gegenüber sehr wohl angebracht war. Der andere Teil dachte: Fuck.

„Aha. Und aus welchem Grund sollte er irgendwas gegen mich verwenden wollen? Flanagan kennt mich doch gar nicht."

„Er kennt *mich*, das reicht."

Ein Satz wie von John Wayne. Mein Lachen daraufhin war ein taktischer Fehler. Aber ich konnte nicht anders. Ein Reflex.

Schon durchsiebte mich Bens Blick.

„Wie wärs, wenn du mal den Sarkasmus leiser drehst und auf mich hörst? Flanagan war jahrzehntelang im Special Branch. Der macht nichts ohne Grund. Für den gibt es nur Schwarz oder Weiß, Freund oder Feind. Und wenn er einmal glaubt, du könntest für ihn zum Problem werden, dann wird er zum Problem für *dich*."

Special Branch, jetzt SDU. Die geheime Gesellschaft. Wir hatten am Dienstagabend bei Sinéad schon darüber gesprochen. Neuer Name, alte Fecker. Flanagan passte da gut ins Bild.

„Warum ist er zur Mordkommission gewechselt?"

Ben zuckte mit den Achseln, während er sein Glas leerte. Drüben spielten sie jetzt *Dirty Old Town*. Ich bemerkte, dass mein Fuß verstohlen im Takt dazu wippte. Sollte er. Alt, aber gut.

„Sie haben Flanagan vor ein paar Jahren versetzt, als aus dem Special Branch die SDU wurde. Auf eigenen Wunsch, angeblich, um mal was anderes zu machen. Aber sie haben damals viele Leute aussortiert, die nicht mehr zum neuen Image passten. Der Special Branch war der Wilde Westen. Die konnten tun und lassen, was sie wollten. Wahrscheinlich weiß Flanagan zu viel über zu viele Leute, deshalb hat er es zur Mordkommission geschafft. Aber was Höheres als Detective Inspector ist er nie geworden. Zu viele Feinde."

Autsch. Mein eigener Ehrgeiz hob winselnd den Kopf. *Feinde hast du auch zur Genüge. Und diese Auszeit? Hallo, Abstellgleis.*

Zum Glück sprach Ben weiter.

„Jetzt reagiert er seinen Frust an Leuten ab, die nicht in sein Weltbild aus den 80ern passen."

„Und einer von denen bist du?"

Ben leerte schon zum dritten Mal sein leeres Glas. Holte Luft wie vor einem Absprung. Zehn-Meter-Brett, mindestens.

„Sippenhaftung", sagte er. „Mein Vater war Anfang der 90er in ein paar üble Dinge verwickelt."

„Hast du mal erzählt. Aber war damals nicht fast jeder in der IRA?"

Er wog sein Zigarettenetui in der Hand, als wären es seine nächsten Worte. Wie viel mehr sollte er mir erzählen?

„Er hat die *Ra* nicht nur unterstützt, Patsy. Er war so richtig an der Front. Eine Aktive Service-Einheit. Weißt du, was das ist?"

Wusste ich tatsächlich. So nannte die IRA ihre operativen Zellen, in die sie ihre Leute einteilten.

Mein Vater hatte immer von einem vereinten Irland gesprochen, bei Familientreffen war es regelmäßig zu Diskussionen gekommen. Nach seinem Tod hatte ich mich eine Weile obsessiv mit dem Nordirlandkonflikt beschäftigt. Alle Bücher aus seinem Regal gelesen. Zeitungsartikel. In denen bezeichnete man die Aktiven Service-Einheiten allerdings anders. Scharfschützen, Räuber, Entführer, Bombenleger, Mörder.

Was davon war Bens Vater gewesen? Vielleicht eines davon, vielleicht alles zusammen, tat aber nichts zur Sache: Die Scham darüber brannte lichterloh in ihm. Das Silberetui wechselte von einer Hand in die andere und wieder zurück, wie ein Stressball.

„Alles eine lange und miese Geschichte." Entschlossen entnahm er die letzte verbliebene Zigarette und steckte das Etui weg. Keine Fragen mehr. Das Absperrband war wieder oben. „Tatsache ist, mein Vater und die *Ra* sind seit 20 Jahren geschiedene Leute. Niemand in meiner Familie außer ihm war jemals in der Bewegung. Trotzdem hat Flanagan schon bei der Bewerbung gegen mich mobilgemacht. Angeblich hat er sogar eine Petition angeleiert."

Ben klang, als wäre all das erst gestern passiert.

„Sieht so aus, als wäre die Petition nicht erfolgreich gewesen. Du bist doch inzwischen zehn Jahre dabei und Detective Sergeant geworden, oder nicht?"

Das holte ihn ein paar Zentimeter aus seinem Selbstmitleid.

„Offiziell schon. Aber jetzt spielt Flanagan sein Spiel eben heimlich. Sobald er bei irgendeiner Ermittlung was zu sagen hat, bin ich raus. Versuch du mal eine Karriere auf Kurs zu halten, wenn jemand mit Einfluss das Gegenteil will."

Kam mir bekannt vor. Als Frau schlug ich mir schon seit Jahren die Nase am Polizeiapparat blutig. Gläserne Decke, dass ich nicht lachte. Ein ganzes verdammtes Labyrinth. Aber Ben schien nicht in Stimmung für so einen Hinweis.

„Klingt nach Mobbing, wenn du mich fragst. Gibt es jemanden, der dir helfen kann? Ein Ombudsmann oder sowas?"

Der Witz des Jahres, offenbar.

„Vergiss den Ombudsmann", sagte er, nachdem er fertig gekichert und sich die Zigarette wieder aus dem Mundwinkel genommen hatte. „Der kommt immer erst ins Spiel, wenn sowieso alles zu spät ist. Ich hab zwei Möglichkeiten: Entweder Flanagan verpisst sich bald in den Ruhestand, oder jemand schlägt ihn für mich tot."

Das war wohl ironisch gemeint. Trotzdem. Sein Gesicht dazu ging mir bis auf die Knochen. Ganz der Terrorist, für den DI Flanagan ihn angeblich hielt. Erinnerte mich daran, wie wenig wir uns eigentlich kannten.

„Nochmal dasselbe?" Er hielt meine geleerte Flasche in die Höhe.

Ich sah auf mein Handy. Erst kurz vor acht. In meinem Kopf so viele Dinge, die ich gerade vergessen wollte.

„Warum nicht?"

„Die Runde geht an mich", sagte er. „Aber zuerst Nikotin."

Die Zigarette wieder im Mundwinkel, verschwand er hinaus zur Bar, wo man sich inzwischen zum *Irish Rover* gesteigert hatte. Das Publikum zum Mitsingen aufforderte.

No, nay, never. Irgendwoher ein paar deutsche Stimmen: *An der Nord-See-Küste.*

Ich entriegelte das Handy. Entdeckte zwei verpasste Anrufe und drei Kurznachrichten, alle von Sinéad. Die erste vor einer Stunde, eine vor 20 Minuten, eine vor 19. Jede von ihnen enthielt mehr Satzzeichen als die davor. Untergegangen in Pub-Seligkeit und meiner Konzentration auf unsere Unterhaltung.

Viele Worte und eine kurze Botschaft: Ich hatte unangemeldeten Besuch. Aus München.

Am Tag nach unserer ersten Begegnung beim Haidhausener Stadtfest führte mich Stefan zu unserem ersten gemeinsamen Spaziergang aus. Nicht an der Isar, so wie sich das für Liebesanbahnungen gehörte, sondern am Ostfriedhof. Weil er die Ruhe da mochte und die alten Bäume, die Geräusche der Heckenschneider der Friedhofsgärtner und den Geruch nach Vergänglichkeit. Ich mochte seine schräge, aber irgendwie auch beruhigende Gegenwart. Er zeigte mir das Grab von König Ludwigs Psychiater, der angeblich im Todeskampf mit dem „Kini" ertrunken war, und das von Rex Gildo.

Danach saßen wir auf einer Bank, besprenkelt von spätsommerlichem Lichtkonfetti, und er deklarierte, er müsse mich warnen. Er sei ein bisschen anders als die meisten Männer.

„Stehst du gar nicht auf Frauen? War das mit den Gräbern ein versteckter Hinweis?"

Er ließ meine Ironie mit einem nachsichtig langsamen Lidschlag vorüberziehen, wie noch so oft in den Jahren danach.

„Was ich meine, ist", sagte er, während er mit dem Daumen über meinen Handrücken strich, „ich bin Ende 30 und eigne mich nicht so gut zum Heiraten."

„Das trifft sich bestens", hatte ich geantwortet und es ernst gemeint. „Ich auch nicht."

Kein Jahr später taten wir es trotzdem. Offiziell wegen eines gemeinsamen Abends mit zu viel argentinischem Malbec. Eine Legende, die unsere Hochzeitsgäste amüsierte (meine Familie) und schockierte (seine Eltern) und die wir deshalb in unsere Sammlung an gemeinsamen Ehe-Erinnerungen mit aufnahmen. Dabei waren wir einfach liebestrunken gewesen. Hatten uns dem selbstgefälligen Glauben hingegeben, alles anders und überhaupt viel besser zu machen als jene vor uns, die gescheitert waren, weil wir älter waren und reifer und schon in früheren Beziehungen gescheitert. Menschen in ihren 30ern mit respektablen Berufen, die wussten, was sie wollten. Einander. Es war ein schönes Fest gewesen, und der DJ hatte um Mitternacht *Fiesta Mexicana* aufgelegt, um an unser erstes Date an der letzten Ruhestätte von Rex Gildo zu erinnern. Hossa!

Alles hatte wie wild getanzt. Nur Sinéad war damit beschäftigt gewesen, ihren Mann Mick von einem grobmotorischen Strip mitten auf der Tanzfläche abzuhalten.

„Ich hab's Stefan noch gesagt." Ich legte den Arm um sie, als sie sich später neben mir niedergelassen hatte. „Irischen Hochzeitsgästen bietet man unter keinen Umständen eine offene Bar an. Er meinte, das wäre ein Klischee."

Sie hatte mich bloß angelächelt, mit einer traurigen Verlegenheit, die ich sonst nicht bei ihr kannte. „Hätte ich nicht gedacht, dass du auch mal eine von uns werden würdest", hatte sie gesagt, und ich war zu beschwipst von meinem eigenen Glück gewesen, um mich zu fragen, wie genau sie das meinte. Warum sie mich so viel fester als sonst umarmte.

3

An diesem Abend machte sie ein ähnliches Gesicht wie damals, kaum war ich über die Schwelle. Ein bisschen traurig, ein bisschen verlegen. Bildete ich mir jedenfalls ein.

Sie hatte mich am Eingang erwartet, schon in ihrer Allwetterjacke und mit Fritz auf den Fersen.

„Der Gauner muss nochmal raus, sonst rächt sich das", sagte sie mit einem Augenzwinkern und einer Geste zu Stefans Reisetasche mit Henkeln, die im Flur saß wie ein treues Tier. „Und ihr zwei Romantiker seid ungestört."

Stefan saß am Küchentisch und sah mir entgegen, ein bisschen so wie in unserem alten Leben in München, wenn ich später als geplant von der Arbeit gekommen war. Nur ganz ohne den mühsam unterdrückten Vorwurf in seinem Blick. Er war umgeben von bunten Untersetzern, zerknüllten Servietten und zwei Gläsern Rotwein, den er sicher selbst mitgebracht hatte. Wein war das einzige Thema, bei dem sich Stefan offen als Snob outete.

Das warme Licht von oben schmeichelte ihm. Trotzdem sah man sofort, dass er abgenommen hatte. Mehr Salz als Pfeffer in den Haaren, in den Bartstoppeln. Auch mit 47 hatte er noch seine hochgeschossene Figur. Ein Sondergrößentyp mit den verschobenen Proportionen eines Teenagers, ein schmales Gesicht und seine langen Beine, die einem ständig irgendwo in die Quere kamen, egal wie groß der Tisch war, an dem man saß. Auch unter Sinéads Monstrum aus Kirschholz lugten sie hervor. Vor Stefan ein halb geleerter Teller, irgendwas mit Kichererbsen, die er verabscheute, sich aber trotzdem gabelweise verabreichte, Sinéad zuliebe und weil er so erzogen war. Er schien erleichtert, als ich endlich um die Ecke kam und er ihn von sich schieben konnte.

„Hey, du", sagte ich.

„Überraschung. Es gab noch einen Abendflug", sagte er und lächelte schuldbewusst. Unangemeldete Besuche waren nicht mein Ding, daraus machte ich kein Geheimnis. Zu viele davon erlebt. Der letzte meines Bruders Robbie vor ein paar Monaten war mir noch immer in Erinnerung. Leider aus den falschen Gründen.

Aber das war letztes Jahr gewesen. Heute war heute. Stefan war hier. Zum ersten Mal in Dublin, so wie wir es uns seit Jahren vorgenommen hatten.

„Die erste schöne Überraschung seit Langem", sagte ich und meinte jedes Wort davon ernst. „Tut mir leid, dass ich so spät komme, aber ich war noch für den Fall unterwegs."

Wie oft hatte ich diesen Satz gesagt? Wie oft hatte er darüber die Augen gerollt, geseufzt, einen Streit begonnen?

Heute hingegen: nur ein paar gehobene Schultern.

„Du konntest es ja nicht wissen. Und Sinéad hat ihr Bestes gegeben, mich bei Laune zu halten."

Im Hintergrund spielten die Frames. Auf die hatten sie sich immer einigen können, Stefans Schöngeist und mein Metalhead. Stefan stand auf, Stuhlbeine fielen kreischend in Glen Hansards Herzschmerz ein, der immer genau so tief zu gehen schien wie der eigene, es war kaum zu ertragen.

Stefan schlug mich ein in seine langen Arme, kam mir so nah wie schon lange nicht mehr, weckte ein Kribbeln an Stellen, die ich noch länger nicht mehr gespürt hatte.

Meine Finger an der fein gestrickten Wolle seiner Hoodies, mein Ohr über seinem Herz, das von tief drinnen in so vielen Dingen den Takt angab in meinem Leben. Es war ungewöhnlich schnell dran heute.

Ich trat einen Schritt von ihm zurück und betrachtete ihn, fragte mich, warum alles in mir so flatterte, wo ich diesen Mann doch schon so lange kannte, bis ins Innerste, hatte ich mal gedacht.

„Gehst du wieder ins Fitness-Studio?"

Er lachte wie über eine Pointe, die zwar nicht gut war, aber doch überraschend.

„Seit vier Wochen erst. Dir entgeht auch gar nichts."

„Nein. Wie du weißt, sehe ich sogar Gespenster. Vor allem, wenn ich zu lange mit Sinéad unterwegs bin, so wie gestern."

Er wusste sofort, dass ich von Berna Dette sprach. Dass ich drauf und dran war, mich bei ihm zu entschuldigen. Wollte sichtlich nicht darüber reden.

„Warum setzen wir uns nicht erstmal und trinken ein Glas miteinander", sagte er. „Um die Ecke gibt es einen guten Laden, ich habe einen Oveja Tinta gefunden."

Er lächelte, doch seine Wärme war nicht echt. Eher, als wäre ich eine Klientin von ihm. Und plötzlich war alles klar. So eindeutig und jede andere Interpretation naiv, geradezu lächerlich. Sein Herzklopfen, all die unerschütterliche Großzügigkeit gegenüber meinen schlechten Angewohnheiten, sein spontaner Entschluss, nach Dublin zu fliegen.

Das hier war kein Besuch, sondern ein Abschied.

4

Nachricht von Ben Ferguson an Patsy Logan

Hey, Mrs. Logan. Sieht nicht so aus, als wäre Timing eine unserer Stärken. Eine gute Nachricht gibt's trotzdem: Ich wusste, ich kenne diese Jurgita von irgendwoher, und jetzt weiß ich wieder, warum. Keine Ahnung, ob das für euren Fall eine Rolle spielt, könnte aber trotzdem interessant sein. Melde dich bei Gelegenheit, wenn du bei Flanagans nächster Besprechung auftrumpfen willst. Take care und genieß die Zeit mit deinem Mann.

Das Marker Hotel hatte diese Betten, in denen sie ganze Tage verbringen wollte. Mit einer Wolke als Matratze, und einem ganzen Menü an Kissen, unter dessen gestärkten Bezügen Daunen knisterten. Gestern Abend bei ihrer Ankunft im Zimmer lag obendrauf noch eine kleine Schachtel mit Ohrringen darin: Kolibris, die an dünnen Fäden in Rotgold baumelten.

Happy Birthday, Babes.

Er wollte, dass sie die Ohrringe gleich anlegte, und sie tat es. Er schenkte ihr ein zweites Glas Veuve Clicquot ein und sie trank es. Er wollte, dass sie die Louboutins mit den Mörderabsätzen anbehielt, und sie entsprach. Er nahm sie von oben und von unten, und von hinten gegen die bodentiefen Fenster mit Blick hinunter auf den Grand Canal Plaza. Sie betrachtete die Heiligenscheine aus Dampf, die sich um ihre gespreizten Finger bildeten, während sie sich abstützte. Beobachtete die Menschen in Anzügen und Kostümen durch ihre Mittags-Rushhour hetzen, auf der Suche nach Nahrung, während er sie in die Brustwarzen zwickte und ihr in den Nacken biss und ihr ins Ohr schnurrte, dass er aufpassen müsse, dass er sich nicht zu Tode ficke an ihr, eines Tages, wenn er mal ein alter Sack war. Denn er würde nie aufhören, sie ficken zu wollen. Nie. Weil er sie nämlich liebe, und liebe sie ihn denn auch?

Ja, sagte sie, so sehr wie niemanden zuvor. Und welches Glück sie habe, dass er ausgerechnet an ihr Gefallen gefunden habe. Einer, der so viel zu bieten habe und wirklich jede hätte haben können. Einer, um den sich die Frauen rissen, und zwar viel Schönere und Klügere als sie selbst.

Was nur zum Teil gelogen war. Ohne ihn wäre sie noch immer im Kat Klub, draußen in Citywest. Hätte zu betanzen und zu befriedigen, auf wen auch immer Vlad zeigte. Wäre noch immer ohne Pass. Ohne Chance auf ein neues Leben.

Jurgita war der Name ihrer Urgroßmutter aus Vilnius. Eine harte, böse Frau, wurde im russischen Teil ihrer Familie immer geraunt. Eine mit strengem Regiment. Dieser Name war, was sie wollte. Natürlich erzählte sie Danny eine andere Geschichte, eine von ihrer lieben, verstorbenen Babuschka, die ihn zu Tränen rührte. Er meinte, das sei kein Problem.

„Du bist mein geiler weißer Ritter", wimmerte sie gegen die Scheiben.

„Nein", keuchte er, „sag das nicht, Babes." Genauso wie sie wusste er, dass ihn diese Worte in *diesem Akzent* schneller abspritzen ließen, und das wurde jetzt auch Zeit, denn langsam begann die Rammelei untenrum zu brennen, an einen Orgasmus war sowieso nicht mehr zu denken.

Während er kam, klammerte er sich an ihren Rücken wie ein Äffchen an den seiner Mutter. Die grünblauen Abdrücke seiner Finger auf ihrem Körper wie eine Spur, die ihm bei ihrem nächsten Treffen den Weg weisen sollte. Über die staunte er meist mit weiten grünen Augen und entschuldigte sich. Aber so war sie eben, ihre Haut. Viel empfindlicher als ihre Seele.

Er zog sich aus ihr zurück und ging sofort ins Bad, versperrte die Tür hinter sich. Die Wasserfalldusche rauschte lange und unter hohem Druck. Ihr war schleierhaft, warum er es immer noch vor ihr verheimlichte, wenn er etwas nahm. Sollte sich seine Frau darum kümmern, falls sie davon wusste. Aber das war unwahrscheinlich. Frauen von Männern wie ihm wollten gar nicht wissen, woher das ganze Geld kam, so Jurgitas Erfahrung.

Es ist das Geschäft, sagte er oft, wenn er getrunken hatte. *Das Geschäft zwingt mich dazu. Lügen, Drohen, und noch viel Schlimmeres.* Sie nickte dann immer auf sein Gesicht hinunter, das in ihrem Schoß lag, und strich ihm mit der Zeigefingerspitze die Stirn glatt, bügelte sein aufkommendes schlechtes Gewissen aus.

Sie kannte Danny Rabbitts Geschäfte sehr gut. Nur aus anderer Perspektive.

Er und seine Leute waren im Kat Klub ein und aus gegangen. *Stammgäste*, hatte Ela ihr gesagt, die Vlad ebenfalls für die besonderen Gäste abkommandiert hatte. *Hab eine Neue für dich*, hatte Vlad zu Danny gesagt und ihr dabei übers Schulterblatt gestrichen, weil das mit der empfindlichen Haut nach ihrer Ankunft recht schnell ans Tageslicht gekommen war. *Belarus, Eigenimport, ganz frisch. Die ist genau dein Ding, das weiß ich.*

Hatte so wie sie nicht geahnt, wie recht er damit gehabt hatte. Danny hatte sie den Abend über angestarrt wie einen Geist aus der Flasche, war aber ansonsten erstaunlich zurückhaltend geblieben. Auch der Rest seiner Leute.

Die wussten, dass man Danny Rabbitt nicht in die Quere kam. Schon gar nicht in Herzensangelegenheiten. Er teilte ungern.

Das mit ihr, hatte er schon am ersten Abend gesagt, das sei was Besonderes. Was ganz anderes. Sie hatte darüber gelacht, und Vlad auch. *Das sagt der bei jeder seiner Favoritinnen.*

Einen Monat später hatte Vlad nicht mehr gelacht, und zwei Monate später hatte er ihr gesagt, sie Hexe solle verschwinden, er wolle keinen Ärger mit seinen Stammkunden.

Danny hatte ihr eine kleine Wohnung mit Sicherheitsabstand zu seinem Haus besorgt, und einen Pass, und erlaubte es ihr sogar, sich einen eigenen Job zu suchen.

Zwei Bedingungen, hatte er gesagt und dabei das Tattoo-Portrait eines Babies auf seinem rechten Oberarm gekratzt. Tiffany Grace, stand darunter, mit kitschig verschnörkelter Schrift. Darunter Aaron, und nochmal darunter Talula Rose.

Erstens, hatte Danny gesagt, *dein Job hindert dich nicht dran, dass wir uns sehen. Und zweitens, du hältst die Klappe. Kein Wort über uns zu deinen Kollegen, oder überhaupt zu irgendjemandem über irgendwas, das du je aus meinem Mund gehört hast, verstanden, Russka?* So nannte er sie seit dem ersten Abend. Jurgita fand er unsexy.

Sie hatte nur genickt, die Augen extra-rund. *Kein Problem*, hatte sie gesagt und dabei gar nicht lügen müssen. Klappe halten war eines der ersten Gebote, die man ihr schon als Kind eingebläut hatte, damals in Gudogai, Belarus.

Als er endlich wieder aus dem Badezimmer rauskam, nackt und mit vom Handtuch verstrubbelten Haaren, stand sie am Fenster und genoss den Blick auf das Grand Canal Basin. Zählte die Baukräne, die von den Docklands bis ins Stadtzentrum in den Himmel wuchsen. Ein Wald aus Stahl und Ehrgeiz, mit dem Tech-Unternehmen und andere Investoren ihre Imperien zementierten. Sie zählte die Baukräne – acht – und dann zählte sie die Möwen. Wie silberne Boomerangs schossen sie über den stahlgrauen Himmel. Hier oben kamen sie einem so nahe, man konnte ihre Augen sehen, wenn sie einen auslachten.

„Du bist schon angezogen?" Dannys Enttäuschung war so kindlich, man konnte die andere Seite in ihm beinahe vergessen. Die, über die man hier so oft in den Nachrichten hörte.

Er hatte schon wieder einen halben Steifen. Sie bemühte sich, verführerisch zu lächeln. Danny war potent wie ein Teenager. Hoffentlich verging das bald, er war immerhin schon Anfang 30. Und er hatte noch mehr Verantwortung bekommen in seiner „Organisation", wie er die Gang nannte. Irgendwann musste doch auch er müde werden.

Man kann schnell aufsteigen in meinem Geschäft, hatte er ihr mal ganz melancholisch bei ein paar Joints erzählt, *man muss es nur lange genug überleben*.

„Was soll das mit dem schwarzen Fummel, Russka?" Seine Hand war feucht, machte Abdrücke in den Stoff ihrer Hose. „Seit wann trägst du sowas Trauriges?"

„Es ist nicht traurig. Es ist meine Uniform."

„Gehst du etwa jetzt *arbeiten*?"

Jede Konkurrenz um ihre Aufmerksamkeit machte ihn rasend. Vor allem, wenn er drauf war. Es brauchte jetzt Fingerspitzengefühl. Und „die Schnute".

„Erst in zwei Stunden, Zuiki." Hase. Den mochte er am liebsten. Sie fuhr ihm mit den Fingern durch die rasierten Nackenhaare. Ließ ihn ihre Krallen spüren. „Du hast doch gesagt, du hast nur bis vier Uhr Zeit. Also hab ich mich einteilen lassen."

„Warum machst du das?" Dass sie recht hatte, irritierte ihn noch mehr. „Leute bedienen, die ganze Zeit. Ständig freundlich sein zu all diesen neureichen Ärschen? Ist es das, was du willst?"

Als hätte sie jemals etwas anderes getan. Als hätte er vergessen, dass sie sich in einem besseren Bordell getroffen hatten. Danny lebte in mancher Hinsicht hinterm Mond. Musste er vielleicht. Wie konnte er sonst mit sich und seinen Taten leben?

„Ich bin gern freundlich. Außerdem bin ich dann beschäftigt, wenn mein Zuiki keine Zeit für mich hat." Das besänftigte ihn ein wenig.

„Wo musst du hin? Ich sage Decco, er soll dich auf dem Weg zu meinem Termin hinfahren."

„Du musst doch los. Geh nur. Ich mache es mir noch hier gemütlich. Ein Kollege fährt mich." Ein Fehler, das zu sagen.

Dannys Schweigen daraufhin war kalt wie eine Leiche.

„Ach so, ein Kollege. Und holt er dich auch im Zimmer ab, ja?"

Ein großer Fehler.

„Aber nein, ach Gott, was bin ich für eine dumme Kuh", sie lachte. Nicht zu leichtfertig, nicht zu besorgt. Das Eis unter ihr knisterte bereits. „Der ist keine Gefahr. Er ist ein Nachbar von mir und wir verstehen ..."

„Ihr versteht euch gut. Na klar, Russka, ich verstehe." Er wurde nicht laut, weil er es nicht musste. Jedes Wort die unsichtbare, kaum hörbare Bedrohung einer Giftschlange im hohen Gras. „Ich mach dir einen Vorschlag, Babes", sagte er und griff ihr in die noch nicht ganz geschlossene Bluse. Kniff ihr in die Brustwarze, dass es durch den BH schmerzte. „Ich verschiebe meinen Termin und wir genießen hier noch ein bisschen Zeit miteinander, und wenn dein Kollege vorbeikommt, lerne ich ihn einfach mal kennen, bevor ihr geht. Was hältst du davon? Wäre doch schade, wenn wir diesen geilen Schuppen nicht bis ins Letzte ausnützen würden, oder?"

Ein Vorschlag, der keiner war. Und sie hatte nichts zu verbergen, außer ihre zunehmende Verzweiflung über die Falle, in der sie saß. *Merk dir eins*, sagte ihre Mutter immer, *untreue Männer sind die eifersüchtigsten.* Von Danny erzählte sie ihr bei ihren seltenen Telefonaten nie. Niemandem erzählte sie von ihm.

„Eine super Idee, Zuiki", sagte sie und wünschte sich dabei, dass die Fehde zwischen den Rabbitts und den Letten hoffentlich bald ein neues Opfer forderte.

Danny legte ihr die Hände auf die Schultern und drehte sie wieder dem Fenster zu. Knöpfte ihr von hinten die Bluse weiter auf, während sie weiter aus dem Fenster sah. Zumindest musste sie ihm nicht in die Augen sehen, während sie immer und immer wieder ihre Dankbarkeit ausdrückte.

Während sein Finger in sie vorstieß, suchte sie nach Spuren von Leben in den vollverglasten Apartments, die das Hafenbecken umzingelten. Hier und da eine Putzfrau, eine Mutter, die ihr Baby schaukelte, zwei Katzenkinder, die auf ihrem Kratzbaum herumkletterten, sonst die große Leere. Die Anzahlung für eine von denen würde sie sich wohl nie leisten können. Aber vielleicht für irgendwas weiter draußen in den Vororten, wenn sie noch länger sparte.

Sie lächelte ihnen zu, von ihrem Fenster im vierten Stock. Frauen und Männer in ihrem Alter, an ihren Schreibtischen der Büros, auf den Betonsitzbänken, ihr Mittagessen auf den Knien, ihre Kaffeebecher in den Händen. Sie lachten und beschwerten sich über ihre Arbeitgeber oder taten einfach sonst, was sie gerade wollten, zumindest meistens. This could be you. *Irgendwann*, dachte sie. *Nur noch nicht heute.*

Weniger der Magen, mehr das Herz

1

Meine erste Begegnung mit Therapie, noch lange vor dem Polizeipsychologischen Dienst oder gar Stefan, hatte ich kurz nach meinem Einzug in dieser betreuten WG für selbständige Jugendliche in Salzburg, in die mich meine Mutter gesteckt hatte. Frau Mag. Forcher. Sie trug einen langen, weitschwingenden Rock und weiße Stiefel mit Fransen und sah exakt so aus, wie ich mir damals eine Schamanin vorstellte. Gerlinde, so sollte ich sie nennen, bewunderte mein illegal gestochenes Piercing zwischen Unterlippe und Kinn und gab sechs Sitzungen lang ihr Bestes, Verständnis für mein aggressives Schweigen aufzubringen. Mir klarzumachen, dass ich dabei war, das, was meine Zukunft sein könnte, zu verspielen. Das treffe sich gut, teilte ich ihr gleich anfangs mit – meine Zukunft sei nämlich so ziemlich das Letzte, was mich interessiere.

In der Mitte einer unserer stummen Verfolgungsjagden – ihr therapeutischer Röntgenblick meinem stets dicht auf den Fersen – überkam sie plötzlich etwas, das wie Resignation aussah. Sie beugte sich vornüber, lugte aus dem Fenster ihrer Praxis im ersten Stock in die Verfallsromantik der Ignaz-Harrer-Straße. Schneeregen vor von Abgasen geschwärzten Hausmauern, die schwingenden Oberleitungen der Stadtbusse.

„Du hast viel verloren in der letzten Zeit", sinnierte sie. „Vor allem dein Vertrauen, das ist mir sonnenklar." Sie stützte den Ellenbogen auf ihr überschlagenes Knie, ordnete sich die Unzahl der Bändchen und Reifen aus Leder und Metall um ihr rechtes Handgelenk. „Was wir beide hier aber miteinander versuchen sollten, ist zu verhindern, dass du auch noch deine Stimme verlierst. Das wäre sehr schade, denn du hast was zu sagen."

Hatte ich das?

„Und wenn du bereit bist, dich und deine Stimme wieder ernst zu nehmen, dann bin ich bereit, mit dir weiter daran zu arbeiten. Einverstanden?" Sie hatte mich zum ersten Mal mit mehr als nur professionellem Wohlwollen angesehen und geduldig auf meine Antwort gewartet.

Die war, dass sie sich diesen New-Age-Scheiß dorthin schieben konnte, wo die Sonne niemals scheint. Keine Stimme, dass ich nicht lachte!

Dann war ich mitsamt meinem *Alice-in-Chains*-Sweatshirt aus ihrer Praxis gestiefelt, hatte mir vorgenommen, die Therapie abzubrechen und vor allem keine Minute länger als notwendig über Mag. Forchers Psycho-Statements nachzudenken. Stattdessen würde ich mir einfach einen Job suchen, jawohl, einen Job, ganz ohne Therapie. Nimm das, Gerlinde.

2

Wo auch immer Dr. Forcher jetzt war, sie wäre wahrscheinlich stolz auf sich gewesen. Über 20 Jahre später dachte ich mehr denn je an sie. Außerdem hatte ich mich Therapeuten gegenüber, wenn ich sie nicht vermeiden konnte, inzwischen bestens im Griff.

Das galt auch für die Aussprache mit Stefan. Ich hörte mir alles an, was er mir zu sagen hatte. Über Berna Dette, im echten Leben Bernadette Lutz, seine Patientin. Die hatte ihm eines Tages gestanden, dass sie das Gefühl habe, sich ein wenig zu sehr auf ihre Therapiesitzungen zu freuen, wenn er verstünde, was sie meinte. Stefan verstand, was sie meinte, und hatte sie für weitere Sitzungen an einen Kollegen verwiesen. Aus Verantwortung seinem Berufsethos gegenüber, aber nicht nur. Deshalb trafen sie sich weiterhin. Zuerst zum Kaffee. Dann zum Wein. Redeten über alles, worüber er mit mir nicht reden konnte. Korrigiere: Worüber ich nicht mit ihm reden *wollte*. Berna Dette habe ihn verstanden. Sie sei selbst kinderlos, habe einfach nie den richtigen Partner gefunden.

„Bis jetzt", hatte ich gesagt, und gedacht: *Jetzt kommt's.*

„Es ist nicht immer alles so, wie du denkst", hatte Stefan geantwortet. „Bernie ist älter als ich. Ende 40. Es geht uns nicht um Kinder."

Nein, und das war noch schlimmer. Es ging um echte Gefühle. Deshalb war er in Dublin. Weil man eine Beziehung von neun Jahren nicht übers Telefon beendete. *Das schickt sich nicht*, der Lieblingssatz seiner Eltern. *Es ist fairer so*, formulierte es Stefan. Es bedeute auch nicht unbedingt unsere Scheidung. Eher eine Vertiefung unserer Trennung. Eine echte Nachdenkpause.

„Aha", hatte ich gesagt. „Eine Nachdenkpause, die du mit Berna Dette verbringen willst."

Und dann hatte ich meine Stimme gefunden. Vielleicht nicht ganz so, wie sich Dr. Forcher das in den 90ern vorgestellt hatte. Oder Stefan, der mich wieder als *unverhältnismäßig* bezeichnete. Mochte sein. Jetzt schuldete ich Sinéad jedenfalls zwei Weingläser und eine gründliche Teppichreinigung.

So reimte ich mir das zumindest in der Rückschau zusammen. Donnerstagabend lag Jahre zurück, Stefan war schon lange resigniert ins Flughafenhotel und am nächsten Morgen nach München abgeflogen.

In dieser Zeit hatte ich mein Zimmer kaum verlassen.

Wozu auch? Ich schlief nur. Sah an die Decke, oder hinüber zum Schrank, der eigentlich eine fahrbare Kleiderstange war, gleich neben dem zugemauerten offenen Kamin aus viktorianischen Zeiten mit dem Heizstrahler aus den 80ern. Oder durch das Schiebefenster, auf das bisschen Himmel oben, und das bisschen Hinterhof von Sinéads Nachbarn unten. Beobachtete das Wechselspiel der Farben, der Wolken, des Tages und der Nacht. Sporadisch machte eine Taube einen kurzen Zwischenstopp auf dem Steinsims vor dem Fenster, sah zu mir herein, flog davon.

Ich verpasste die Fallbesprechung am Freitag, ohne mich abzumelden. Bemerkte, dass es keinen Unterschied machte. Nichts geschah. Es wurde dunkel, es wurde wieder hell und wieder dunkel.

Ich blieb liegen. Hörte Sinéads Stimme, die sich mit jemandem unterhielt und lachte, dumpf wie hinter Glas. Mein Zimmer ein Aquarium, gefüllt mit träge schwappenden Gedanken. Kein Appetit, nur auf den Tee, den Sinéad mir hinstellte. Ich nickte, als sie mir erzählte, dass Sam nach mir gefragt und sie ihm gesagt habe, ich sei krank. Schleppte mich auf die Toilette, wenn sie aus dem Haus war.

Schlief weiter. Wachte auf, als es wieder dunkel war. Fragte mich, wie die Welt aussehen würde ohne Patsy Logan. Ob etwas fehlen würde. Fragte mich, ob sich sowas auch mein Vater gefragt hatte, bevor er sich damals auf den Weg nach Howth gemacht hatte. Wie es sich angefühlt hatte, da oben zu stehen, zu Füßen die Irische See. Der Wind. Die Seevögel. Die Befreiung.

Pass auf deine Brüder auf, Patsy.

Machte einen Schritt nach vorn ins Leere und schreckte auf.

Die Nachmittagssonne warf einen müden Blick über das Nachbarhaus. Sah, dass ich noch da war, und verzog sich wieder.

„Patsy."

Sinéads kohlstiftumrandete Augen musterten mich durch den Türspalt, schätzten ab, ob die Luft rein war.

„Liebes, bist du wach?"

„Keine Ahnung. Träum ich noch?"

„Nein, willkommen in der Realität." Ihr Ton ließ keinen Zweifel daran: Es war höchste Zeit, den Kopf aus dem Hintern zu ziehen. „Wir bestellen uns was zum Mitnehmen beim *Vegan Butcher*. Für dich auch was?"

Mein Magen war lautstark begeistert. Aber wer waren *wir*?

„Sam lässt dir ausrichten, dass du am Freitag was verpasst hast."

„Aha."

Ich richtete mich im Bett auf. Der dicke Teppich mit Lilienmuster wie Rasen unter den Zehen. Könnte schlimmer sein, diese Realität.

„Dass du recht gehabt hast mit allem, soll ich dir auch noch sagen."

Mein Handy lag mit dem Display nach unten. Auf der Schutzhülle – und das war nicht übertrieben – der erste Hauch einer Staubschicht. Mit einer halben Sekunde Zögern schaltete ich es ein, fragte:

„Recht gehabt womit?"

„Hat er nicht gesagt. Amtsgeheimnis, nehme ich an. Aber du kannst ihn ja fragen, er sitzt unten im Wohnzimmer."

Mein Gesicht daraufhin schien ihr zu gefallen.

„Also wie jetzt, soll ich für dich auch ein Seitan-Kebab bestellen?"

Wie sich herausstellte, war es schon Sonntagnachmittag. *Fast drei Tage. Drei verfluchte Tage,* beschwerte sich die Frau der Stunde, während ich vor Kälte zitternd wartete, bis die Power Shower die von mir gewünschte Wassertemperatur im von mir gewünschten Druck lieferte. *Außerdem bist du jetzt fast 40 und fast geschieden. Ach ja, und kinderlos.*

Ich klärte sie über ihr Recht zu schweigen auf. Duschte mir das verkrustete Selbstmitleid von der Haut. Entschied mich für den einzigen meiner nach Dublin mitgebrachten Pullover, den ich nicht von Stefan geschenkt bekommen hatte. Beschloss, grundsätzlich nur noch im absoluten Notfall an Stefan zu denken.

Ging die Treppe nach unten und dachte an Stefan. Daran schuld war der Anblick von Sam auf Sinéads Couch. Die Unterarme auf die Oberschenkel gestützt, sah er hinaus auf die Synge Street. Von hinten gesehen ein dunklerer, sportlicherer Stefan. Ein bisschen gestriegelter vielleicht und mit protzigerer Uhr. Außerdem fehlte das kindische AC/DC-T-Shirt.

Meine Ankunft im Raum schien ihn ehrlich zu erfreuen.

„Jetzt glaubst du sicher schon, ich bin ein Stalker, oder?"

Zum ersten Mal seit Donnerstag probierte ich wieder ein Lächeln an. Passte noch.

„Und wen stalkst du? Mich? Oder Sinéad?"

„Wenn eine engagierte Kollegin unentschuldigt nicht zu einer Besprechung erscheint, dann mache ich mir eben Gedanken." Verlegene Pause. „Und ja, deine Cousine und ich verstehen uns gut."

„Das merkt man."

„Du hast dich auch am Nachmittag nicht gemeldet, da bin ich hergekommen und habe nach dir gefragt. Sinéad war so nett und hat mich auf ein Glas Wein eingeladen. Wir haben uns länger unterhalten."

„Wie nett. Und worüber?"

„Dies und das."

„Aha. Dies und das. Sehr aufschlussreich."

„Na gut. Über deine verdorbene Fischsuppe. Fischsuppen sind ein Hund."

Sinéad, das Herz. Nietenarmbänder und Raucherlunge, aber loyaler als jeder Labrador. Nie würde sie etwas erzählen, was mich in Verlegenheit brachte. Und jetzt holte sie offenbar noch das Essen, damit Sam und ich Zeit zum Reden hatten. Keine Ahnung, womit ich diese Frau verdiente.

„Und wie geht's dir jetzt, Frau Kollegin?"

„Besser, danke." Ich tappte in die Küche und füllte den Wasserkocher. Bot ihm wortlos Tee an. Er lehnte wortlos ab, beobachtete mich einige Augenblicke lang.

„Erst Fischvergiftung, jetzt Kebab. Da bist du eh hart im Nehmen." Kurz fragte ich mich, ob das irgendein Trick war, um mich auszuhorchen. Aber nein. Sam war aufrecht wie ein Soldat.

„Es war weniger der Magen. Mehr das Herz."

Dieser Blick. Die Vorstellung, dass ich ein Herz hatte, konsternierte ihn offenbar. Dann drehten sich die Rädchen.

„Trennung?"

„Schon einen Schritt weiter, befürchte ich."

„Scheiße."

„Ja." Mein Daumen tastete instinktiv nach meinem Ehering. Ein Stück Metall. Wann musste man den abnehmen, wann verlor man sein Recht darauf? Keine Ahnung. Jetzt war jedenfalls nicht der richtige Zeitpunkt, um darüber nachzudenken. Die Eisschicht in mir zu dünn, um solche Gedanken zu tragen.

„Wie lief es bei der Besprechung am Freitag? Das wolltest du mir doch erzählen, oder?"

Sam verschränkte seine Finger hinter dem Kopf, während ich den ausgelaugten Beutel aus dem Tee zog.

„Eigentlich schon. Aber vielleicht willst du noch den Kopf frei …"

„Keine Sorge. Arbeit ist meine wahre Liebe."

Er hatte jetzt den Ernst einer Todesanzeige.

„Man muss nicht immer stark sein, oder?"

„Sagt der Mann, der bei sechs Grad schwimmen geht."

„Acht Grad", korrigierte er. „Aber jetzt im Ernst. Das hat nichts mit Stärke zu tun. Da drin geht's nur ums Über-leben. Man denkt nicht mehr nach, weil man nicht kann."

„Und darum geht's dir?"

„Darum geht's mir", sagte Sam und beugte sich nach unten. Kraulte Fritz, der sich auf dem Teppich fläzte und dem Österreicher seine Flanke präsentierte, so wie ich. „Jedenfalls nicht ums Starksein. Das ist zu anstren-gend, auf die Dauer."

Jetzt riskierte ich doch noch ein hörbares Lachen. Da sagte er was, der Kollege.

Ich machte mich auf den Weg in die Küche. Zeit für ein wenig Normalität. Und eine Tasse Heißes. „Also. Wie lief es am Freitag bei der Besprechung?"

4

„Das war interessant. Flanagan hat sogar nach dir ge-fragt. Er war untröstlich, dass du krank warst."

Ich schnitt eine Grimasse. Entdeckte eine halb ge-leerte Tüte von Sinéads Chips auf dem Esstisch und bediente mich. Genau, was ich jetzt brauchte. Viel Fett, viel Essig. „Und gab es noch was Interessanteres?"

„Ja, vor allem über Jurgita Pavlis." Er tätschelte Fritz, der mit einem irritierten Grunzer auf meine Ankunft auf der Couch reagierte. „Dein Gefühl war richtig, sie ist kein unbeschriebenes Blatt."

Also doch.

„Flanagan hat ein bisschen in ihrem Hintergrund rumstochern lassen, und einer der Ermittler von der Organisierten Kriminalität ist dabei über ihren Namen gestolpert. Anscheinend hat sie eine Affäre mit einem bekannten Kopf aus einer Drogengang, oder sie hatte mal eine. Der Mann heißt Danny Rabbitt. Es gibt ein Foto von den beiden im Sommer 2017, auf dem sie sich umarmen und gemeinsam ein Restaurant besuchen."

Rabbitt. Hatte ich schon einmal gehört. Oder gelesen. Andererseits gab es in Irland viele, die so hießen. Allein in Dublin gab es wahrscheinlich über ein Dutzend Danny Rabbitts.

„Kein Wunder, dass sie nervös ist, wenn sie mit der Polizei spricht", sagte ich. Bot Sam meine Chipstüte an, die er betrachtete, als sei sie von Salmonellen verseucht. „Und weiß man etwas darüber, ob sie wirklich Jurgita Pavlis heißt?"

Er schüttelte den Kopf. Nein, danke.

„Nichts Definitives. Sie ist offiziell seit Anfang 2017 im Land. Flanagan versucht jetzt, über die litauische Botschaft etwas über sie rauszufinden. Und wenn das nicht klappt, über Interpol."

Klang, als würde es länger dauern.

„Gibt es noch mehr über sie zu sagen, als dass sie mit einem Drogenboss ins Bett geht?"

„Das wollte Flanagan auch wissen." Sam ließ sich in die rückenschädliche Gemütlichkeit von Sinéads Couch sinken, spielte mit der traurigen Fadensammlung, die mal eine Goldquaste gewesen war, und sah mir beim Nachdenken zu.

„Zumindest ist sie eine mögliche Verbindung zwischen zwei Morden, die bisher scheinbar keine Verbindung zueinander hatten."

„Auch das hat Flanagan angesprochen. Dabei konnte er mir nicht mal in die Augen schauen. Der wusste ja ganz genau, dass er die Idee noch vor ein paar Tagen abgetan hat, vor versammelter Mannschaft."

Er sagte das, als erwartete er sich von mir irgendeinen triumphalen Kommentar. Wurde enttäuscht.

„Das heißt, er priorisiert diese Ermittlungslinie?"

„Er nimmt sie auf jeden Fall ernst. Danny Rabbitt ist anscheinend ein ziemlich schlimmer Finger. Seine erweiterte Familie mischt schon lange mit im Drogenhandel im Westen der Stadt. Und er hätte die Ressourcen, um einen so professionellen Anschlag zu verüben. Zumindest der Mord an Kelleher würde zu seiner Handschrift passen." Jetzt nahm er doch sein Notizbuch zu Hilfe, das er aus seiner neben sich auf der Couch liegenden Jacke fischte. „Daniel Rabbitt, 33 Jahre. Offenbar ist er von Geburt an arbeitslos, aber genauso lang schon im Rabbitt-Netzwerk aktiv. So richtig auf dem Radar der Gardai ist er seit 2015. Da gab es eine kurze, aber blutige Fehde mit ein paar Letten, die für die Rabbits gearbeitet haben und begonnen haben, ihre eigenen Dinger zu drehen. Die haben Dannys Schwager im April 2015 in seinem Auto vor dem eigenen Haus erschossen. Der war schon im inneren Kreis der Gang, und Danny rückte nach. Hat innerhalb von nur ein paar Wochen ziemlich aufgeräumt bei den Letten. Da sind viele inzwischen entweder tot, vermisst oder haben Irland verlassen, damit es sie nicht auch erwischt."

„Sehr effektiv, dieser Danny."

„Kannst du laut sagen." Sam steckte das Notizbuch zurück in die Jacke. Die Dämmerung war fortgeschritten, in den Straßenlaternen begann es zu flackern. Unsere Spiegelbilder im Fenster, als ich die Stehlampe neben der Couch einschaltete. Zwei Geister, die stumm nebeneinander saßen. Überlegten, was es bedeutete, wenn Danny Rabbitt oder Leute wie er tatsächlich ihre Finger im Spiel hatten, und das vielleicht sogar bei beiden Morden. Nichts Gutes, so viel stand fest.

„Flanagan hat ziemlich schwarzgesehen in der Besprechung", sagte Sam nach einem Atemzug, als würde er eine Meditation beginnen. „Wenn die Gangs wirklich involviert sein sollten, oder gar Danny Rabbitt, dann stehen die Chancen schlecht, dass wir den Fall auch nur in die Nähe eines Richters kriegen."

„Der Mann kann motivieren", sagte ich. Gab Flanagan aber recht. Eingeschüchterte Zeugen, nicht greifbare Drahtzieher und ein so riesiges Heer an Fußsoldaten, die ihren Kopf für ihre Hintermänner hinhalten mussten, man kam gar nicht mit dem Abschlagen hinterher. Organisierte Drogenkriminalität war ein unerträglicher Sumpf, der bisher noch alle, die ich kannte, mit Haut und Haaren verschlungen hatte. Sollte Danny Rabbitt jemals für irgendetwas zur Verantwortung gezogen werden, dann am ehesten von einer der rivalisierenden Gangs. Die mussten nicht jeden ihrer Schritte und Motivationen beweisen, so wie wir.

Zum ersten Mal tat mir DI Flanagan leid. Ich ertappte mich sogar bei dem erleichterten Gefühl, einmal nicht an vorderster Front stehen zu müssen.

„Wie geht es weiter?"

„Flanagan hat jetzt mal alles auf Pavlis angesetzt, um zu sehen, ob da noch mehr dran ist."

„Was ist mit den anderen? Sadeghi, Curran, Johnston?"

„Für den Augenblick depriorisiert. Johnston ist noch am Schirm. Aber bisher gab es nichts, was einen Verdacht gegen ihn erhärtet. Außer ein paar Punkten auf seinem Führerschein haben die Systeme nichts über ihn ausgespuckt. Seine Kredithistorie ist unauffällig. Reich ist er nicht, aber er hat ein abbezahltes Haus. Das Militär ist nicht so großzügig mit der Pension, sagt er, und er hat sich vor dem Boom mal mit einem Teil seiner Ersparnisse verspekuliert, so wie viele. Aber er kam dadurch nie in echte finanzielle Schwierigkeiten. Und sein monatliches Budget bessert er sich mit dem Job im Catering auf."

So weit, so unauffällig.

„Ein aufrechter Bürger."

„Sowas ist dir suspekt, oder?" Sam schaute etwas schief.

„Ich glaub nicht an aufrechte Bürger. Hab schon zu viele davon verknackt."

Sams Lachen entlockte dem notorisch geräuschempfindlichen Fritz ein unwilliges Knurren.

„Haben wir eine DNA-Probe von ihm?", fragte ich.

„Vielleicht verdient Johnston sich noch was dazu, indem er für Danny Rabbitt ein paar Leute vergiftet. Oder Rabbitt ist seiner Geliebten müde und will sie loswerden."

„Indem er ihr einen Mord andichtet?"

Solche Spekulationen gingen Sam Feurstein entschieden zu weit. Mehr war es auch nicht. Dublin war nicht ganz so groß wie München, und München war ein Dorf. Jurgita Pavlis als Bindeglied zwischen dem Fall Brunner und Danny Rabbitt konnte genauso gut ein Zufall sein.

„Johnston hat seine Probe jedenfalls ohne Widerrede abgegeben", sagte er.

Im Gegensatz zu Pavlis. Sie kenne ihre Rechte, hatte sie Bert mit steinerner Miene entgegengehalten. Dessen Hinweis, dass sie sich mit so einem Verhalten keinen Gefallen tue, hatte ihr offenbar weniger Angst gemacht als die Aussicht darauf, für immer in den Archiven der Garda Síochána identifizierbar zu bleiben.

„Es sei denn", sagte Sam nach einer Nachdenkpause, „Johnston und Pavlis haben zusammengearbeitet. Sie waren ja beide schon länger bei Bits & Bobs beschäftigt. Aber ich hatte das Gefühl, er wollte vermeiden, irgendwas über sie zu sagen. Sie kennen sich kaum, mehr hat er nicht gesagt."

„Vielleicht will er sie schützen."

„Und wovor?"

Seine Frage versickerte.

Er sah mir an, dass ich keine Antworten hatte. Und auch keine Lust, heute noch weiter danach zu suchen. Denn gerade schoss Fritz auf und an uns vorbei zur Tür. Winselte Sinéad seine Freude über ihre Rückkehr entgegen, noch bevor ihr Schlüssel den Weg ins Türschloss fand, in ihrem Schlepptau das verheißungsvolle Knistern von Papiertüten.

Sollte DI Flanagan seinen Job machen. Ich hatte ein veganes Kebab zu bewältigen. Und mir soeben noch etwas vorgenommen für den heutigen Abend. Denn Sam hatte vielleicht nicht unrecht gehabt mit seinem Kalenderspruch. Vielleicht musste man nicht immer stark bleiben.

5

Ringsend lag nur ein paar Gehminuten von jenem Teil der Dubliner Docklands entfernt, den man jetzt die Silicon Docks nannte, meist mit sarkastischem Unterton.

Hier mischte sich das Dublin meiner Kindheitserinnerungen mit der Welt der Bürotürme, Großbaustellen und teuren Supermärkte für die gut ausgebildeten Millennials aus der ganzen Welt.

Die Häuser am Cambridge Park waren aus Backstein oder mit Waschbetonplatten gegen das irische Klima geschützt, hatten winzige Vorgärten, in denen abgehärtete Sträucher blühten oder Palmenbäume, deren ausgetrocknete Blätter in der Brise raschelten. Der nahe Hafen war hier unsichtbar, aber überall zu spüren. Der Geruch nach brackigem Wasser. Der Verkehr drüben auf der Zollbrücke.

Schirmlampen in den Fenstern neben manchen Eingangstüren leuchteten eine beruhigende Botschaft in die Dunkelheit: Jemand war zuhause.

Trotz der trüben Straßenbeleuchtung erkannte ich die richtige Tür sofort wieder. Massiv und aus matt lackiertem Holz, beleuchtet von einer schwächlichen Lampe unter dem Vordach. Alles wie damals. Auch der unnötig lange Blick, der von drinnen auf mich geworfen wurde, bevor der Schlüssel klirrte. Wenn ich mich nicht täuschte, begleitete ein leises *What the fuck?* das Schnappen eines Sicherheitsschlosses.

„DI Logan."

„DS Ferguson."

Ben musterte mich von der Mütze bis zu den Stiefeln. Ein Paket, das früher ankam als bestellt.

„Hab ich gerade ein Déjà-vu oder was?"

„Letztes Mal war es wärmer", sagte ich, zeigte auf Bens Fußball-Jersey und seine Jogginghosen. „Aber du bist offenbar noch immer Liverpool-Fan."

Außerdem hatte ich heute nichts getrunken. Welche Fehler auch immer ich noch begehen mochte, es gab keine Entschuldigung dafür.

„Du bist mir echt ein Rätsel, Frau Detective." Mein Fehler schüttelte den Kopf über mich. Trat von einem nackten Fuß auf den anderen. Eine bittere nordöstliche Strömung hatte den Regen der letzten Tage abgelöst, über uns ein klarer Himmel. „Eine kurze Vorwarnung wäre nett gewesen, dann hätte ich vielleicht was weniger Bequemes angezogen."

„Sorry. Aber du solltest öfter deine Nachrichten checken."

Er machte die Augen schmal, als könne er mich so besser sehen.

„Sagt die Frau, die E-Mails von mir löscht, in denen ich ihr mein Herz ausschütte."

Wieder die alte Geschichte. Die besagte E-Mail hatte mich im falschen Moment am falschen Fuß erwischt. Was auch immer er ausgeschüttet hatte, blieb für immer ungelesen. Ich hatte mich dafür entschuldigt. Was gab es noch zu sagen? Also sagte ich gar nichts, während er sein Handy aus der Gesäßtasche zog, scrollte, las, aufsah.

„Du willst über Jurgita Pavlis reden? Ist das dein Ernst?"

„Du wolltest mir doch was über sie erzählen."

„Ja, am Freitag. Es kam keine Antwort. Ich dachte, du weißt schon längst Bescheid, weil ja auch Flanagan um die Information angefragt und sie bekommen hat."

„Ich war nicht bei der Besprechung am Freitag. Also warum erzählst du's mir nicht jetzt? Es sei denn, jemand kocht wieder für dich heute Abend."

Schweigen. Die abendliche Kälte ließ unsere Atemwölkchen steigen wie Ballons. Dann endlich die Funken seines Lachens.

„Verstehe. Also. Meine Schwester, die du ja schon mal getroffen hast, arbeitet heute spät. Wir haben freie Bahn, über deine Arbeit zu reden."

Seine Schwester, keine Freundin. Und meine Arbeit. So sah er mich also. Eine schräge Workaholikerin.

„Das letzte Mal war sie nur zu Besuch."

„So ist das im Leben. Dinge ändern sich. Und Aoife lebt derzeit bei mir. Ist das ein Problem?"

Irgendwo hörte man die Stimmen von Kindern, zu jung, um noch auf der Straße zu sein. Sie lachten, als wüssten sie schon, dass das Leben so manchen Eimer Mist über einem ausschütten konnte und auch würde.

Ben stutzte. Schien jetzt erst zu bemerken, dass er noch immer im Eingang stand, und ich noch immer draußen.

„Warum bist du hier, Patsy?", fragte er. Keine Ironie. Eher die Vorsicht der Enttäuschten. „Was willst du von mir?"

Trost. Vergessen. Sowas wie Hoffnung, vielleicht, egal wie kurz und vergiftet. Die Antwort auf eine fast zwei Jahre alte Frage.

„Wie wärs mit Sex, für den Anfang?"

6

Sex und Gefühle. Ich bin eine dieser Frauen, die das notfalls trennen können. Früher dachte ich, das wäre ein Vorteil im Umgang mit den Männern. Nur um festzustellen, dass weniger von ihnen diese Fähigkeit teilen, als sie behaupten. Und es einer Frau dann schnell übelnehmen. Ben Ferguson war so ein Mann. Er nahm sehr vieles sehr persönlich. Auch unsere seltsame Fata Morgana von Verbindung. Knapp zwei Jahre war sie am Horizont gewabert, nicht greifbar, nicht rational, die reine Chemie. Dass Ben es anders gesehen haben könnte, es immer noch anders sah – etwas Solides, Greifbares, Schützenswertes –, dämmerte mir erst, als er mir mit betontem Zögern die Tür öffnete, gerade breit genug, um durchzuschlüpfen. Als er mir im Flur gegenüberstand, mir langsam den Schal vom Hals wickelte, ohne mich aus den Augen zu lassen, und dann um meinen Mantel bat, während sich unsere Dunstkreise miteinander mischten. Seiner roch zur einen Hälfte nach Rauch und zur anderen nach Regen auf einer staubigen Straße, und mein eigener nach was weiß ich was, niemand hat es mir je beschrieben. Während ich mich aus dem Mantel schälte, griff er schon danach, und ich hörte ihn einatmen wie beim ersten Zug an seiner Zigarette. Dachte: *Ob du verheiratet bist oder nicht. Das hier, Patsy Logan, bringt dir noch mehr Probleme.*

Dann wandte ich mich ihm zu. Erkannte alles wieder. Die goldbraunen Flecken auf der Haut und in den Pupillen. Die Kerben überall. Das Wunder seines Lachens. Die leisen Töne, die er beim Küssen von sich gab. *Kein Piercing mehr in der Zunge*, dachte ich, ohne wirkliches Bedauern. Und dann dachte ich gar nicht mehr. Endlich.

Kate, in der Nacht

Schlafen war für sie zu einer Art Vierkampf geworden über die letzten Jahre. Sie brauchte dafür die richtigen Bedingungen, die richtige Vorbereitung, die richtige Ausrüstung und – als Königsdisziplin – die richtigen Gedanken. Also am besten gar keine.

Deshalb hatte sie keinen Fernseher in ihrem Schlafzimmer und inzwischen auch ihr Mobiltelefon nicht mehr. Nur ihre alte Stereoanlage, noch mit Kassettendeck, und einen Stapel CDs mit Autogenem Training, Kopfhörer auf den Ohren.

„Das linke Bein ist schwer.“

Eine Stunde vor dem Zubettgehen keine Nachrichten mehr, auch nicht auf Papier. Sie hielt sich meistens daran. Nur heute hatte sie wieder nicht dem Lockruf der Abendnachrichten widerstehen können und bekam jetzt postwendend die Rechnung präsentiert. Sah vor ihrem inneren Auge eine Herde von Baggern. Irgendwo in einer chinesischen Stadt, von der sie zuvor nie gehört hatte, hoben sie eine Grube aus, in der die Dubliner Innenstadt Platz hatte. Ein Massengrab? Nein, ein Krankenhaus. Eine Lungenentzündung, die sich nun anscheinend durch die Luft übertrug, von Mensch zu Mensch.

Ach, Mam, hatte dazu Ciaráns Stimme vorhin aus dem fernen London gesagt. *Sowas gabs doch schon vor Jahren einmal, und was wurde draus? Nichts. Die Medien bauschen da was auf. Du musst endlich was machen gegen diese ständigen Ängste. Therapie oder so.*

„Das rechte Bein ist schwer.“

Ihr Sohn war schon lange nicht mehr wütend auf sie. Jetzt war er mit dem Studium fertig, hatte seit drei Wochen einen Job als Content Manager, was zur Hölle auch immer man da genau machte, und arbeitete in einer Agentur voller Gleichaltriger, die angeblich auch alle seine besten Kumpels waren, und hatte überhaupt den ganzen Scheiß mit dem Leben vollkommen durchschaut. Von seiner Teenager-Rebellion war nur noch die freundliche Geringschätzung übrig für all jene, die alt waren und den Puls der Zeit nicht mehr in sich spürten. Sprich, alle jenseits der 30 und insbesondere *Mam.*

„Der linke Arm ist angenehm warm.“

Seine Stiefmutter drüben in London schien da mehr auf Zack zu sein. Magsi. Der Name hätte ihr eigentlich alles sagen müssen, schon bei ihrer Bewerbung als Ciaráns Kindermädchen. Magsi, gerade mal 18 Jahre älter als Ciarán. Alt genug für den Vater. Magsi. Die hatte ja auch Zeit für eine Meditations-App. Saß den lieben langen Tag zuhause und schnippelte Biogemüse aus der vom Bauern höchstpersönlich gelieferten Kiste, um ihre Lieben abends zu bewirten. Ciaráns zwei Halbschwestern – und neuerdings auch ihn selbst. Nachdem er fürs Studium in die City gezogen war und bei seinem Vater in einem ausgebauten Häuschen im Garten wohnen durfte, ohne Miete, ohne Verpflichtungen, ohne Ansprüche, dafür aber mit Zeit und Geld für Vater-Sohn-Trips in die Highlands, gingen die Beliebtheitsaktien seines früher verachteten Vaters natürlich durch die Decke.

„Der rechte Arm ist angenehm warm."

Noch ein Thema wider das Wiedereinschlafen. Die Frage, was mit *ihr* war, die jahrelang die emotionale Drecksarbeit geleistet hatte, mit der Jimmy sich natürlich nicht bekleckert hatte und sich jetzt feiern ließ.

Sie hingegen sollte vergeben und vor allem vergessen. Sollte zufrieden sein mit dem von ihrer Abfindung knapp abbezahlten Haus, ohne Ciarán, ohne konkrete Aussicht auf Enkel, mit den Hunden als einzig treue Gesellschaft. Sollte Apps installieren für ihren Seelenfrieden.

Nein, danke. Nicht, solange die alten CDs mit dem Autogenen Training noch was taugten. Sie würde auch damit wieder einschlafen.

Apropos Hund, war das Sia, die da bellte? Mitten in der Nacht, war die verrückt geworden?

„Beide Arme sind angenehm warm."

Wahrscheinlich wieder einer der Füchse. Morgen kam die Müllabfuhr, alle Müllsäcke vor den Türen, da wühlten sie sich regelmäßig durch, und ebenso regelmäßig flippten Nell und Sia aus. Ton lauter und abschalten.

„Das linke Bein ist angenehm warm."

Warum warfen die Leute ihre Müllsäcke noch immer am Vorabend auf die Straße, wo die Abfuhr doch nie vor zehn Uhr morgens auftauchte? Alle wussten, dass die Füchse sie aufrissen wie eine Tüte Chips. Nichts gegen die Tiere, die brauchten eben auch was zu beißen, gerade in dieser Jahreszeit und ... war das noch immer Sia? Oder Nell? Oder beide? Wenn das so weiterging, sollte Ciarán ihr doch noch die Kopfhörer mit Geräuschunterdrückung besorgen.

Herrgott, die weckten noch die ganze Nachbarschaft auf. Sie nahm die Kopfhörer ab, setzte sich auf. Sia und Nell wussten, sie hatten im ersten Stock nichts verloren. Und doch waren sie vor ihrer Schlafzimmertür. Jaulten. Bellten. Kratzten an der Tür. Im Hintergrund ein anderes, fremdes Geräusch – dumpf und gefräßig. Ihr Herz wurde zu einem heißen, harten Ball. Dann setzte der Rauchmelder ein. Zuerst unten, dann näher an der Tür.

Sie stolperte aus ihrem Bett, dachte nicht an ihre Pantoffeln darunter, keine Zeit, stürzte nur zur Tür und riss sie auf.

Die Hunde quollen geradezu zur Tür herein, und mit ihnen eine Hitzewelle, der Geruch nach Tankstelle. Benzin. Deshalb ging es so schnell. Aus dem Erdgeschoss ein höllisches Flackern, als hätte sich das Kaminfeuer auf den Weg zu ihr gemacht.

Sie schlug die Tür zu, versperrte sie ohne Sinn und Verstand, als könnte das irgendwas aufhalten. Sia und Nell drängten sich an sie. Alles, ihr ganzes Leben, das war unten im Wohnzimmer, ihr Handy in der Küche, ihre Tasche mit dem Geld, ihre Banksachen, ihr Pass, die Fotoalben mit Ciaráns erstem zahnlosen Lächeln darin.

Ohne die konnte sie das Haus unmöglich verlassen. Außerdem passte sie nicht mal durchs Schlafzimmerfenster. Sie würde es einschlagen müssen. Lieber durch die Eingangstür, irgendwie. Und Ciarán holen.

Sie riss das Fenster auf. Hustete in die Abendluft. Im Gesicht Abkühlung, im Rücken ein Inferno aus Hitze. Das Tor zur Hölle, weit offen. Sie packte die winselnde Nell am Halsband. Viel zu viele Leckerlis, Spaniels neigten zur Gewichtszunahme. Sie wehrte sich jaulend. Es half nichts. Es war nur ein Stockwerk. Unten stand das Auto. Sie sollte es überleben. In den umliegenden Häusern Licht. Die Stimmen von Nachbarn, die gelaufen kamen, *thank God.*

Sie ließ Nell fallen und sah dem Aufprallgeräusch nicht nach, keine Zeit, denn Sia hatte sich unter ihrem Bett verkrochen, in die hinterste Ecke, zu Tode geängstigt von den überwältigenden Sinneseindrücken. Von der brutalen Verwandlung ihres Frauchens.

„Sia! Sia, komm da raus, wir haben keine Zeit!"

Ihr Brüllen erhob sich sogar über den Sturm aus Feuer und Rauchmelder.

Aber Sia kam nicht raus.

Blue Monday

1

Montagmorgen, um mich herum eine Welt aus Eis. Keine Heizung. Kein Licht. Kein Zweifel. Ich wusste sofort, wo ich war, warum, und vor allem bei wem. Das schmale irische Doppelbett ließ wenig Platz für Interpretation. Als ich mich darin umdrehte, steckte ich mit der Nase schon in Bens Kopfpolster. Keine Spur mehr von seiner Wärme, nur das Aroma nach Rauch und Regen war noch da. Brachte die Erinnerung an die Nacht wieder zum Glosen. Es war schön gewesen. Zu schön, um nicht geradewegs ins Unglück zu führen. Ich lauschte nach Ben. Nichts, nirgendwo im Haus. Es war erst kurz nach sechs. Die halbe Nacht kein Auge zugetan, und jetzt hatte ich ihn verschlafen?

Mein Handy wusste schon Bescheid, die Nachricht 20 Minuten alt.

Sorry, musste früher los in die Arbeit, es gab ein paar Notfälle. Tee, Kaffee und Toast in der Küche, Butter im Kühlschrank, bedien dich bitte. Nach den Worten für gestern Abend suche ich noch ...

Fürsorglicher Workaholic. Ein Mann nach meinem Herzen. Aber – hinterließ denn heutzutage niemand mehr einen handgeschriebenen Zettel?

Ich duschte heiß, solange der Vorrat reichte. Öffnete das Badezimmerfenster hinaus in einen Tag, der vom Grauen noch weit entfernt war. Ich wickelte mich in ein erstaunlich weichgespültes Badetuch, das Ben mir hingelegt hatte. Zog mir alles an, was ging, und entdeckte dabei Fotos auf der Schlafzimmer-Kommode.

Auf einem hielt Teenager-Ben seine Babyschwester an der Hand und übte bereits sein sparsames Halblächeln. Das zweite Foto war noch älter, ich tippte auf die frühen 80er. Zwei Männer, eindeutig dem Ferguson'schen Genpool entstiegen. Der eine zog den anderen überschwänglich in seinen Arm, drückte ihm einen sichtbar unwillkommenen Kuss auf die Schläfe. Daneben lachte eine Frau mit dem weit geöffneten Mund des Übermuts. Sie alle wirkten so jung, es trieb einem die Tränen in die Augen. Der überschwängliche Ferguson sah seitlich in die Kamera, zwinkerte mir zu. Buchstäblich. Er zwinkerte mir *zu*. Und dann noch einmal.

Die Spinnenbeine eines Schauers krabbelten mir über den Rücken, um den Nacken, in die Wangen. Nein. Nur der Stress. Der Schlafmangel, die Emotionen, sonst war das nichts. Meine letzte Episode dieser Art war ewig her.

Vielleicht auch nur zwei Jahre.

Damals hatte ich in der Grafton Street eine Erscheinung meines Vaters gesehen, so wie meine Tante die vielen Jahre davor, das verrückte Gen im Pool der Logans übergeschwappt. Nicht zum ersten Mal in meinem Leben.

Aber nicht heute. Kein Fanal, kein Menetekel oder Spuk oder sonst was Unheimliches würde jetzt geschehen. Nicht, wenn ich es verhindern konnte.

Also wandte ich mich brüsk ab von diesem Gruß aus Bens Vergangenheit. Sah zu, dass ich rauskam. Aus diesem Zimmer, aus diesem Haus. Zum Frühstück konnte ich immer noch bleiben. Vielleicht, irgendwann.

2

Nachricht von Sam Feurstein an Patrizia Logan

Hoffe, du bist wieder in der Verfassung für neue Nachrichten. Hat dich Bert aus dem Präsidium schon angerufen? Falls nicht – die Fallbesprechung wird vorverlegt. Er hat geklungen, als wär Feuer am Dach. Weißt du schon mehr? Wenn nicht, dann sehen wir uns um neun. Bis dahin: Happy Blue Monday!

3

Ach ja, der Blaue Montag. Angeblich der deprimierendste Tag des Jahres. Das passte wie eine schön geballte Faust aufs Auge, wenn ich mich hier drin umsah.

Die paar Leute, die es rechtzeitig vor DI Flanagan in den Besprechungsraum geschafft hatten, sahen erschöpft aus. Zumindest gab es nun für fast alle einen Sitzplatz. Ein geschätztes Drittel fehlte überhaupt. Sam war lange vor mir da gewesen, hatte sich umgehört und wusste schon den wahrscheinlichen Grund dafür, noch bevor Flanagan den Mund aufmachte. Ein seit zwei Wochen vermisst gemeldeter Mann war in der Früh wieder aufgetaucht. Oder zumindest sein Kopf. Das bisher jüngste Opfer einer Fehde zwischen zwei Gangs aus dem Dubliner Norden. Außerdem hatten Unbekannte auf das Auto eines Kollegen aus der organisierten Kriminalität geschossen, in dem er einen Verdächtigen beobachtet hatte. Er war unverletzt geblieben, trotzdem ein Schock für die ganze Abteilung. Eine weitere rote Linie überschritten. Es kam kaum vor, dass die Gangs aktiv gegen die Polizei vorgingen. Man hielt einander in feindseligen Ehren, Konfrontationen gab es nur bei offiziellen Einsätzen, aber nicht dazwischen. Bis jetzt, offenbar.

„Bei den Organisierten sind alle Mann an Deck", sagte Flanagan, seine strenge Energie stumpf, sein Atem bemühter als noch vor ein paar Tagen. „Und ich weiß, so einige sind heute schon für den jungen Dealer im Einsatz, und wir jonglieren alle mit 50 verschiedenen Prioritäten, aber es sieht so aus", sein wandernder Blick machte kurz Halt bei mir, „als müssten wir auch im Fall Brunner das Netz nochmal weiter auswerfen."

Er strich sich über die Krawatte – Streifen in gedeckten Blautönen. Der Spaßvogel. Flanagan sah zu Boden, als wäre ihm etwas runtergefallen, während er auf eine Reaktion wartete. Nichts als müde Blicke, lautloses Aufseufzen. Die stumme Bitte, es kurz zu machen und möglichst schmerzlos.

Er machte es kurz.

In der Nacht auf Sonntag hatte es im Westen Dublins einen Verdachtsfall von Brandstiftung gegeben. Ein Eckreihenhaus, dessen Erdgeschoss teils ausgebrannt und damit nicht mehr bewohnbar war. Die Bewohnerin, eine Frau Anfang 60 namens Kate Magee, hatte sich schwere Brandverletzungen und eine Rauchgasvergiftung zugezogen, weil sie versucht hatte, Fotoalben und ihre beiden Hunde zu retten.

„Und bevor jemand fragt", Flanagan warf einen Blick in die Runde, der uns alle als Weicheier bezeichnete, „die Hunde sind in Behandlung, aber leben. Für das Aquarium im Erdgeschoss kam leider jede Hilfe zu spät."

Etwas früh für seinen Zynismus. Sam sah zu Boden, seine Schuhe knirschten leise, so unruhig wippten seine Füße auf und ab. Flanagan konnte ihm nicht schnell genug zur Sache kommen.

„Der Brand ist jetzt gelöscht, die Sachverständigen auf dem Weg. Die Feuerwehrleute gehen von einem Brandbeschleuniger aus, der durch das eingeschlagene Wohnzimmerfenster geworfen worden war. Es dauerte wahrscheinlich keine Minute, bis da drin alles in Brand stand. Die Info kommt jedenfalls von DI Warren, der hat den Fall übernommen. Sobald Missis Magee vernehmungsfähig ist, wird das passieren."

Er hustete asthmatisch, seufzte. „Für alle, die sich jetzt fragen, was wir überhaupt mit diesem unglücklichen Fall zu schaffen haben: Ihr könnt euch bei unserem geschätzten Kollegen Detective Garda Breen hier bedanken." Flanagan hob das Kinn zum Kollegen mir gegenüber. Der notorische Zwischenrufer früherer Besprechungen. Vorlautes Gesicht, modernste Frisur im Raum. Einer, der es sichtbar zu etwas bringen wollte. Jetzt wirkte er ernsthafter, aber hochzufrieden mit sich und seiner unerwarteten Aufwertung in der Ermittlung. „Der lebt in derselben Wohnanlage wie Kate Magee und hat seinen Sonntagsspaziergang dafür genutzt, sein Hirn einzuschalten, was ich persönlich sehr begrüßenswert finde."

Grabesstille. Nur von Breen gab es ein Grinsen. Als Belohnung erhielt er das Wort.

„Ich kenne Kate nicht so gut wie andere in der Nachbarschaft, weil ich zwei Straßen von ihrem Haus lebe", sagte er in einem Anflug von Bescheidenheit, „aber sie ist allen in der Anlage ein Begriff. Es gibt so eine Art Nachbarschafts-Chatgruppe, und als ich gestern Morgen aufgewacht bin, war die regelrecht explodiert. Fast 100 neue Nachrichten, alle waren aus dem Häuschen, und man hat gleich Hilfe und Unterschlupf für Kate organisiert. Dann hat jemand noch eine Gruppe ohne Kate erstellt, darauf wurde aufs Wildeste herumspekuliert, vor allem von Leuten, die am liebsten gleich eine Bürgerwehr organisiert hätten, weil die Guards ja nie da sind, wenn man sie braucht."

Unterdrücktes Stöhnen im Kollegium. So weit, so gewohnt. Aber worauf wollte er hinaus?

„Na ja, jedenfalls haben dann manche drauf getippt, dass Teenager involviert waren, weil angeblich auch irgendwelche Sprayer am Werk waren. Da war ich natürlich neugierig und bin rüber zu Kates Haus. Es waren zum Glück noch ein paar Uniformen da, die Wache geschoben haben und die allgemein von nicht viel wussten."

Flanagan schmatzte genervt. Detective Garda Breen sah aus, als wäre er selbst noch vor kurzer Zeit in denselben Niederungen des Streifendienstes gewatet, über die sein Ehrgeiz bereits weit hinausgewachsen war. Doch Breen ließ sich seinen Auftritt nicht verderben. Eine Sekunde lang ließ er es so still werden im Raum, man konnte nur noch das Reibeisen von Flanagans Atem hören.

„Aber sie haben mir was Interessantes gezeigt." Breen scrollte auf seinem Handy. „Das Wohnzimmerfenster war eingeschlagen, wahrscheinlich für den Brandsatz, und jemand hatte *Home Lost Home* gesprüht. Ohne Beistrich. Und über dem Eingang stand: *Verbrecherin.*" Breen sah von seinem Handy auf und zu Flanagan, als erwarte er sich Lob. Erntete eine stumme Aufforderung, endlich zum Punkt zu kommen. „Ein paar der Buchstaben waren auch angeschwärzt, deshalb ging ich davon aus, dass es nicht irgendein Gelegenheits-Sprayer war, sondern dieselbe Person, die den Brand gelegt hat."

Breen legte das Handy mit dem Display nach unten auf den Tisch.

„Auf den ersten Blick fand ich das mit der Verbrecherin einfach nur absurd. Missis Magee steckt doch bei nichts Illegalem mit drin, das hätte ich sicher schon längst erfahren. Dann fiel mir ein, dass ich in Wahrheit gar keine Ahnung habe, was Missis Magee beruflich so macht. Und dann fiel mir diese Theorie von vor ein paar Tagen ein, ich glaube, Sie haben das angesprochen, Detective Logan." Er lächelte wie ein zweiter Ermittlungsleiter, und mein Drang, ihm das auszutreiben, war schier übermächtig. Stärker war nur mein Gefühl, Breen besser ausreden zu lassen. Abzuwarten, ob sein Talent als Ermittler an sein Ego heranreichte.

„Home lost Home", intonierte er, als wäre es ein Werbeslogan. „Und ich dachte mir: Vielleicht gibt es da jemanden, der hat sein Zuhause verloren, und dafür gibt er jetzt Missis Magee die Schuld? Oder nicht nur ihr, sondern auch anderen Leuten?"

Er ließ seinen Blick über die Kollegenschaft schweifen.

Niemand sagte etwas. Aber jeder wusste, wen er meinte.

Leute wie Florian Gabernig. Leute wie Aidan Kelleher.

4

Detective Garda Cillian Breen feierte sich für seine Kombinationsgabe schon jetzt wie für einen Schuldspruch vor Gericht. Aber er hatte auch Instinkt. Das machte den Gedanken erträglicher, dass sein Weg nach oben schon vorgezeichnet war.

Seinen Sonntagnachmittag hatte er damit verbracht, sich durch Kate Magees digital verfügbares Leben zu klicken. Und war überraschend schnell auf Brauchbares gestoßen.

Magee hatte zu Breens hörbarer Überraschung nämlich mal richtig Karriere gemacht. In den Boomzeiten hatte sie jahrelang eine Bankfiliale mit über 20 Angestellten in Celbridge geleitet.

„Bei der Hibernian, übrigens."

Viele im Raum machten zynische Gesichter, DI Flanagan nickte bloß. Nur Sam schaute ratlos, also murmelte ich ihm mein Recherchewissen ins Ohr:

„Die Hibernian war eine jener Banken, in die der irische Staat seine Milliarden gepumpt hat, damit sie nicht untergehen."

„Eine der schlimmsten", setzte Liz nach, die mich gehört hatte. Sie hatte zu wenig Zeit gehabt für ihr volles Make-up heute Morgen. Ihr echtes Gesicht war müder und mitfühlender. Stand ihr weit besser, fand ich. „Ich kann mich noch an die Werbekampagnen erinnern", sagte sie. „Die Leute sollten Anlegerwohnungen in Irland kaufen, und wem das zu teuer war, der sollte in Spanien investieren, oder Bulgarien oder irgendwo, wo die Leute noch nie im Leben waren. Und wer da noch nicht aufgesprungen war, den haben sie persönlich angerufen."

Sie rollte mit den Augen. Vielleicht sogar über sich selbst. So gut wie alle in Irland hatten in diesem kollektiven Wahnsinn den Überblick und Geld verloren.

Breen, der das ganze Drama wahrscheinlich nur durch die Samthandschuhe der Jugend zu spüren bekommen hatte, nahm diese Erinnerungen weniger persönlich. Erzählte von der Schließung der Hibernia-Filiale in Celbridge 2010 wie von einem Sonntagsausflug, und dass deren Leiterin Kate Magee mit ihrem Team einen Sitzstreik organisiert habe, um sich eine faire Abfindung zu erkämpfen. „Irgendein Parlamentarier trat dann auf den Plan, machte sich wichtig, bis die Sache gelöst war. Mit einem Golden Handshake, wahrscheinlich. Und da hatte Kate noch Glück, wenn man bedenkt, was danach kam."

Alle nickten. Nur Sam räusperte sich.

„Sorry, ich weiß nichts von der Geschichte von Hibernia."

„Seien Sie froh." DI Flanagan lächelte müde. „Die wurden während der Krise verstaatlicht, aber diese Verbrecher hatten ihre Bilanzen gefälscht, und als rauskam, dass die Schulden der Bank ein Milliardengrab waren, haben sie den Laden dichtgemacht. Die Hibernia gibt's nicht mehr, das Kundengeschäft hat eine andere Bank übernommen, und eine Menge Leute wurden entlassen."

„Und die Kredite?"

„Alle verkauft", sagte Breen rasch, der um seinen Theaterdonner fürchtete. „Vor zwei Jahren sorgte das für ziemliches Aufsehen, weil staatlich besicherte Schulden an amerikanische Fonds verkauft wurden, die dadurch Gewinn machten, aber so gut wie keine Steuern im Land zahlen."

Daraufhin entstand eine Pause. Etwas im Raum hatte unterschwellig zu gären begonnen. Ein kollektives Trauma, eine geteilte Wut.

„War die ProAsset am Kauf dieser Kredite mitbeteiligt?"

„Eine gute Frage, Mister Feirstin." DI Flanagan übernahm wieder die Führung. „Leider ist es zu früh, sie zu beantworten. Die ProAsset ist nicht der einzige Vertreter dieser Art von Fonds in Irland. Es gibt zu viel zu holen für einen einzigen Akteur. Wir werden uns hier durch alle verfügbaren Daten wühlen müssen und darauf hoffen, dass es Querverbindungen gibt. Die Frage ist, wohin die uns führen könnten."

„Was ist mit Rabbitt und seiner Gang?", platzte Breen heraus, der sich nun wieder auf seine Rolle als Zwischenrufer besann. „Jemand aus seinem Dunstkreis fühlt sich von den Fonds verarscht, oder will einfach seinen Kredit nicht zahlen, und dann läuft er zu seinem Boss, der greift zu seinen üblichen Mitteln, um die Leute einzuschüchtern."

„Würde er da die Leute nicht vorher irgendwie warnen, anstatt sie gleich zu vergiften?" Liz klang genervt. Breen ging ihr gegen den Strich.

„Vielleicht war es eine Warnung und man wollte Gabernig nicht vergiften."

„Ach. Laura Brunner war also nur ein Schachzug zwischen diesen Verbrechern, mehr nicht?"

Breen zuckte die Achseln, lehnte sich zurück in den Sessel, als könne man mit Liz einfach nicht diskutieren.

„Leute, wir sprechen hier über Menschen." Flanagan hob zum ersten Mal seine Stimme. Erzielte seine Wirkung. „Also kommen wir weg von wilden Spekulationen und zurück zur Sache. Wir haben mehr zu tun als je zuvor, mit weniger Leuten als je zuvor. Und sollte sich herausstellen, dass Kate Magee tatsächlich einen Anknüpfungspunkt mit unserem Fall hat, oder gar mit Rabbitt und seinen Leuten, dann müssen wir alle Eventualitäten in Betracht ziehen. Und alle Ressourcen im Team nützen, die wir haben. Ich hoffe, hier kann ich auf die Anwesenden zählen."

Alle Eventualitäten. Das hieß, sollte sich eine Verbindung zwischen Magee, Gabernig und Kelleher herausstellen, waren möglicherweise noch andere Menschen in Gefahr. Besser, wir fanden das früher raus als später.

Sams Blick suchte meinen, hob die Augenbrauen. Offenbar waren wir beide soeben befördert worden.

ProAsset Ltd. hatte zwei Stockwerke in einem Back-steinbau am Merrion Square gemietet. Luxus aus den Zeiten Viktorias. Schachbrettfliesen im Eingang, Stu-ckatur an den Decken, Teppichböden über quietschen-den Dielen. Das Empfangszimmer war groß wie ein Sa-lon, der Schreibtisch ein Schlachtschiff aus Mahagoni. Die dazugehörige Mitarbeiterin im legeren Business-Outfit aus Jeans und Blazer erhob sich zur Begrüßung, schien nur dank ihrer Absätze über die Platte zu ragen.

Sie versprach uns, mit ihrem Chef zu reden, auch wenn wir keinen Termin hatten. Für die Gardai würde es immer eine Möglichkeit geben. Sie ließ uns stehen, erklomm die Treppe nach oben in den zweiten Stock.

Durch die einfach verglasten Fenster konnte man hi-nunter auf Oscar Wilde sehen. Seine Statue im grün-ro-ten Dinner-Jackett fläzte auf einem Stein, nicht im Ge-ringsten überrascht über sein eigenes Denkmal.

„Der erinnert mich an Detective Breen", sinnierte Sam. Er hatte ein scharfes Auge, das musste man ihm lassen. „Hast du Dorian Gray gelesen?"

Ich schüttelte den Kopf. Mein literarischer Anspruch reichte bis Stephen King und nicht weiter.

„Ich auch nicht." Diesmal kriegte er meinen Lacher. Schön langsam wurde das was, mit dem Kollegen Feur-stein und mir. Wahrscheinlich auch besser so, sollte er ein Auge auf Sinéad geworfen haben. Bisher leugnete sie noch.

Die Frau vom Empfang wiederholte ihren Balance-akt die Treppen nach unten und bat uns, mit ihr nach oben zu kommen.

Florian Gabernigs Büro war klein und ähnlich koloni-al eingerichtet wie der Empfang. Nirgendwo Schränke oder Ordner, dafür viele schmale Elektronikgeräte aus gebürstetem Metall, und ein teurer Füller, auf einem Notizbuch drapiert. Mit Tintenfass daneben. Gabernig bat die Assistentin, die Tür hinaus ins Großraumbüro zu schließen. Auch in der herrschaftlichen Version eines Großraumbüros vor seiner Tür waren die wenigsten Schreibtische besetzt.

„Meine Leute und ich sind alle viel unterwegs", erläuterte Gabernig unaufgefordert. Seine Sneaker und Jeans vom letzten Mittwoch waren Geschichte, heute sah allein sein Anzug nach einem mittleren dreistelligen Betrag aus. Er trug ihn mit der Selbstverständlichkeit eines Mannes, der einen ganzen Schrank voll großer Markennamen hatte. Auch den Schock über den fehlgeschlagenen Mordversuch an ihm schien Gabernig gut verdaut zu haben.

Er wirkte nicht mehr ganz so erfreut, uns zu sehen, wie noch letzte Woche. Nachdem seine Assistentin die Tür hinter sich geschlossen hatte, wartete er kurz, bevor er uns ansprach.

„Da haben wir aber Glück, dass wir uns nicht verpassen. Ich bin eigentlich schon auf dem Sprung zum Lunch mit Klienten." Ein nasser Otter von einem Lächeln. „Wie steht's mit den Ermittlungen? Gibt es Neues? Kann ich Ihnen irgendwie weiterhelfen?"

Zwei rhetorische Fragen. Meine entsprechenden Antworten darauf machten seine Lippen gleich wieder schmal.

„Natürlich, ich verstehe. Sie dürfen zu laufenden Ermittlungen nichts sagen." Er rückte sich die Brille mit einer Zange aus Daumen und Zeigefinger zurecht. „Ähnlich geht es uns leider auch mit den Daten unseres Kapitalportfolios. Wir haben selbstverständlich die komplette Datenhistorie zu den jeweiligen Kreditnehmern erhalten. Nur stellt sich die Frage nach dem Schutz dieser Gläubiger."

Schutz der Gläubiger. Der Mann hatte echt Nerven.

„Machen Sie sich keine Sorgen, Herr Gabernig", sagte ich. „Während wir drei hier sitzen, besorgen die irischen Kollegen bereits eine entsprechende Verfügung vom Untersuchungsrichter. Wir verschieben die Ereignisse nur ein paar Stunden nach vorne, das ist alles."

Natürlich übertrieb ich gerade. Ich hatte keine Ahnung, wie lange so ein Verfahren, wenn es notwendig war, in Irland dauern würde. Aber ein kleiner Bluff konnte nie schaden.

„Selbstverständlich wollen wir die Ermittlungen nach Kräften unterstützen, schon aus persönlichem Interesse." Gabernig hüstelte ein Lachen hervor, sah mich dann ernst an. Seine Sympathien gehörten eindeutig Sam. Meinetwegen, solange ich die Autorität haben konnte. „Was genau brauchen Sie von mir?"

„Eine Liste Ihrer Schuldner, gegen die ein Verfahren läuft, und die ihren Kreditvertrag mit der Hibernia-Filiale in Celbridge abgeschlossen haben."

Gabernig zuckte auf seinem ergonomischen Drehstuhl, als wäre ihm etwas ins Hosenbein gekrochen. Rückte seine Brille noch einmal gerade.

„Oder auch Verfahren, die schon abgeschlossen sind", sagte Sam von links. Das kostete Gabernig einen raschen Seitenblick, bevor er sich wieder auf mich konzentrierte. In seinem Kopf wurde berechnet, kalkuliert. Scheinbar was Komplexeres. So, als hätte er eine Wahl.

Früher oder später musste er sowieso kooperieren. Aber besser, er tat es früher. Behauptete ein Gefühl, das mir seit der Besprechung mit Flanagan wie ungeschleuderte Wäsche im Magen lag. Über Jahre bitterer Erfahrung hatte ich gelernt, ihm zuzuhören, egal wie schlecht zu verstehen es war, zwischen all den Nebengeräuschen einer Ermittlung.

Wenn ihr so weitermacht, wird euch der Fall rechts überholen. Siehst du die Lichter im Rückspiegel? Die sind näher, als du glaubst.

Flanagan ging es wohl ähnlich. Seine plötzliche Wertschätzung für unseren Beitrag zur Ermittlung war kein Zufall.

Je schneller wir unsere Theorie mit Fakten unterfüttern, desto schneller bekommen wir weitere Ressourcen, hatte er uns nach der Besprechung versichert. Ein Hilfeersuchen an die deutschen und österreichischen Behörden? Kein Problem. Unsere Aufgabe? Nachbohren bei der ProAsset, während sich die Kollegen durch die restlichen irischen Niederlassungen internationaler Fonds arbeiteten. „Mister Gabernig hat sich von selbst an Sie beide gewandt. Zu Ihnen hat er Vertrauen aufgebaut." Sein stahlblauer Blick hatte sich in uns getrieben wie ein Nagel. „Vor allem zu Ihnen als Landsmann, Sam."

Sam mit Ä. Trotzdem erstrahlte der Kollege noch jetzt, in Gabernigs Büro, im Glanz dieser Anerkennung. Flanagan hatte mehr Ahnung von Psychologie, als seine Scherze vermuten ließen.

Nach einigen Sekunden des Wartens war Gabernig zu einem Ergebnis gekommen: „Das sollte ohne Weiteres möglich sein. Ich werde einen unserer Analysten drauf ansetzen." Er rollte den Schreibtisch entlang zu seinem Telefon, rief nach jemandem aus seinem Team, sah dabei hinaus in den Blauen Montag. Ein besorgter Schatten in seinem Gesicht. Wieder rückte er sich seine Brille zurecht.

Die war weit besser verglast als die Fenster in seinem Büro.

Der Verkehr am Merrion Square rauschte durch die einfach verglasten Scheiben, als säßen wir neben der

Straße. Er schüttelte sich seine Armbanduhr aus dem Ärmel – nochmal mittlere Tausender, schätzte ich – und atmete scharf ein. Er war spät dran.

Endlich nahm jemand ab, und Gabernig trug einer gewissen Jen mit knappen Worten auf, sich um unser Anliegen zu kümmern.

„Jennifer ist sehr motiviert und talentiert", sagte er, nachdem er aufgelegt hatte. Sprich, sie hatte wenig Erfahrung. Zumindest hatte sie kurzfristig Zeit für Sam und mich. Das reichte uns für den Anfang.

Nur der Schatten auf Gabernigs stromlinienförmigem Gesicht hatte sich weiter vertieft. Zerstreut klopfte er mehrfach seine Anzugtaschen nach deren Inhalt ab, öffnete und schloss seine gepflegte Aktentasche. Bat uns, doch bitte am Empfang auf Jen zu warten, wenn es uns nichts ausmache, vielen Dank, aber er müsse jetzt wirklich.

Schon in seinem Mantel, die Hand an der Türklinke, drehte er sich noch einmal nach uns um. „Sagen Sie ... Wenn Sie hier nach Querverbindungen suchen, bedeutet das theoretisch ja auch, dass der Täter es vielleicht noch einmal versuchen könnte." Er suchte nach einer Antwort in unseren Gesichtern. Fand eine Frage.

Was meinte er mit „*es*"?

„Was ich meine, ist ..." Seine Augen waren jetzt groß wie die eines Kindes, das auf das elterliche Strafmaß für die bekritzelten Wände wartete. „Was ich meine: Bin ich denn noch in Gefahr?"

6

Jen sah auf den ersten Blick exakt so aus, wie man es von Bankschaltern auf der ganzen Welt her kannte. Nichts an ihr fiel oder regte auf. Keine 30 Jahre, Kostüm von der Stange, Abdeckstift über Augenringen, ordentlich gescheitelte Haare hinter Ohren mit angewachsenen Läppchen, nur ein einziges Mal durchstochen von einem Diamantenstecker. Der dafür ein halbes Karat, wenn nicht mehr.

Ein erster Hinweis darauf, wie sehr man sie unterschätzte. Dass Florian Gabernig ihr trotz ihres Alters nicht umsonst vertraute.

Nach einem knochentrockenen Händedruck führte sie uns in ein Besprechungszimmer, das ein bisschen an die Glasgefängnisse erinnerte, in die man die Raucher dieser Welt auf Flughäfen sperrte. Nur mit besserer Aussicht und teurem Mineralwasser in aquamarinfarbenen Fläschchen in Griffweite. Kein Aschenbecher.

Ihr Laptop war kaum dicker als mein Notizblock und surrte diskret, während Jen sich unser Anliegen anhörte, manchmal mit einem unwillkürlichen Summen hinter geschlossenen Lippen, wenn wir noch sprachen, während sie schon längst verstand.

Dann ließ sie uns eine mehrseitige Geheimhaltungserklärung unterzeichnen, bevor sie ihren Laptop aufklappte. Sie tippte in Lichtgeschwindigkeit, wischte mit ungeschmückten Fingern über das Touchpad, das Gesicht eine Landschaft der Konzentration.

Sam vertrieb sich die Wartezeit mit einem langen Blick aus dem Fenster. Ich konnte seinen Gedanken beinahe beim Wechseln zusehen.

Ich selbst hatte die Wahl zwischen meinem Totalschaden von Privatleben oder der berechtigten Frage nach Florian Gabernigs Sicherheit. Entschied mich wie immer für die Arbeit. Natürlich hatten wir Gabernig beruhigt. Sobald er sich aus irgendeinem Grund unsicher fühle oder ihm eine Person in seiner Umgebung verdächtig erschien, solle er sich natürlich trotzdem umgehend melden. Das übliche Handgetätschel eben. Die Realität war: Florian Gabernig war eine Privatperson und deshalb auf sich allein gestellt. Erst recht, solange wir kein konkretes Gesicht zu einem konkreten Verdacht hatten. Blieb natürlich ein privat finanzierter Bodyguard. Gabernig schien das für einen Scherz zu halten, und wir hatten ihn nicht korrigiert. Wozu auch? Sollte er tatsächlich Danny Rabbitt und dem organisierten Verbrechen ins Gehege gekommen sein, konnte ihn auf Dauer niemand schützen. Aber auch da waren die Hinweise bisher dürftig.

Ein Wort, das mich unruhig machte. Dürftig. So wie dieser ganze, tiefblaue Tag.

Bevor ich in Gedanken noch in Ben Fergusons Schlafzimmer landen konnte, beendete Jen ihr Schweigen.

„Wir haben Glück. Unsere Datenbank ist ziemlich feinkörnig aufgebaut. Ich konnte eine Liste aller Hypotheken in unserem Portfolio ziehen, die in der Hibernia-Filiale in Celbridge abgeschlossen wurden."

Das *Aber* war schon von weitem zu hören.

„Es sind nur ziemlich viele", sagte sie nach einer längeren Pause. „78 Verträge."

Sam prustete seine Verblüffung in den Raum.

Mit gerunzelter Stirn prüfte Jen ihre Liste, die sie mit einem Bildschirmschutz vor uns verbarg.

„Und die alle sind im Rückstand?"

Sein Knie vibrierte unter der Tischplatte. Aus Glas, was sonst. Sogar unsere Sessel waren aus klarem Kunststoff. Wir befanden uns hier in einer Hölle der Transparenz.

„Manche mehr, manche weniger." Jen nickte. Wann immer sie etwas sagte, roch es ein bisschen nach Kaugummi. „Aber die Filiale hatte offenbar eine besonders eifrige Vertriebstruppe. Die Kredite sind durchwegs um die halbe Million, manche höher."

Achtundsiebzigmal eine halbe Million. Dem Hintergrund all dieser Leute nachzugehen, würde Wochen dauern. Wir mussten irgendwie priorisieren.

„Und gegen wie viele dieser Schuldner läuft gerade ein Gerichtsverfahren?"

Jen ließ ihre Fingerspitzen über die Tasten fliegen.

„Derzeit 23." Ihre Mädchenstimme schien in der Enge des Raums überall zu sein. „Alle wurden an Hogan, Black & O'Keefe übergeben."

„Und wurden sie auch von derselben Person bearbeitet?"

Warum wollen Sie das wissen?, fragte ihr Blick.

„Das kann ich aus dieser Übersicht nicht sehen."

„Aber doch sicher herausfinden?" Sam lächelte wie ein Skilehrer. Hoffentlich blieb sowas die Ausnahme. Jen jedenfalls blieb unbeeindruckt.

„Das wird dauern, weil ich dafür jeden Akt einsehen muss."

„Vielen Dank für all die Zeit, die Sie für uns verwenden", änderte Sam sofort seine Taktik auf die österreichische Diplomatie. „Ich bin mir sicher, Sie haben auch ohne unsere Anfrage genug zu tun."

Schon besser.

Jen schnüffelte. Befragte ihre überraschend burschikose Armbanduhr.

„Hatten Sie schon Lunch? In einer Stunde könnte ich so weit sein."

7

Das Trinity College lag gleich um die Ecke und Sam hatte es noch nie gesehen, also durchquerten wir das Gelände auf dem Weg weiter ins Zentrum.

Die beiden großen Sportplätze lagen im Winterschlaf, der gesamte Campus von Hochnebel überzogen. Die wenigsten der Studenten waren zurück aus der Winterpause. Die Nerds blieben, klug, wie sie waren, schön im Warmen. Nur ein paar Unerschrockene besetzten die Sitzbänke, über ihnen die entlaubten Kronen der Kirschbäume, in denen verdrossen die Krähen hockten. Man wartete auf bessere Tage.

Sam knipste mit seinem Handy um sich. Jack-the-Ripper-Atmosphäre vor der alten Bücherei, Kopfsteinpflaster, altehrwürdige Trinity-Absolventen in Stein, und die Kollegin aus München, nichts war sicher.

Wir ließen das College hinter uns, gingen rüber zu Doyle's Pub. Mein Plan: dem Blauen Montag etwas Kalorienreiches ohne viel Nährwert entgegenzusetzen. Aber die sperrten erst in ein paar Stunden auf. Typisch.

„Mach mal einen Schritt nach links, bitte."

„Was? Noch ein Foto?"

„Nicht von dir. Von dem Sager da." Sam zeigte auf eine Plakette neben dem Eingang zum Pub. Ein anonymes Zitat.

„There Is A Good Time Coming.
May It Ever Be So Far Away."

„Der könnte von dir sein, findest du nicht?"

„Aha. Und warum?"

„Geistreich, aber traurig. Wenn du weißt, was ich meine."

Wusste ich nicht. Und vielleicht war es auch besser, nicht nachzufragen. Meine Verfassung heute war zu fragil für Sam Feursteins Neigung zur unangenehmen Wahrheit.

Als Ersatz für das Doyle's schlug er das Café im überdachten Atrium des Westin Hotels vor. Seine Touristen-App schwärmte angeblich davon, und schnell wurde klar, warum. Ziemlich gediegen, voller künstlicher Palmen und Dubliner Damen der besseren Gesellschaft beim Afternoon Tea, begleitet von sanft klirrendem Besteck. In den Armen eines Ohrensessels, durch das Glasdach betrachtet, wirkte sogar der graue Himmel über mir sanft und versöhnlich. Was das für ein Leben sein könnte, müsste man sich von hier nie wieder aufraffen.

Kaum hatten wir die Speisekarten vor der Nase, zirpte schon wieder Sams Handy. Der Glückliche konnte es sich leisten, es zu ignorieren.

Meines hatte mir seit Stunden nichts mehr zu sagen. Die Wirkung meiner Nacht mit Ben ließ unaufhaltsam nach, hinterließ das trockene Brennen von Entzug. Und Zweifel. Erste Gedanken an Stefan zogen auf. Die bekannten Fragen, ihre Stimmen wie Fingernägel auf einer Tafel. Was jetzt, Patsy Logan? Was verdammt nochmal jetzt?

„Ein Sandwich mit Schinken, Tomaten und Salat für über 16 Euro?" Sam schaute bestürzt.

„Willkommen in Dublin. Haben sie dir das in deiner App nicht erzählt? Oder im Vorbereitungskurs für Polizeiattachés?"

Er schüttelte den Kopf, gab sich versöhnlich.

„Dafür schauen die Kellner aus wie im Café Landtmann."

Einer von ihnen näherte sich gerade mit schuldbewusstem Lächeln, als endlich auch mein Handy zum Leben erwachte. Ein Anruf. Wie altmodisch.

„DI Logan, hier spricht Jennifer Nolan."

Die Stimme blieb mir ein paar Sekunden lang fremd. Dann der Geistesblitz: Es war Jen von ProAsset. Am Telefon klang sie 20 Jahre älter, als sie aussah.

„Ich hab hier vor mir eine Aufstellung der Verfahren und der Verantwortlichen. Wenn ich Sie richtig verstanden habe, interessieren Sie sich vor allem für jene, die Aidan betreut hat?"

Aidan. Plötzlich kein Mister Kelleher mehr, kein anonymer Schlips. Ein offenbar geschätzter Ansprechpartner.

Ich räusperte mich, bat Sam stumm, schon einmal für mich zu bestellen. „Vorerst beschränken wir uns darauf, ja."

„Bis auf eines wurden alle Verfahren von Aidan eingeleitet, alle innerhalb der letzten beiden Jahre, das letzte wurde erst Anfang dieses Jahres eröffnet und von jemand anderem übernommen. Warum, wissen Sie ja", sagte sie.

Wir hatten also einen Wegweiser, der in 25 verschiedene Richtungen zeigte. So kamen wir nicht weiter. Zumindest nicht so schnell, wie es mir meine innere Unruhe diktierte.

„In welcher Phase sind die Verfahren? Gab es irgendwo schon einen Prozess? Eine Zwangsversteigerung oder Ähnliches?"

„Das kann ich von hier aus nicht sehen. Zu diesen Details hat nur Florian direkten Zugriff." Kein Wunder, dass sie ihre Arbeit so schnell beendet hatte. Ich zeigte Sam den Daumen nach unten.

„Was ich sehen kann, ist, ob die Verfahren noch aktiv sind oder aus irgendeinem Grund geschlossen oder eingestellt, wenn Ihnen das weiterhilft."

„Welche Gründe könnten das sein?"

„Nun ja, entweder ein Verkauf, oder wir konnten uns noch in irgendeiner Weise mit den Schuldnern einigen. Bei den wenigsten Verfahren kommt es zu einer Gerichtsverhandlung. Wir versuchen die Schuldner stets davon zu überzeugen, mit uns in den Dialog zu treten. Und natürlich gibt es noch unerwartete Ereignisse von außen, wenn ein Schuldner verstirbt oder sich ins Ausland absetzt."

Unerwartete Ereignisse von außen.

„Aber das sind bisher nur drei der Verfahren." Sie sagte das, als sei das eine Nebensache. Im Gegenteil. Drei waren ein Anfang. „Und wie gesagt, ich kann hier den Status sehen, aber nicht die Details dazu."

Sie diktierte mir die Namen, diktierte mir die Adressen der mit der Hypothek belasteten Immobilien, sowie nach einigem Zögern auch die Telefonnummern der Schuldner.

Als ich auflegte, sah Sam fast besorgt von seinem Handy auf.

„Ist Jen auf Gold gestoßen?"

„Vielleicht." Ich wischte einen Hauch Schweiß von meinem Display, betrachtete die Namen in meinem Notizbuch.

Eine Frau, zwei Männer. Kein einziger kam mir bekannt vor. Fest stand nur: Es waren Menschen in Schwierigkeiten. Jetzt mehr denn je.

Ich hielt die kurze Liste über die Marmor-Tischplatte meinem Kollegen entgegen.

„Mit wem sprechen wir zuerst?"

„Was meinst du damit?"

„Was meine ich womit?"

In Sams Gesicht sammelte sich noch mehr Sorge. Vor allem rund um die Nasenwurzel.

„Sollten sich da nicht DI Flanagan und sein Team darum kümmern?"

Das Atrium dämpfte sogar seine Tieftöner-Stimme auf eine dezente Lautstärke.

„Natürlich. Aber es kann nicht schaden, schon einmal vorab ein wenig mehr über die Leute rauszufinden.

Wir sind unterbesetzt. Da kann jede Vorarbeit nur von Nutzen sein."

„Schon, aber haben wir dafür auch die Befugnis?"

Ah, eines meiner Lieblingsworte. *Befugnis* erinnerte mich an die Frau der Stunde, die Protokolle liebte, sich an Vorschriften hielt und die Nase rümpfte über unseriöse Quellen wie Instinkt oder Bauchgefühl. Alles lange her.

„Wir fragen ein bisschen rum, mehr nicht. Wenn sich was Heikles ergibt, bin ich schon am Hörer mit unserem Ermittlungsleiter, versprochen."

Sam sagte nichts, schaute mich an wie durch ein Mikroskop.

„Außerdem – hast du als Polizeiattaché nicht Diplomatenstatus? Dir kann doch gar nichts passieren."

Er öffnete die Lippen einen Spalt. Entließ ein langes *Pfff.*

„Und so soll ich mich in meine Entsendung einführen? Meine Kompetenzen überschreiten, noch bevor ich meinen Posten überhaupt angetreten habe?"

Verständlich. Im Gegensatz zu mir hatte Sam eine Karriere, die es zu ruinieren gab.

„Okay, dann fahre ich alleine."

„Wohin?" Er konnte es nicht glauben. „Zu diesen möglichen Verdächtigen?"

„Aber ja. Natürlich nur, falls sich am Telefon was Interessantes ergibt."

Sam fehlten dazu die Worte. Er schüttelte bloß den Kopf.

„Keine Sorge. Ein paar Leute zu befragen, traue ich mir auch ohne schnelle Eingreiftruppe im Rücken zu."

„Und wie kommst du zu den Befragungen? Mit dem Bus?"

„Klar, ein fetter BMW würde mehr hermachen."

Das war genau einen halben Zeh weit übertreten. Sams Pupillen zwei glänzende kleine Granaten. Er rieb sich wieder den Bart, focht eine Mikro-Diskussion mit seinem diplomatischen Selbst aus. Die Diplomatie gewann, wenn auch knapp.

„Also gut." Er lockerte seinen Kiefer wieder. „Ruf mal vorerst an. Aber für Alleingänge bin ich nicht zu haben."

„Natürlich." Ich schnitzte mir ein treuherziges Lächeln ins Gesicht. Schob Sam noch einmal mein Notizbuch zu. „Also. Nadine Meade, Jake Kelly oder Robert Andrzejewski? Mit wem sprechen wir zuerst?"

Es war wieder einer dieser Briefe. Er erkannte ihn sofort in der Hand des Briefträgers, trotz des Standardumschlags, trotz der neutralen Schrift, sein Name stets fett gedruckt. Der erste vor einem Dreivierteljahr war ihm beinahe entgangen. Dünn und unscheinbar war er zwischen den Werbeflyern für Immobilienbüros und Möbelhäuser gesteckt. Maschinenproduziert, wie ein Steuerbescheid.

Der Absender hatte sich erst nach dem Öffnen zu erkennen gegeben.

Aidan Kelleher von der Kanzlei Hogan, Black & O'Keefe. Die Botschaft kurz, der Ton sachlich, die Konsequenzen einer ausbleibenden Antwort klar dargelegt.

Nachdem er seinen Atem wieder im Griff hatte, war der Brief zurück im Umschlag gelandet. Er hatte beschlossen, sich später darum zu kümmern, denn es war höchste Zeit gewesen, Oisín aus der Schule abzuholen.

Weitere Briefe waren hereingetröpfelt wie aus einem leckenden Wasserhahn. Dieser war der erste, für den ihn der Briefträger unterschreiben ließ. Er fühlte sich schwerer und dicker an als die anderen.

„Take it easy", hatte sich der Briefträger verabschiedet und sich wieder auf sein Rad gesetzt, mit kurzen Hosen, als wäre es Sommer. Sein Ton so empathisch, als wüsste er Bescheid über alles. Aber niemand wusste Bescheid. Niemand hatte eine beschissene Ahnung.

Eine Zeitlang stand die Frage nach Australien im Raum. Melbourne, wo schon Sarahs Schwester und Mollys Patentante Jane lebte. *Kommt doch nach*, drängte sie seitdem bei jeder ihrer schwesterlichen Online-Konferenzen. *Hier gibt es genug Jobs, und eine große Community irischer Auswanderer, die hängengeblieben sind. Und einen Sommer, der den Namen verdient.*

Sarah wies sie inzwischen darauf hin, dass genug der Krisenflüchtlinge von damals schon wieder zurück waren. Es gab wieder Jobs, wenn man sich darum bemühte. Mal abgesehen davon, dass man mit schwerem Gepäck nicht so leicht umziehen konnte. Damit meinte sie das Haus. Die Kinder. Und vor allem Jake. Der Mühlstein, der alle mit sich in den Abgrund zog. Seit sie wieder einen Job gefunden hatte, ließ Sarah ihn das spüren. Nicht mit Worten, aber mit müden Blicken, unterdrückten Seufzern, einem Tonfall, der ihn frösteln ließ. Wenn er sich nur mal endlich zusammenreißen würde, so das stumme Urteil, das sie in den hitzigeren ihrer Auseinandersetzungen auch aussprach. Sagen, woran es lag. Die Arbeitslosenrate war fünf Prozent. Bei den Architektenbüros brummte das Geschäft. Warum kämpfte er sich noch immer mit den kleinen Aufträgen von Hinz und Kunz ab, die mehr Schwierigkeiten als Geld einbrachten?

Weil er sich nicht mehr an ein ausbeuterisches Architekturbüro verkaufen wollte, hatte er ihr von Anfang an gesagt.

Weil er es nicht mehr konnte, war die Wahrheit.

Keine Begeisterung versprühen. Keinen Ehrgeiz. Kein Selbstvertrauen. Nicht glaubwürdig genug, um einen ganzen Auswahlprozess zu überstehen. Er hatte es oft genug probiert. Viel öfter, als Sarah ahnte. Aber wozu ihr jeden Misserfolg gestehen? Wozu würde es führen? Zu Streit, den gab es oft genug. Die altbekannten Themen. Geld. Existenz. Stolz.

Über Sarahs eigenen Ehrgeiz. Ihre Weigerung damals nach ihrer Hochzeit, sich auf ein kleineres Haus zu einigen, das ihren finanziellen Rahmen zwar gesprengt, aber nicht pulverisiert hätte. Ihre Weigerung zu akzeptieren, dass nicht ausschließlich „die da oben" an allem schuld waren, sondern auch sie selbst eine Fehlentscheidung getroffen hatten.

Also arbeitete er von zuhause aus. Verdiente zumindest genug, um einen Teil ihrer Zinsen abzubezahlen. Kümmerte sich um die Kinder, damit Sarah ihre Stunden aufstocken konnte. Das ersparte ihnen 1000 Euro im Monat für die Betreuung nach der Schule. Aber noch immer nicht genug für die Rate. Nicht genug für die Anerkennung seiner Frau. Inzwischen fühlte er sich in ihrer Gegenwart so wie in der seines Dads. Der kalte Wind unerfüllter Erwartungen, jetzt blies er aus beiden Richtungen.

Er trug den Brief hinauf unters Dach in sein Arbeitszimmer, setzte sich an den Schreibtisch direkt vor dem Fenster, gleich daneben Sarahs Heimtrainer.

In diesem Zimmer teilten sie noch etwas – den Blick auf den schmalen Streifen Strand und dahinter das Meer. 100.000 Euro mehr hatte das Haus aus diesem Grund gekostet. *Weil, Meerblick ist unbezahlbar,* so hatte der Immobilienheini damals mit den großen Augen eines Disney-Charakters gesagt. *Der wird Ihnen Ihr Leben lang und an jedem Tag Freude bereiten.*

Chris O'Dowd. *Ja genau, so wie der Comedian aus dem Fernsehen, nur aus Ballinasloe, höhö.* Das hohle Lachen hatte er immer noch im Ohr. Und nicht zum ersten Mal. In seiner Erinnerung waren die großen Unschuldsaugen aus dem Jahr 2006 zu denen der Schlange aus dem Dschungelbuch mutiert, die Molly immer so gruselig fand, ein betörender Strudel der Manipulation.

Chris O'Dowd aus Ballinasloe und die Fitzgeralds-Real-Estate-Gruppe hatten sich eine goldene Nase an Jake und all den anderen verdient, die sich von seinen

Geschäftstricks hinreißen ließen, ihren gesamten obszönen Kreditrahmen ausreizten. *Soeben habe ich noch ein drittes Angebot für Ihr Haus bekommen. Die Leute sind wild entschlossen. Aber wenn Sie jetzt ein echtes Statement abgeben, sagen wir, nicht um 5000 drüber, sondern gleich um zehn oder 15 – sowas schlägt viele Bieter in die Flucht. Wann können Sie mir denn Bescheid geben, ob Sie mitgehen? Ich weiß, das hört sich jetzt viel an, aber bedenken Sie bitte auch: Derzeit steigen die Preise so gut wie jeden Monat. Jetzt noch einmal von vorne anzufangen mit der Suche, kann Sie 20.000 oder noch mehr kosten.*

Also hatten sie ein Statement abgegeben. Gewonnen. An dem Abend war er ein Held gewesen. An dem Abend hatten sie Molly gezeugt, behauptete jedenfalls Sarah. Später hatte sie gescherzt, sie sollten Chris O'Dowd bitten, Mollys Taufpate zu werden.

Die Erinnerung an dieses Gespräch füllte seinen Magen mit Galle wie ein Wannenbad. Der Wert ihres Hauses mit dem Meerblick im weitesten Sinne, inmitten von anderen, exakt gleich aussehenden Häusern, war innerhalb von zwei Jahren über eine Klippe gestolpert und ungebremst abgestürzt. War aufgeschlagen bei nur noch 35 Prozent des Kaufpreises. Seitdem hatte es sich wieder erholt auf 65 Prozent. Mehr war derzeit nicht drin, das hatte ihnen die warmherzig lächelnde Nachfolgerin von Chris O'Dowd klargemacht, vielleicht nie wieder. Keine direkte Anbindung an die öffentlichen Verkehrsmittel, und für das Grundstück davor lag eine Baugenehmigung für eine massive neue Anlage mit 22 Häusern und einem Apartmentblock mit um die 70 Einheiten vor, dessen vier Stockwerke sie möglicherweise den Meerblick kosten würden. Ein Recht auf Ausblick gebe es, wie er sicher wisse, leider nicht, auch wenn der Wert einer Immobilie trotzdem darunter leide, es wäre eine traurige Tatsache.

So wie den Kellys ergehe es vielen Käufern, die zum Höhepunkt des Booms abgeschlossen hatten. Ihr Bedauern war aufrichtig, ohne zu wissen, wovon sie eigentlich redete, denn das Mädchen war keine 25. Und Chris O'Dowd? War inzwischen Leiter einer anderen, größeren Niederlassung von Fitzgeralds. C'est la fucking vie, höhö.

Da zeigte sie sich doch noch, die Wut. Das machte ihm Mut. Besser, als nichts zu fühlen, so wie mit den Medikamenten, jahrelang. Aber das war jetzt vorbei.

Er sah hinunter auf den Umschlag.

Er war dicker als die Vorgänger. Luft entwich, wenn man ihn zusammenpresste. Es bedeutete nichts Gutes, so viel stand fest. Eine Mitteilung, die nicht mehr Platz hatte auf einem einfachen Zettel. Gleichzeitig wurde der Drang, dem Monster ins Auge zu sehen, fast unerträglich.

Seine Finger hinterließen feuchte Abdrücke auf dem Papier. Es war schwerer, hochwertiger als die anderen. Fast wie das Schreiben von einem wohlhabenden Brieffreund. Er kämmte sich die Feuchtigkeit in die Haare. Dünner waren sie geworden, vor allem an der gewissen Stelle am Hinterkopf. Hatte Dad bei seinem letzten Besuch bemerkt. *Eine Mutation, wir in der Familie hatten immer volles Haar, und das bis ins hohe Alter. Alle.*

Er öffnete den Brief. Diesmal unterschrieb nicht nur Aidan Kelleher, Senior Associate, sondern auch der Geschäftsführer der geschädigten Partei, der ProAsset Ltd. Ein ausländischer Name, irgendwo vom Kontinent.

Eine Vorladung bei Gericht. Für ihn und Sarah. Im April.

Er ließ sich zurücksinken in den Sessel. Entließ langsam die angehaltene Luft aus den Lungen. Er kämmte sich mit den Fingern durch die Haare, bis sein Herz weniger hart zuschlug. Dann faltete er die Blätter sorgfältig und schob sie zurück in den Umschlag. Schob ihn zu den anderen in eine Klarsichtfolie, die über dem Kaufvertrag im Ordner eingeheftet waren.

Zwei Monate. Er hatte noch zwei Monate, um das hier zu regeln. Irgendwie.

1

Dieses Sandwich mit Schinken, Tomaten und Salat war das teuerste pro Bissen, das mir je passiert war. Trotzdem kam ich nur langsam voran. Die unheilige Kombination zwischen Stefan und Ben hatte mich meinen sonst ziemlich ausgeprägten Appetit gekostet.

Auch von den Telefonnummern hatte ich mir mehr versprochen. Bei Jake Kelly ging der Anruf ins Leere, Nadine Meades Nummer war nicht mehr vergeben, bei Robert Andrzejewski landeten wir sofort auf einer von einer Computerstimme besprochenen Mobilbox, hinterließen eine Nachricht mit der Bitte um Rückruf.

Blieb noch das Internet. Gemeinsam mit Sam recherchierte ich mich quer durch die Sozialen Medien. Irgendwo musste doch etwas Substanz zu finden sein.

Zumindest mit Nadine Meade hatten wir Glück. Sie hatte einen für Irland ungewöhnlichen Namen. Mein Sandwich war halb aufgegessen, da hatte ich sie gefunden. Auf Facebook teilte sie nur ihre Titelfotos, in Verbindung mit ihrem LinkedIn-Profil entstand trotzdem ein Bild.

„Sie ist vor ein paar Monaten nach Toronto gezogen." Ich reichte Sam, der kein Salatblatt übriggelassen hatte, mein Handy. „Schmeißt den Laden in einer Wellness-Klinik. Läuft Halbmarathons für gute Zwecke und so."

Sam nickte auf das Bild hinunter. Eine schmale, sportlich wirkende Frau im angehenden mittleren Alter, die, schweißglänzend und mit einem ungeordneten Pferdeschwanz, eine Medaille um ihren Hals in die Kamera hielt. Seht her! Gefallen. Wieder auferstanden.

„Vielleicht hat sie ihre Rache von Toronto aus orchestriert?" Meinte der Kollege das ernst? Durchaus möglich. Seine Miene blieb ungerührt. Und warum auch nicht? Offen zu bleiben für alles Unwahrscheinliche war eine der Anforderungen in meinem Job, die mit zunehmender Erfahrung schwieriger wurde. Man hatte zu viel gesehen, zu viele Muster im Kopf. Nur weil es DI Flanagan passierte, hieß das nicht, dass ich dagegen immun war.

„Möglich, aber unwahrscheinlich. Der Frau geht es sichtlich besser. Sie postet sogar Artikel über das Scheitern. Wer tut sowas, außer erfolgreiche Leute? Wenn man wirklich gescheitert ist, hält man den Kopf unten und schämt sich oder was man eben so tut, wenn es einem dreckig geht. Da erteilt man anderen keine Lebenshilfe. Oder?"

Sam lachte wie über eine eigene, nicht allzu ferne Niederlage.

„Da hast du nicht unrecht."

„Vorhin hab ich mir noch Nadines Immobilie auf Maps angesehen, so gut das möglich war", sagte ich. „Es war eine Wohnung in einem Apartmentblock irgendwo am westlichen Stadtrand. Ich nehme an, sie musste verkaufen und hat in dem Zuge gleich ein neues Leben angefangen. Sie hat losgelassen. Rache hat ja mehr mit Festhalten zu tun."

Mit der angefeuchteten Fingerspitze pickte Sam sich den wirklich allerletzten Krümel vom Teller.

„Jetzt spekulierst du aber gerade, oder?"

Natürlich. Eine Spekulation so wie die Idee, dass der Tod von Kelleher und der Anschlag auf Gabernig etwas miteinander zu tun hatten. Ein Instinkt, so wie der Drang, Jens Liste so schnell wie möglich abzuarbeiten. So wie mein Respekt für Nadine Meades augenscheinlichen Neuanfang in Kanada. Etwas daran berührte mich. Sie hatte es geschafft, während ich schon vor Monaten gedacht hatte, die Talsohle meines Lebens wäre erreicht. Dabei kollerte und kollerte ich immer noch abwärts.

„Fest steht jedenfalls, die Frau ist nicht in Irland, und wir beide können im Augenblick nicht viel tun. Wie steht es mit Robert …"

„Andrzejewski." Sam stolperte kein einziges Mal. Mit internationalen Namen kannte er sich in seinem Beruf wohl aus, mit der Suche nach Personendaten auch. Half aber nichts.

„Das Problem ist", er gab mir mit Bedauern mein Handy zurück, „es gibt viele Leute, die so heißen. Nur nicht in Irland. Im Zusammenhang mit der Adresse, die uns Jen gegeben hat, hab ich auch gesucht, aber …"

Er hob die Schultern. Warf jetzt ein schamloses Auge auf mein halbes Sandwich. Als ich es ihm mit einer Geste anbot, tat Sam zwar bescheiden, beendete dann aber mit wenigen Bissen, was ich begonnen hatte.

„In dem Fall befürchte ich, wir brauchen mehr Details von Flo Gabernig." Er hielt sich erfrischend wenig an die landläufige Etikette, beim Kauen nicht zu reden. „Bevor wir hier seriös weiterarbeiten können."

Er registrierte meinen Blick. Die Enttäuschung war mir wohl anzusehen. Wie so vieles in letzter Zeit. Ein wenig ergiebiger hatte ich mir unsere Online-Recherche aber wirklich vorgestellt.

„Andererseits", er tupfte sich den Mund mit seinem Serviettendreieck ab, „haben wir die Adresse und können einfach hinfahren. Auf dem Weg zu Jake Kelly, vielleicht. Wenn die bei derselben Bank waren, wohnen sie wahrscheinlich auch in der Nähe." Sam schmunzelte, ich seufzte. Noch so ein Fall. Allein im Dubliner Raum konnte man zwei Fußballmannschaften mit verschiedenen Jake Kellys besetzen. Die meisten waren in ihren Dreißigern, trugen kurze Haare und Bart. Die Iren ließen sich ungern auf Experimente ein. Weder beim Essen, noch im Outfit und erst recht nicht mit den Namen. Halbe Generationen hießen David oder Anne-Marie, ganz zu schweigen von den Marys und Seans. Sogar in den Nachrichten wurden regelmäßig die Adressen von für Verbrechen Angeklagten mitgenannt, um nicht Dutzende Unschuldige mit demselben Namen in Misskredit zu bringen.

„Die Adresse der Kellys ist im Norden, die von Andrzejewski weiter im Westen", sagte ich. Nickte dem Kellner zu, der sich in beinahe gebückter Haltung von der Seite näherte.

„Dann fahren wir halt trotzdem zu beiden." Sam klatschte sich vor Tatendrang auf die Oberschenkel. Die Sache mit der Befugnis schien vergessen. Gut so. Die Chancen, dass jemand der Leute zuhause war, standen ohnehin denkbar schlecht an einem Montagnachmittag. Falls sie überhaupt noch darin wohnten. Aber ich hielt mich zurück mit solchen Einwänden. Ich hatte gewollt, dass etwas passierte, also passierte etwas. Und was hatte ich denn Besseres zu tun?

„Wohin zuerst?", fragte der österreichische Kollege, nachdem wir die Dessertkarte höflich abgewiesen hatten.

„Zu den Kellys."

Er wirkte beeindruckt von so viel Entschlusskraft.

„Polizeilicher Instinkt?"

„Nein. Da gibt es zumindest noch ein aktives Handy. Und sie wohnen viel näher am Meer."

2

Wir verließen das Westin, gesättigt mit Gediegenheit. Holten uns auf dem Weg zum Auto noch eine Box vol-

ler gefüllter Donuts und Automatenkaffee zum Mitnehmen, weil man auch dem Polizistenklischee was
schuldig ist. Dann machten wir uns auf die Suche nach
Jake Kelly.

Die Landschaft jenseits des Dubliner Flughafens war
eine Ansammlung flacher Linien und erdiger Farbtö-
ne. Weit und breit kaum etwas, das einen zweiten Blick
lohnte, favorisiert nur von Druiden und Steinzeitgräbern.

Wir nahmen die Abfahrt von der Autobahn, hielten
uns nordöstlich. Hinein ins Niemandsland zwischen den
Küstenorten Balbriggan, Lusk und Skerries. Die waren
hübsch, als Kind waren wir an den gesegneten schönen
Tagen durch die flache Brandung geplanscht und hatten ein Wettessen mit den Softeistüten mit blauer Soße
gemacht, bevor alles schmolz.

All das war hier in Sichtweite und doch nicht in der
Nähe. Wir kamen an einem Jugendgefängnis vorbei und
an einer Ansammlung von ein paar niedrigen Häusern,
die sich „Man of War" nannte. Sam fand das zum Schießen und schob noch einen Kommentar über eine Heavy-
Metal-Band aus den 80ern und deren Unterhosen aus
Tierfell nach. Ziemlich gewagt für einen, der zu West-
life-Schnulzen im Radio mitsummte. Aber meinetwegen. Zumindest nicht die Kelly Family. Außerdem hatte ich gerade keinen Kopf für Gemeinheiten.

Stefan hatte mir geschrieben und gefragt, wie es mir
ginge. Keine Ahnung, was ich darauf sagen sollte. Meine Gefühle waren irgendwo unter der Meeresoberflä-
che. Dunkle Strömungen, die sich mir selbst noch nicht
erschlossen. Also antwortete ich nicht.

Ballytown selbst war die irische Version der amerika-
nischen Vorstadt. Weniger Plastik, dafür mehr Melan-
cholie. Ein Labyrinth aus Straßen, die einen im Kreis

herumführten, sich konzentrisch ausbreiteten wie Wellen in einem See, und oft genug auch ins Nichts führten.

Gesäumt waren sie von einer Allee beinahe identischer Häuser. Zweistöckig, spitze Giebel, Backstein unterbrochen mit kleinen Flächen von gelbem Verputz, dieselbe Fasson, gerade zehn Jahre alt, aber schon zum unansehnlichen Altern verdammt. Manche standen frei, aber die meisten waren in Viererreihen geordnet, unterschieden meistens nur durch ein paar Blumentöpfe, die Roller von Kindern, oder die Autos vor der Tür. Jedes Haus hatte zwei Parkplätze, denn hier kam man ohne ein Auto nicht weit. Wie erwartet waren viele unbesetzt. Ein menschlicher Bienenstock, fast alle ausgeflogen.

Die Menschen erfüllten ihre Aufgabe im Wirtschaftsmotor, die Kinder waren noch in der Schule oder wurden gerade abgeholt.

„Wie eine Kulisse", fand Sam, und er hatte recht. Fragte sich nur, zu welchem Film. Wir einigten uns auf *The Walking Dead* und lachten gegen die Rastlosigkeit an, die von mir nun auch auf Sam übergesprungen war. Ich konnte sie sehen. Das Trommeln seines Zeigefingers auf dem Lenkrad. Wie er immer öfter Beruhigung bei seinem Bart suchte. Ein Elmsfeuer im Gehirn. Etwas war im Anzug.

3

23 Sea View Crescent war ein Haus unter anderen Häusern, an der Ecke einer Viererreihe. Nur die übergroße Hausnummer aus gebürstetem Metall fiel auf.

Ein rotes Hybridauto vor dem Haus, der zweite Parkplatz frei, eine Blumenampel neben dem Eingang, die Bepflanzung welke Zombies aus dem letzten Sommer. Die Kellys waren niemand, der aus der Reihe tanzte.

Wir klingelten vergeblich.

Niemand zuhause. Kein Vorhang zuckte, kein Murmeln hinter verschlossenen Türen und Fenstern. Der abflauende Wind schickte einen nach Algen riechenden Gruß vom Meer herüber, das nicht weit sein konnte, aber trotzdem nicht sichtbar war, versteckt hinter einem Horizont aus gerade in Bau befindlichen Häusern. Es hämmerte und sägte von ferne, Baukräne rotierten.

Wir machten eine Runde um das Haus. Eine Hecke mit ledrigen Blättern und roten Beeren wurde von ein paar Holzpaneelen überragt, die den Garten einzäunten. Rücken an Rücken mit den Nachbarn. Hinter uns eine Stimme. Wir wichen einer Frau mit Pudelhaube und doppelreihigem Buggy aus. Nur ein Teil war besetzt, das Kind darin schlief. Sie telefonierte lebhaft mit jemandem, ein Kabel führte zu ihrem Handy in der Manteltasche.

Lächelte uns schmal zu. Unbekannte, die ihre Nachbarn sein konnten. Besser, man blieb höflich. Als wir zum Eingang der Kellys zurückkehrten, sah sie uns noch einmal nach, drehte sich dann hastig wieder um und ging weiter.

„Jetzt prägt sie sich gerade den verdächtigen Ausländer ein." Scherz oder Verfolgungswahn? Wahrscheinlich beides. Sams Grinsen dazu wirkte jedenfalls unecht. „Vielleicht hätten wir vorher noch einmal anrufen sollen und sicherstellen, dass jemand zuhause ist", sagte er.

Vielleicht. Aber jetzt waren wir hier.

„Jake hat sein Telefon vielleicht nur stumm geschaltet", sagte ich. Erinnerte mich daran, wie sehr ich Blindflüge in Ermittlungen immer gehasst hatte.

Aber siehe da, da war noch jemand. Nicht bei den Kellys, aber nebenan. Eine Frau, wahrscheinlich aus Indien oder Pakistan, jedenfalls um die 30, beneidenswert hübsch, und höchst schwanger. Sie mühte sich aus dem Auto, ihre Füße passten trotz der Kälte kaum in ihre Sandalen.

Sie sah ungeniert zu uns herüber. War sich sicher, dass wir nicht hierhergehörten.

Unsere Chance. Schon war Sam am Start.

Zeigte auf die Einkaufstaschen auf dem Rücksitz und bot an, ihr zu helfen.

Sie nahm an, blieb aber zurückhaltend.

„Kann ich Ihnen helfen?", fragte sie mit mäanderndem Akzent und kam zu mir herüber, während Sam zwei Handvoll Tragtaschen zum Eingang des Nachbarhauses schleppte. Meine Gegenwart schien sie zu beruhigen. Und mich ihre. Mein Akzent klang ziemlich irisch, aber nur für Leute, die nicht von hier kamen. „Warten Sie auf Meg?"

Meg?

„Wir wollen eigentlich Jake besuchen. Sie wissen nicht zufällig, ob er bald nach Hause kommt?"

Sie blieb stehen, die makellose Stirn wellte sich in Ratlosigkeit.

„In dem Haus wohnen Meg und ihr Mann Trevor. Sie haben zwei kleine Mädchen, die heißen sicher auch nicht Jake. Sie irren sich wahrscheinlich in der Tür. In der Siedlung hier haben sich schon viele verlaufen."

Sicher nicht. Ich schüttelte den Kopf.

„Tut mir leid", sie klimperte mit dem Schlüssel, wiederholte ihre Aussage noch einmal für Sam. „Aber ich lebe erst seit einem halben Jahr hier, vielleicht ..."

„Sorry. Meinen Sie die Familie Kelly?"

Es war die Frau mit dem doppelreihigen Kinderwagen. Sie hatte tatsächlich noch einmal umgedreht, ihr Telefonat beendet. Sie wusste, worüber wir gesprochen hatten. Grüßte die ihr bisher offenbar unbekannte Nachbarin mit der schwesterlichen Herzlichkeit, mit der junge Mütter andere Schwangere überschütten.

Für Sam und mich gab es zumindest noch Höflichkeit. Ihre Hände blieben auf den Handgriffen des Buggies, rollten ihn hektisch vor und zurück.

„Kennen Sie Jake und seine Frau?", fragte ich. Lieber noch einmal sichergehen.

Die weiche Freundlichkeit verschwand endgültig aus dem Gesicht der Frau. Ihr Unterkiefer schob sich nach vorne in Erwartung einer Auseinandersetzung. Hoffentlich weckte sie nicht auch noch das Kind.

„Sind Sie von der Presse?"

„Von der Polizei." Ich zeigte ihr meinen deutschen Ausweis. Hoffte, sie sah ihn sich nicht zu genau an. „Wir brauchen eine Auskunft von den beiden."

Aber schon tat das öffentliche Dokument seine Wirkung.

Kurz schien sie der Gedanke zu streifen, warum die Guards, die doch meistens alles über alle wussten, hier persönlich nachfragten. Zog wieder vorüber. Zurück blieben Reste eines alten Schocks.

„Sarah lebt nicht mehr hier. Hat das Haus verkauft und ist zu ihren Eltern. Kein Wunder bei all dem, was passiert ist."

Ihr Ton war vertraulich, als wüssten alle Anwesenden Bescheid. „Meine Familie und ich wohnen gleich hinter dem Haus. Unsere Grundstücke haben eine gemeinsame Grenze. Wir sind sogar am selben Tag eingezogen wie die Kellys. Wir sind alle noch immer fassungslos."

„Das tut mir leid", sagte Sam. Ein ziviler Reflex, der uns in Teufels Küche bringen konnte, sollte die Nachbarin der Kellys beginnen, sich Fragen über diese angeblichen Polizisten zu stellen. Tat sie aber nicht. Zu gefangen in einer Erinnerung, die sie verfolgte. Eine Erinnerung, die unseren Fall in Bewegung bringen würde. Mehr als das. Wir mussten nur noch ein wenig den Mund halten. Die Botschaft kam bei Sam an. Also schwiegen wir, während die schwangere Nachbarin sich mit beiden Händen über den Bauch rieb, der aus ihrem aufgeknöpften Mantel hervorragte wie diese Hüpfbälle aus meiner Kindheit. Alle Sinne waren bereit zum Speichern des zukünftigen Nachbarschaftsklatsches.

„Ich hoffe, es ist nichts Schlimmes passiert?"

„Doch", sagte die Frau mit der Bommelmütze. „Ich befürchte schon."

Jake, im April 2018

Dad schien positiv überrascht, als er ihnen die Tür öffnete. Umarmte Molly, gab Oisín einen Fist Bump und erinnerte sie alle daran: In diesem Haus wurden die Schuhe ausgezogen. Molly war schon alt genug, um darüber die Augen zu rollen, als Dad nicht hinsah. Genervt wie Jake früher. Er lächelte unwillkürlich.

„Siehst gut aus", sagte Dad, nachdem die Kinder mit ihrem Kram ins Haus verschwunden waren. Eine Belobigung. Jake hatte eine ihm gestellte Aufgabe gut gemeistert. „Du machst wieder Sport. Das ist gut."

„Es geht mir auch nicht schlecht", sagte er. Zum ersten Mal seit Längerem stimmte das. Seit er einen Plan hatte, war alles besser. Ruhiger. Der Tsunami, der noch in der Nacht nach Ankunft der Vorladung über ihn hinweggespült war, jeden rationalen Gedanken mit sich fortgerissen und seine Lungen mit Panik geflutet hatte, er hatte sich zurückgezogen.

Das Schlachtfeld darunter wurde dadurch erst so richtig sichtbar, aber der Gedanke störte ihn nicht. Seltsam, wie frei es sich wieder atmete, wenn man eine Entscheidung getroffen hatte. Wie logisch alles erschien, klar und folgerichtig. Er wünschte sich nur, er wäre früher so weit gewesen.

„Danke, dass die Kids heute bei dir bleiben können. Bei Sarah wird's später, sie bleibt bei ihren Eltern. Sie lässt dich grüßen."

„Du weißt, sie sind mir immer herzlich willkommen, wenn Not am Mann ist." Ein Vorwurf. Dass sie weiter von ihm weggezogen waren und näher zu Sarahs Eltern, sah Dad als persönlichen Rachefeldzug an ihm. Nicht ohne Grund. Mit Sarah hatte es von Anfang an Spannungen gegeben. Zu ehrgeizig für eine Frau. Zu viel Meinung. Zu wenig da für ihre Kinder. Zu viel wie Dad selbst.

Sie lässt dich wie einen Schlappschwanz aussehen, Jake.

Vielleicht, weil ich einer bin, Dad.

So wenige Worte nur. Ihm war trotzdem klar gewesen, sie würden Konsequenzen haben. Dad hatte daraufhin seine Kiefer aufeinandergeschraubt und nicht mehr mit ihm gesprochen. Monatelang. Erst als Ma krank geworden war, kurz vor seiner Hochzeit mit Sarah, hatte Dad wieder von sich aus mit Jake kommuniziert. *Hab ja nur den einen Sohn, nicht wahr?*

Seine Art der Entschuldigung. Jake war das gewohnt. Sarah überzeugte die angedeutete Reue bis heute nicht. Die Unversöhnlichkeit, den Groll teilten sich die beiden nämlich auch.

„Bleibst du ein wenig? Ich hab genug Würstchen und Kartoffelbrei für alle." Dad in der Schürze. Vor ein paar Jahren noch unmöglich, weil unmännlich. Wenn Ma ihn nur so hätte sehen können. Jetzt stand er da und wirkte lächerlich, und verletzlich. Er widerstand dem Drang, ihn an sich zu ziehen, weil er wusste, wie abscheulich sein Vater solche Gefühlsduseleien fand.

„Sorry, aber ich hab den Jungs versprochen, dass ich um spätestens sechs da bin. Wer verteidigt sonst links außen? Vielleicht danach?"

Dad nickte. Sport zog bei ihm immer, Stärke und Ertüchtigung.

„Ich muss zurück zu den Kartoffeln", sagte er und winkte Jake wortlos durch, als er fragte, ob er schnell noch aufs Klo konnte.

Auf Socken nahm er die mit Teppich bezogenen Treppen nach oben in den ersten Stock. Bog nicht nach links ins Bad ab, sondern nach rechts, ins Schlafzimmer. Er hatte nicht viel Zeit.

Aber er wusste, was er brauchte und wo er es fand. Dad legte alles an denselben Platz. Immer.

In der Küche brutzelte es, der Dunstabzug röhrte dazu. Jetzt. Die Heckler & Koch lag in der untersten Schublade des Nachttisches, unter den Bandagen für Dads Gelenke, die schwächer wurden in letzter Zeit. Das sollte verborgen bleiben. So wie die Waffe.

Kalt, schwer. Beruhigend.

Seine Eltern hatten oft genug über die Waffe gestritten. Es war wie im Kalten Krieg, hatte Dad erklärt, als er sie ihm als Teenager zu Mas Entsetzen gezeigt hatte. *Um den Ernstfall zu vermeiden, muss man für ihn bereit sein.*

Das war er jetzt.

Es dauerte etwas, bis er die Patronen fand, im Nachttisch auf Mums ehemaliger Seite des Bettes. Ein letzter bitterer Gruß seines Dads an seine Ex, die ihm schon lange nichts mehr verbieten konnte. Er nahm sich fünf Stück und steckte sie sich in die Tasche seiner Kapuzenjacke. Auf der anderen Seite die Pistole. Das Metall wurde warm und feucht unter seinen Fingern. Der Griff zum Glück rutschfest.

Schublade zu.

In seinem Kopf rauschte es. Blut, Atem, die Kochgeräusche aus der Küche. Es roch nach Würstchen. Zuhause.

Er steckte sich die Waffe in die linke, die Patronen in die rechte Jackentasche. Verließ das Schlafzimmer und schlüpfte noch schnell ins Bad. Betätigte die Spülung, schloss betont laut die Tür.

Im Wohnzimmer auf der Couch starrten die Kinder mit gesenkten Köpfen ins Handy. Jake hatte es Molly auf der Fahrt hierher übergeben. Dad hatte keinen Fernseher, von Streaming-Kanälen ganz zu schweigen. Irgendwie hatte er sie dazu überreden müssen, bei ihm zu bleiben.

Ich brauch das Handy nicht für das Training. Gib es mir einfach nachher wieder. Er hatte sich selbst gewundert, wie leicht ihm diese Lüge über die Lippen gerutscht war.

„Machts gut, Kids", sagte er, als er ging. Winkte mit seiner freien Hand hinein ins Wohnzimmer. Oisín winkte zurück. „Machs gut, Dad", sagte Molly mechanisch.

Dad sah vom Herd auf, aber nur kurz. Das Kochen nahm ihn voll in Anspruch. Und dann war Jake in seinem Auto. Einfach so.

Er fuhr nicht zum Training. Er fuhr in Richtung Süden. Vorbei am Stadtzentrum und noch weiter in die Vororte, wo die Gewinner dieser Welt lebten. Leute, die ihr Zuhause nicht verlieren würden, weil sie sich rechtzeitig die Schäfchen ins Trockene geholt hatten oder holen würden. Weil sie andere Gewinner kannten, die an den richtigen Stellen saßen. Weil sie die Leute waren, die das Land betrogen hatten, während Leute wie Jake und Sarah den Preis bezahlten. Die ihnen mit hochgestochenen Worten, bei denen man den Süddubliner Snob-Akzent regelrecht im Ohr hatte, vorrechneten, wie weit sie im Rückstand waren mit ihren Raten, und dass Zinsen zurückzahlen allein nicht mehr reiche, jetzt brauche es eine Rückzahlung der ausständigen 70.800,– Euro, in Worten siebzig-tausend-acht-hundert, man sehe sich sonst gezwungen, den gesamten Kredit fällig zu stellen. Die empfahlen, sich Unterstützung von einem Anwalt zu suchen, so als würde nicht jedes Wort, das sie mit einem von Kellehers Klonen im Anzug sprachen, mehr kosten, als Jake die letzte Woche über verdient hatte. Die in ihren Festungen in Ballsbridge lebten, oder in Blackrock oder hier, in Monkstown.

Hier, auf diesem Parkplatz mit Blick auf die Dublin Bay war er zum letzten Mal an einem Juniabend 2003 gewesen. Mit Sarah, kurz nachdem sie einander kennengelernt hatten. Sie hatten der Sonne beim Versinken hinter der Stadt zugesehen. Die beiden alten Schlote des Poolbeg-Kraftwerkes, die schon so lange nicht mehr rauchten und sich jetzt als hässlichstes Wahrzeichen von Dublin und vielleicht ganz Europas wichtigmachten.

Sie hatten gewartet, so wie er heute, bis die Dunkelheit über die Irische See hereingerollt kam. Eine dunkle Flut, die den Strand von Sea Point, den Martello Tower, die letzten Schwimmer und Spaziergänger mit sich in die Nacht spülte. Sie hatten über ihre gemeinsame Zukunft geredet, ihr Drehbuch dazu voll mit Abenteuern und Highlights, und sicherlich auch mit Tiefen, aber nicht so tief wie *das hier*.

Sarahs Hand in seiner robust und kühl, und jetzt die Heckler & Koch. Wie damals versprach er Sarah, dass er es nicht versauen würde. Und dieses eine Versprechen zumindest, das würde er halten.

Im guten Zimmer

1

Das Haus von Sarah Kellys Eltern war eine Zeitkapsel. Katapultierte mich zurück in die Arme meiner Erinnerungen. Wie schon bei meiner Dublin-Nana üblich, parkte Sarahs Mutter uns im „guten Zimmer" für besondere Anlässe und Gäste. Hinter Fenstern und einer versperrten Glastür ein Wintergarten mit beschlagenen Scheiben. Ihr Angebot von Tee war ein sanfter Befehl, dem nach meinem warnenden Blick auch Sam dankend folgte. Sie entschuldigte die Abwesenheit ihres Mannes, sie sei eine typische Golf-Witwe, lachte verstohlen und zog dann die Tür hinter sich zu. Ihre Herzlichkeit eine Wohltat nach meinem Telefonat vorhin mit ihrer Tochter Sarah.

„Von wem haben Sie diese Nummer?", hatte sie mit vor Kälte steifen Stimmbändern gefragt, nachdem ich mich vorgestellt hatte. Schweigen, als ich ihre ehemalige Nachbarin erwähnte. Die Arme wurde gerade von einer Liste gestrichen.

Kaum eine von Sarahs Antworten hatte mehr als ein, zwei Silben gehabt. Niemand freute sich über Anrufe der Polizei, erst recht nicht in einem Großraumbüro. Sie hatte uns erklärt, dass ihr Handy während der Arbeit stumm geschaltet war. Uns um etwas Geduld gebeten, sie habe ohnehin gleich Dienstschluss. Diktierte uns die Adresse ihrer Eltern, die gleich in der Nähe von ihrem Arbeitsplatz wohnten.

Wir warteten, versunken in Polstermöbeln und diesem schlappen Nachmittag, umzingelt von Spitzendeckchen und Zierkissen, Untersetzern mit Motiven irischer

Seevögel. Im Kamin knisterte ein frisch entzündetes Gasfeuer. Seine Wärme war uns willkommen in diesem klammen Zimmer. Wahrscheinlich war die Familie zu Weihnachten zum letzten Mal zusammengekommen. Ein leiser Geruch nach feuchtem Mauerwerk. Irische Gemütlichkeit alter Schule.

Im Alkoven die Familienfotos mit den üblichen Schlachtreihen grinsender Gesichter. Drei Kinder in Rot-blond, zwei Jungs, dazwischen eingeklemmt die unschein-bare, pausbackige Sarah. Hochzeiten. Enkelkinder. Die all-gemein anerkannten Abzeichen eines gelungenen Lebens.

Sarahs Mutter setzte uns einen Pott Tee vor, das gute Geschirr mit den Rosenknospen kam auf den Tisch, dazu getoastetes Früchtebrot und gelbliche Butter. Wie im-mer schmeckte es viel besser, als es aussah. Eine gan-ze Raffinerie voll Zucker, aber meinetwegen. Bitteres hatte ich satt für heute.

Wir sprachen nicht viel. Sam sah über seine ver-schränkten Finger ins Feuer, brütete wie über einem Schachzug. Nach dem Ende der Geschichte von Sarahs Nachbarin hatte ich vorgeschlagen, auf schnellstem Weg zu Sarah Kelly zu fahren. Er hatte zugestimmt, ohne Ein-wände von wegen Alleingängen. Er spürte es also auch.

2

Man hörte Sarah von weitem kommen. Laute Schrit-te, energisches Hantieren mit Türgriffen, Schubladen, Schlüsseln. Eine Frau, die man früher wahrscheinlich stets ermahnt hatte, sich etwas zurückzuhalten. Zarter, fragiler, weiblicher zu sein.

Sarah Kelly war vor allem eins – erschreckend dünn. Ihre hohen Wangenknochen warfen Schatten, ihre tief und eng liegenden Augen flackerten. Etwas in ihr brannte Tag und Nacht.

Sie reichte uns die Hand – eine schmerzhafte Botschaft für sich. Sogar Sams samtiges Lächeln verrutschte kurz.

„Gleich kommen die Kinder vom Training", sagte sie, setzte sich mit dem Rücken zum Wintergarten. Schickes Blusenkleid, Stiefel, deren Schäfte zu weit waren, als habe sie die von ihrer großen Schwester geliehen. Verschränkte Arme, überkreuzte Knöchel. „Wie kann ich Ihnen helfen?"

„Es dauert nicht lange", sagte Sam. Keine Ahnung, woher er die Information nahm. Aber Sarah Kellys Atem vertiefte sich ein wenig.

„Gut." Sie rückte sich in ihrem Lehnstuhl zurecht, wartete mit gerunzelter Stirn darauf, dass ich erzählte. Kaum fiel der Name Aidan Kelleher, unterbrach sie mich sofort.

„Natürlich habe ich davon gehört. Die Sache war überall in den Nachrichten, erst vor ein paar Tagen wieder. Eine Tragödie für die Familie." Sie klang nicht besonders traurig. „Sind Sie seinetwegen hier? Ich hoffe nicht. Ich habe diesen Mann ein einziges Mal persönlich getroffen, und das nur kurz. Ich weiß *nichts* über ihn." Bisschen viel Gewicht auf einem Wort.

„Aber er stand mit Ihnen in Korrespondenz."

Sie tastete ihre Zahnaußenflächen mit der Zunge ab.

„Nicht mit mir. Jake hat mir diese Drohbriefe vom Anwalt verheimlicht. Wir haben sie erst in seinem Büro gefunden, als alles schon vorbei war, die meisten hatte er nicht einmal geöffnet."

„Wer waren denn *wir*?", fragte Sam. Richtiger Gedanke. Nur leider ein schlechter Zeitpunkt. Die Löwin war verwundet, aber nicht wehrlos.

„Jakes Dad, wahrscheinlich", sagte sie durch ge-
fletschte Zähne. „Ich stand ziemlich neben mir in der
Zeit. Ich hoffe, das ist verständlich."

Ja, auch wenn sie es einem schwer machte. Sarah
Kelly war dafür zu wütend. Zu direkt. Eine, die ihr über-
reichte Friedenspfeifen über das Knie brach. So eine
Haltung nötigte mir Respekt ab. So würde sie überleben.

„Nachdem sie Jake gefunden haben, waren Ihre Leute
ja schon mal hier", sagte sie. „Haben mich behandelt wie
eine Kriminelle, dabei stand mir die Scheiße schon bis
zum Hals. Und dann noch die Pfändung ..." Sie winkte ab.

„Ihr Haus wurde versteigert?"

„Klar. Ich habe denen sofort gegeben, was sie wollten. Was hätte ich tun sollen? Auch noch einen Prozess
gegen mich bezahlen? Wir waren mit den Raten seit
Jahren im Rückstand, das ließ sich nicht schönreden.
Wir waren beide mehrere Jahre arbeitslos, so wie viele in diesem Land. Als ich wieder einen Job hatte, haben wir sofort wieder gezahlt, was ging. Aber die volle
Rate war unmöglich, sie war einfach zu hoch, von Anfang an. Wir wurden über den Tisch gezogen, und unser Zuhause war der Preis dafür. Besser gesagt, meiner."

Ein schneidender Gruß an Jake in seinem kusche-
ligen, sorglosen Jenseits. Während sie festsaß bei ihren Eltern, eingepfercht mit ihrer Verantwortung. Die
Realität des Neufangs, die nichts zu tun hatte mit den
Moodboard-Bildern von Achtsamkeitszeitschriften oder
der Geschichte, die ich mir für Nadine Meade zusam-
mengezimmert hatte. Nur mit Verlust. Meine Mutter
konnte ein Lied davon singen. Und ich? Konzentrierte
mich besser schleunigst auf meine Arbeit.

„Von wem wurden Sie über den Tisch gezogen?"

Ihre Augenbrauen zwei ironische Bögen. Wo anfangen?

„Ich habe Ihnen alles gesagt, was ich von Aidan Kelleher weiß. Wollen Sie sonst noch etwas besprechen, Detective Logan?"

„Letzte Woche wurde in der Stadt eine junge Frau ermordet. Wir gehen davon aus, dass sie das Opfer einer Verwechslung wurde. Eigentlich sollte es eine Führungsperson aus dem Team einer Kapitalverwaltungsfirma namens ProAsset treffen."

Kapitalverwaltung. Sarah Kellys Lippen spitzten sich angewidert. Ihr Gesicht ein Relief in der beginnenden Dämmerung. Niemand machte Anstalten, das Licht einzuschalten. Noch hatten wir das Feuer.

„Wie tragisch für die junge Frau", sagte Sarah leblos.

„Vor ein paar Tagen gab es außerdem einen Brandanschlag, nicht weit von hier. Eine pensionierte Frau und ihre Hunde wurden dabei schwer verletzt und das Haus ist unbewohnbar."

Die Witwe Kelly faltete ihre Hände im Schoß. Ihre Daumen umkreisten einander wie Gegner im Ring, während sie sich fragte, worauf genau dieses Gespräch hinauslief. Ich zeigte ihr das Bild von der geschwärzten Hausfassade und dem Graffiti darauf.

Home lost Home.

Ihre Lippen bebten bei dem Anblick. Amüsiert? Befriedigt? Schwer zu sagen.

„Die Frau hieß Kate Magee und war bis zur Krise die Leiterin der Hibernia-Bank in Celbridge. Möglicherweise waren Sie mit ihr in Kontakt, als Sie für Ihre Hypothek unterschrieben haben."

Zwei rasche Einschläge in Folge. Die Erinnerung zuerst. Dann: Schlussfolgerung. Sarah Kellys Augen wurden größer. „Bei den Ermittlungen sind wir auf mehrere Personen gestoßen, die – entweder direkt oder indirekt – Kontakt mit allen drei Opfern dieser Anschläge hatten."

Noch größer.

„Und ich bin eine von ihnen." Das war keine Frage. Sarah Kelly war nicht auf den Kopf gefallen. Stellte sich ihre Verbindungen selbst her. „Wann auch immer diese Anschläge passiert sein sollen, ich kann Ihnen absolut garantieren, dass ich zu dem Zeitpunkt entweder bei der Arbeit oder hier bei meinen Kindern war. Für was anderes habe ich nämlich weder die Zeit noch das Geld, das können Sie mir glauben."

„Wir sind nicht hier, um Sie zu verdächtigen", sagte ich, bevor Sam noch mit irgendwas Treuherzigem rüberkam. Natürlich war Sarah verdächtig. Eine dicke rote Datenspur führte zu ihr. Ob sie auch bei ihr endete, würden wir erst sehen. Aber sie war schlau. Ich traute ihr viel zu. In jedem Sinne.

„Da bereits zwei Personen tot sind und eine dritte schwer verletzt, besteht die Möglichkeit, dass noch mehr Menschen zu Schaden ..."

„Garantiert", unterbrach sie mich, als langweilte sie sich schon seit Stunden mit mir und wollte das Gespräch endlich vorantreiben. „Und es werden noch mehr Menschen zu Schaden kommen, Detective, so wie schon Tausende zu Schaden gekommen sind, in diesem unsäglichen Skandal." Sarahs Daumen pressten sich jetzt aneinander, die Spitzen weiß vor Anstrengung, sich unter Kontrolle zu halten. Mit bedingtem Erfolg. „Und bei allem Respekt für Ihre Arbeit, ich kann damit leben, wenn jemand diese Leute mal zur Verantwortung zieht. Mein Mann sah keinen anderen Ausweg, als alles hinter sich zu lassen, was ihm je etwas bedeutet hat, und was machen die? Tun so, als hätte das nichts mit ihnen zu tun, bedauern mal eine Runde und stecken sich dann meine Lebensgrundlage in den Rachen. Und wer redet über unser Schicksal? Wo sind die Ermittlungen gegen diese Leute, die irgendwo auf ihren Yachten schippern und vor Lachen nicht in den Schlaf kommen, weil Leute wie ich ihre Rechnung bezahlen? Oder wie Jakes Dad? Der musste in seinem Ruhestand nochmal kellnern gehen, weil er uns seinen Spargroschen geliehen hat und, wenn überhaupt, einen Bruchteil von mir zurückkriegt, irgendwann. Wer ermittelt denn für uns?" Das waren alles gute Fragen. Jede ein kleiner Sprengsatz, geworfen mit dem Zorn der Verzweiflung. Mit der Wut auf die eigene Rolle im bösen Spiel, darüber, dass man hoch gesetzt hatte und alles an die Bank verloren, der Wut, die man umleiten musste auf andere, weil man sonst in ihr unterging, so wie Jake Kelly. Und sie zündeten alle. In meinem Magen. In meinem Kopf. Sprengten den Weg frei zu diesem Fall, während Sarah Kelly zu ihrem Urteil kam: „Also sollte jemand da draußen beschlossen haben, diesen Verbrechern mal zu zeigen, was ein ruiniertes Leben ist, dann ziehe ich, unter uns gesprochen, meinen verdammten Hut vor ihm."

Sarah sog tief Luft ein, die letzten Reserven aufgebraucht. Sie rieb sich den Nacken und zog sich den bereits sehr ordentlichen Pferdeschwanz noch einmal fest, während sie offenbar überlegte, ob sie zu weit gegangen war, und ob es außerdem wirklich notwendig war, dass ihre Mutter uns mit dem Feiertagsporzellan bewirtete.

Ich nahm einen Schluck, begleitet vom Knistern des Feuers. Kalt. Trotzdem, gut für die Nerven.

„Ihr Schwiegervater kellnert, sagen Sie?", fragte ich, sah im Augenwinkel, wie ein Ruck durch Sam ging, er sich in seinem schweren Polstersessel aufrichtete.

„Ja, ein paar Tage die Woche, glaube ich", sagte sie, ihr Feuer nur noch Asche. Sie berührte den keltischen Knoten, der an einer Goldkette um ihren Hals hing. „Ivan und ich haben nicht besonders viel Kontakt, seit ... alldem." Ihre Stimme versandete. Mein beruhigendes Lächeln beunruhigte sie. Der stumme Dialog, der da gerade zwischen mir und Sam geführt wurde.

„Ihr Schwiegervater heißt Ivan? Ivan Kelly?", fragte Sam, als hörte er den Namen zum ersten Mal. Tat er wahrscheinlich auch, strenggenommen. So wie mir war ihm der Gedanke gar nicht gekommen, dass Jake ein moderner Mann gewesen war, und wir beide typische Kinder unserer Generation.

„Ivan Johnston", korrigierte Sarah. „Jake hieß Johnston und hat meinen Namen angenommen. Den Namen hat er gehasst. Aber natürlich war es trotzdem irgendwie meine Schuld und ein Riesendrama damals für Ivan, so als wäre Jake für ihn dadurch weniger wert. Aber, na ja, was spielt es jetzt noch für eine Rolle?"

Keine. Und doch. Meinen ersten Streit mit meinem zukünftigen Ex-Mann hatte ich am Tag nach dessen erfolgreichem Heiratsantrag. Darüber diskutiert, warum ich eine Logan bleiben wollte, „trotz allem". Ich erzählte das Sarah Kelly und sie lächelte im orange flackernden Halbdunkel darüber. Ein harter Kern unter all der Verzweiflung. Welcher Tiefschlag auch kommen mochte, sie würde ihn einstecken und weitergehen.

Und wir? Würden DI Flanagan anrufen müssen. Es war höchste Zeit.

Ivan, bei Einbruch der Dunkelheit

Sie kamen. Kündigten sich sogar an, weil sich Polizisten immer ankündigen, sogar wenn sie einen überraschen wollen. Die Stimme von Detective Inspector Logan frisch und scharf in der Leitung, wie eine Brise aus dem Nordwesten. Frauen. Überall waren sie heutzutage.

Seine Verwunderung war gespielt, denn Sarah war Detective Logan um 20 Minuten zuvorgekommen. Wenn sie Angst hatte, suchte sie Kontakt.

Was ist los? Warum fragen mich die Guards auf einmal wegen dieses Anwalts aus? In Kate Magees Haus hat es gebrannt. Und auf irgendeinen dieser Fonds-Haie gab es einen Anschlag, und da spuckt der Polizei-Computer Jake als mögliche Verbindung aus, noch dazu mit meiner Nummer. Die verdächtigen mich, Ivan. Was passiert da gerade?

Nichts, Sarah. Er beschwichtigte sie mit dem Report im Fernsehen, der eine Flut meist nutzloser Hinweise auslöste, und die Guards mussten die nun abarbeiten, die armen Schweine.

Sie roch den Bullshit von Weitem, aber sie fragte nicht, aus welcher Richtung er kam. Widersprach ihm zur Abwechslung mal nicht. Fragte nur zerstreut, wie es ihm gehe, und er sagte, gut, und sie sagte, wie immer, die Kinder vermissten ihn, und ob er denn mal wieder vorbeikäme, und er sagte, das würde er tun, so wie immer.

Er versprach, sich bei ihr zu melden, wenn die Guards wieder weg waren, und ging dann unter die Dusche. Sich vorbereiten.

Detective Inspector Logan. Eine dieser Frauen, die auch um die 40 noch richtig gut aussehen könnten, würden sie sich nicht in einem Männerberuf verbrauchen. Dieser unattraktive Zug um ihren Mund, der ständig sagt: *Nicht mit mir.* Die spöttischen Katzenaugen, die behaupten, schon alles zu wissen, man solle sich die Mühe von Ausreden sparen.

Wie erwartet ist sie nicht alleine gekommen.

Der orientalisch aussehende Typ aus dem österreichischen Innenministerium ist mit dabei. Den kennt er schon von der Zeugenbefragung im Garda-Präsidium. Wieder lächelt er harmlos und überlässt Detective Logan das Reden. Bei Jake und Sarah war das genauso. Verkehrte Welt.

Er fragt Logan nach ihrem Akzent, der sich falsch anhört. „Interessant", nennt er es.

„Deutsche Mutter", sagt sie, und in den Taschen ihres Mantels, in die sie ihre Hände gesteckt hat, beginnt ein Schlüsselbund zu klimpern. „Können wir trotzdem reinkommen?" Sie sieht ihn an, als würde sie gleich einen Witz auf seine Kosten machen. Die Schuhe ziehen sie beide aus, ohne mit der Wimper zu zucken.

„Bei uns macht das fast jeder", erklärt der Orientale gutmütig. Offenbar der Good Cop. Passt nicht zu ihm. Er sieht aus wie einer von den Bösen. Vielleicht war er sogar selbst mal beim Militär.

Er überragt Detective Logan deutlich, nachdem sie die Stiefel ausgezogen hat. Trotzdem. Füße in Socken sind einer der großen Gleichmacher dieser Welt. Außerdem, und das ist nur wenigen Menschen bewusst, steht dadurch eine Waffe weniger zur Verfügung.

Er führt sie ins Esszimmer und sie setzen sich ihm gegenüber an den Tisch, ihre Überbekleidung im Schoß, Rücken zum Fenster, ihre Handys mit dem Display nach unten wie ein Blatt Karten beim Poker. Sollten sie Waffen tragen, dann sind sie nicht zu sehen. Sie schütteln beide den Kopf, als er Wasser anbietet.

Dann lässt sich die Stille bei ihnen am Tisch nieder.

Der Orientale aus Österreich zeigt auf das runde Logo auf seiner Kapuzenjacke.

„Irische Armee?"

„25 Jahre. Quartiermeister."

„Respekt." Sein Gegenüber gibt sich beeindruckt. Reine Taktik. Er war dabei beim Gespräch im Garda-Hauptquartier, als Ivan das schon einmal erzählt hat.

Logans Katzenblick wandert währenddessen über etwas. Wahrscheinlich die Familienbilder. Sie wirkt konzentriert wie am Start eines sportlichen Wettkampfes. *Nicht notwendig,* möchte er ihr gerne sagen. *Es gibt nichts zu gewinnen. Für niemanden in diesem Raum.* Aber er bleibt stumm. Wartet auf den Startschuss.

Sie streicht sich die Haare hinters Ohr, ihr Ehering dünnes Gelbgold, und sagt: „Menschen zu versorgen liegt Ihnen offenbar."

„Hab ich wahrscheinlich im Blut. Mein Dad hat ein Pub geführt, sein Bruder und ein paar Cousins auch."

„Aha. Und wie landet man da in der Armee?"

Die richtigen, unverfänglichen Worte dafür brauchen Zeit. Logan gibt sie ihm.

„Pubs fressen ihre Besitzer." Und die Besitzer fressen dann ihre Familien. „Ich wollte mehr Struktur und Verlässlichkeit."

Ihre Augen weiten sich für einen Moment. Sie erkennt etwas in seiner Aussage wieder. Oder macht sich darüber lustig.

Was auch immer sie tut, es bringt ihm das Jucken seitlich an seinem Unterschenkel ins Bewusstsein. Direkt unter dem Holster. Er hat das Material nie vertragen. Unmöglich, an die Stelle zu gelangen, ohne ihn abzunehmen oder sichtbar zu machen. Dann wäre das hier schneller vorbei als gedacht. Aber noch ist er im Rennen. Wie lange noch, hängt davon ab, wie viel sie wissen.

Nicht viel, stellt sich heraus. Detective Logan stochert mal hier, mal da mit ihren Fragen. Kein erkennbares Konzept.

Über seine Zeit bei Bites & Bobs. Vier Jahre schon? „Beeindruckend", sagt sie. Ihr ist anzusehen, dass die Tatsache sie aus dem Takt bringt. Wahrscheinlich dachte sie, er habe sich mit Absicht in diesen Job eingeschleust. Dabei war es umgekehrt. Chancen erkennen. Möglichkeiten nutzen. Ein Warten auf Gelegenheiten. Mehr war es nicht.

Sie ändert die Richtung. Wenn Bites & Bobs vor allem für das Top-Segment des Marktes arbeitet, trifft er doch sicher auch wichtige Persönlichkeiten?

Ja.

Auch Leute wie Bono?

Den besonders oft. Der ist überall. Aber auch Politiker, von lokal bis national. Die Wiesel der Irischen Wirtschaftsförderungsagentur, die den Silicon-Valley-Leuten in ihren abgetragenen Jeans und Sneakers so lange in den Arsch kriechen, bis endlich auch sie ihr steuervermeidendes Multinational in Irland ansiedeln. Alles teurer machen. Das irische Volk aus dem eigenen Land verdrängen, wie schon die Briten vor Jahrhunderten, nur mit anderen Mitteln. Die ihr eigenes Land verkaufen, und das nicht mal an den Höchstbietenden.

Das mit den Wieseln formuliert er genauso.

Registriert, wie Logan kurz die Luft anhält, das irritierte Blinzeln des Orientalen. Gut so.

Die meisten, mit denen diese beiden reden, wollen einfach nur ihre Haut retten. Mit Ivan Johnston ist es anders.

Aber Logan erholt sich rasch.

„Wenn Sie schon so lange dabei sind, begegnen Sie manchen Menschen sicher mehrmals."

„Vielen. Schwer zu vermeiden in Dublin. Jeder kennt jeden."

„Kannten Sie Herrn Gabernig auch schon?"

Also doch ein Konzept. Ihn mit harmlosen Fragen langsam einkreisen.

„Das eine oder andere Mal habe ich ihn gesehen", sagt er nach einer angemessen langen Pause.

Tatsächlich war es seine fünfte Begegnung mit dieser Schleimspur. Das dritte Mal, dass er vorbereitet war, das Glasfläschchen mit dem Salz tief in seiner Hosentasche. Das erste Mal, dass sich alle Faktoren zu seinen Gunsten aufreihen. Zumindest anfangs. Dann kam Jurgita zur falschen Zeit hereingeschneit, und die Dinge waren aus dem Ruder gelaufen.

„Wie steht es mit Danny Rabbitt?", fragt Detective Logan, als wäre ihr der Gedanke soeben erst gekommen. „Kennen Sie den auch von Ihrer Arbeit im Catering?"

Der Name trifft ihn aus dem Hinterhalt.

Warum eigentlich? Er hätte sich denken können, dass sie über Jurgita früher oder später auf Rabbitt stoßen. Der steht sicher unter Beobachtung. Und damit auch seine sozialen Kontakte.

„Wer ist Danny Rabbitt?", fragt er, zu spät.

In Detective Logans Augen leuchten alle Lämpchen. *Gleich hab ich dich.*

„Ein gefährlicher Mann", sagt sie. „Ich würde fast sagen, zu gefährlich, um sich mit ihm einzulassen."

Es sei denn, man hat Danny Rabbitts Augenstern von Tochter vor dem Ertrinken gerettet, so wie Ivan und Jake damals am Strand von Portmarnock. Dann schuldet er einem was. Und auch wenn er mit Drogen handelt – Danny Rabbitt ist ein Mann, der weiß, was er seinem eigenen Handschlag schuldig ist.

Alles, was ihr wollt, hat er damals am Strand beteuert. *Wann immer ihr es braucht. Dann könnt ihr auf mich zählen. Egal ob morgen oder in zehn Jahren.*

Fünf Jahre später wiederholte er sein Versprechen im Fond seines eigenen SUV, Jurgitas Hand von seiner umschlossen. Die Pupillen riesig von irgendeiner Droge, redete er sich in Ekstase. Dass ihr Schicksal sie in Form von Jurgita wieder zusammengeführt habe, sei alles andere als ein Zufall. Sie habe ihn als Arbeitskollegen erwähnt, und er wäre schon eifersüchtig gewesen, haha, aber wer hätte denn ahnen können, dass er auf diesem verschlungenen Weg noch einmal dem Lebensretter seiner Tochter begegnet? Wenn das nicht die verrückte Art des Schicksals sei, einen Mann auf seine noch unbeglichene Schuld hinzuweisen, was war es dann?

Ivan schüttelte dazu nur den Kopf, noch ahnungslos darüber, was der Verlust des eigenen Kindes aus einem machen konnte. Und so nahm er Rabbitt zwei Jahre später beim Wort und schilderte ihm sein Anliegen. Der versprach seine Hilfe und die seiner Leute. Unter einer Bedingung.

Jedes Wort über mich ist tabu. Wenn irgendwas schiefgeht oder du dich erwischen lässt, dann hast du meinen fucking Namen verdammt nochmal nie gehört. Sonst klopfen wir bei dir an, egal ob du zuhause sitzt oder in einer Zelle.

Ich habe nicht vor, in einer Zelle zu sitzen, war seine Antwort darauf gewesen, und Danny Rabbitt nickte nur. Sie hatten eine Abmachung.

Da mochte eine Detective Logan daherkommen oder noch andere nach ihr. Er hält seine Zusagen.

Logan lehnt sich zurück, verschränkt die Arme vor der Brust und scheint sich zu fragen, was sie anfangen soll mit diesem aufrecht sitzenden Mann ihr gegenüber.

„Wie halten Sie das aus, Ivan?"

Ihre süffisante, besserwisserische Miene ist verschwunden. Ersetzt durch etwas Schlimmeres: Mitgefühl. Es dringt in ihn ein wie Wasser. Lässt feine Risse entstehen. Er kann es hören, als er fragt: „Was meinen Sie?" Unsicherheit. Detective Logan bemerkt sie sofort, und der Blick des Orientalen, zuvor fest auf Ivan gerichtet, sinkt auf die Tischplatte. Beschämt über die Schwäche seines Gegenübers. Oder er checkt sein Handy. Es liegt nicht mehr auf dem Tisch.

Ein Hitzesamen keimt in seinem Magen. Wuchert, während Detective Logans Blick von ihm abschweift, über seine Schulter, zurück zu den Fotos. Jedes Motiv, jede Position kennt er im Schlaf. Jake an seinem fünften Geburtstag, schon damals mit seinem typischen, unschlüssigen Lachen. Daneben seine Eltern bei ihrer Hochzeit. Darüber Jake und Sarah an dem Tag, als er ihren Namen annahm, weil er sich für Johnston schämte. Schräg rechts davon die neugeborene Molly. Ganz oben: Oisín am ersten Schultag, die Hand seines Großvaters auf der Schulter.

Als ihre Aufmerksamkeit zu ihm zurückkehrt, ist das Mitgefühl wieder aus ihr verschwunden. Verdrängt von Unverständnis.

„Wenn ich Sarah richtig verstanden habe, hat Kate Magee den jungen Leuten einen unverantwortlich hohen Kredit gewährt. Gabernig und sein Anwalt haben dafür gesorgt, dass sie das Haus wieder verlieren."

Er weiß, was die Bitch will. Widerspruch. Ein Zugeständnis, dass Jake Mitschuld an seinem Schicksal trägt. Dass er bei jedem Schritt die Wahl gehabt hat.

Den Vertrag nicht unterschreiben, die Mahnbriefe öffnen, seine Antidepressiva wie verordnet schlucken hätte können, aber zu schwach dafür war, sich verdammt nochmal nicht am Riemen gerissen und sich wie ein Mann benommen hat.

Er bleibt stumm, sie redet weiter.

„Und nach allem, was passiert ist, sehen Sie diesen Leuten Abend für Abend dabei zu, wie die sich amüsieren und weiter ihre Geschäfte treiben? Noch mehr Leute ins Unglück stürzen? Schenken denen noch ihren Schampus ins Glas? Wie schaffen Sie das?"

Sie schüttelt den Kopf. Wie über einen Feigling. Einen, der die andere Wange hinhält. Er möchte diese Schlange dafür ohrfeigen. Seinen toten Sohn und seine Prinzipien verraten, nur um unschuldig zu erscheinen? Das wird nicht passieren. Nie.

Dann lächelt sie, zum ersten Mal so richtig, und er wünscht sich, er hätte es nicht gesehen. Eine Lanze von Traurigkeit, direkt durch sein Herz. Unmöglich, jetzt etwas zu sagen. Wenn seine Stimme jetzt bricht, ist sein Gesicht endgültig verloren.

„Sie halten es deshalb aus, weil es Teil des Plans ist, nicht wahr?", sagt sie, während der Orientale zuckt wie elektrisiert. Sie beachtet ihn gar nicht. Für sie existiert nur Ivan. Und ihre Abscheu, die er vielleicht mit Trauer verwechselt hat. Das Lächeln schon wieder verflogen.

„Sie wollen es allen heimzahlen, die Jake mit auf dem Gewissen haben. Aidan Kelleher, und Kate Magee genauso."

Sein Lachen darauf ist mehr als nur ein Reflex. Es ist der Anfang vom Ende. Wenn auch etwas früher als erhofft, war es doch genauso wie erwartet.

„Diese Schlampe von Magee kenne ich noch von früher, aus der Schule. Sie wusste ganz genau, was sie tat."

Das Jucken um den Holster verstärkt sich ins Unerträgliche. Eine Aufforderung: Du hast noch eine Chance. Ein Abgang, spektakulär und unvergesslich. „Sie hat sich ausgeruht auf ihrem feinen Abfindungspaketchen, nachdem sie meinem Sohn eine Schlinge um den Hals gelegt hat. Und nicht nur ihm. Hunderte Leute haben sich schon aus Verzweiflung das Leben genommen. Aber wer zieht die Banken zur Verantwortung? Niemand. Dafür wirft der Staat die Leute den Geierfonds zum Fraß vor, die in noch mehr Geld schwimmen, während die nächste Generation die Cents zählt. Und niemand tut was dagegen."

Er weiß, dass er sich gerade selbst um Kopf und Kragen redet. Vielleicht zeichnet Logan dieses Gespräch sogar heimlich auf. Umso besser.

„Kate Magee hat die Kreditpolitik ihrer Bank nicht festgelegt", sagt sie, eine unbeeindruckte Richterin. „Sie hatte einen Job, und den hat sie gemacht."

„Wenn Sie sich hören könnten, Detective." Er lacht ihr ins Gesicht. „Jedes Übel der Welt stützt sich auf Leute, die *nur ihre Arbeit tun*. Sie als Deutsche, mit Ihrer Geschichte, sollten das doch am besten wissen. Als Handlanger eines verbrecherischen Systems macht man sich mitschuldig."

Nun wechselt sie doch noch einen Blick mit dem Orientalen. Halten ihn wahrscheinlich beide für verrückt. Sollen sie. Sie sind eben auch Handlanger.

„Aha." Da ist sie wieder. Die Frau, die sich über ihn amüsiert. Sie lehnt sich ihm über den Tisch entgegen. „Und wie steht es mit Ihrer Schuld, Ivan? Führen Sie Ihre eigene Moral nicht ad absurdum, wenn Sie Unschuldige mitreißen, so wie Laura Brunner? Die hat nichts getan, außer einem Mitmenschen einen Gefallen zu tun. Jetzt ist sie tot. Ermordet. Oder soll ich sagen", jetzt kommen sogar ihre Zähne zum Vorschein, „ein Kolla-teralschaden?"

„Nein." Ihr Zynismus ärgert ihn. „Es hätte nicht pas-sieren dürfen. Es tut mir aufrichtig leid. Hätte ich es verhindern können ..."

„Ach, hören Sie auf." Mühelos bricht ihr Angriff durch seine Verteidigung. „Hätten Sie es verhindern *wollen*, hätten Sie es getan. Wollten Sie aber nicht. Es hätte Ihren rechtschaffenen Feldzug zu früh beendet, nicht wahr?"

Nein. Es war Jurgita. Sie hat seinen Plan von der Schiene springen lassen. Ausgerechnet sie tauchte in dem Gang auf, gerade als der Teller fertig präpariert war, und bereit, ihn wieder aufzunehmen. *Ist dir nicht gut?*, fragte sie.

Nur ein kurzer Schwindel, alles in Ordnung. Warum war ihm nichts Besseres eingefallen?

Komm, ich nehme den Teller. Mach dich kurz frisch, bevor die alte Gouvernante von Connolly uns noch sieht.

Das flappende Geräusch von Flügeltüren aus der Kü-che in seinem Rücken. Jemand war auf dem Weg. Das Kaliumcyanid im Essen, die Bombe gezündet. Zu spät, sie zu entschärfen, ohne alles zu gefährden.

Na gut, nimm. Ist für den aalglatten Typen rechts außen.

Okay. Sie wusste sofort, wen er meinte, und grinste.

Und dann war es passiert.

Eine von Logans ironischen Fragen holt ihn zurück in den Augenblick.

„Welche Liste?", fragt er.

Sie blinzelt ihm zu.

„Es gibt immer eine Liste. Sie werfen das Netz immer-hin ziemlich weit aus mit Schuldigen an Ihrem Schick-sal. Wie behalten Sie den Überblick?"

„Es gibt keine Liste."

Seine erste echte Lüge.

So ungeübt, so durchschaubar, Logans Mundwinkel heben sich.

„Das werden wir sehr bald herausfinden."

Hinter ihrem Rücken wird es hell vor dem Fenster. Der Bewegungsmelder. Schwarze Schatten huschen durch das Licht. Sie kommen. Noch mehr von den Guards. Sicher nicht die kumpelhaften Weicheier in Uniform von der Straße. Solche mit Helmen und schweren Stiefeln. Maschinenpistolen.

Logan schaut ihn an, als habe er gerade alle ihre Erwartungen erfüllt. Hat ihn in eine Ecke geredet, aus der ihn ihre Kollegen nun pflücken können. Aus dem Verkehr ziehen, bis sie alle bisher fehlenden Punkte miteinander verbunden haben. *Gewonnen*, denkt sie. Noch.

Schließlich war ihm von Anfang an klar, dass seine Tage gezählt sind, sein Zeitfenster für die Wiedergutmachung begrenzt. Deshalb wird er auch diese letzte, unverhoffte Chance nutzen. Ein Signal setzen, zu deutlich, als dass sie es ignorieren können.

Er beugt sich nach vorne, schiebt den Stoff seines Hosenbeines nach oben.

„Subjekt bewaffnet!", schreit jemand. Der Orientale. Überraschend fix für einen Papiertiger aus dem Innenministerium. Seine Stimme dröhnend, sein Akzent ein Faustschlag auf die Ohren.

Ivan öffnet gerade den Holster, als schon ein Sessel zu Boden poltert. Zieht die Glock, als der Orientale ihn mit einem brutalen Bodycheck zu Boden stößt. Hält die Waffe mit beiden Händen umklammert, als sich dessen Knie in seine Brust rammt und der Ellenbogen unter sein Kinn.

Hört, wie die Eingangstür unter dem Druck von Stiefeln erzittert, und drückt ab.

Für Jake.

Die Risikoanalyse

1

Ich war noch im Streifendienst, als zum ersten Mal jemand auf mich schoss. Zwar mit lächerlichem Unvermögen, aber doch mit Absicht. Keine Übung, keine bunt gefärbten Platzpatronen. Der Real Deal, neun Millimeter. Wenn einem der Tod einmal so vertraulich zuzwinkert, vergisst man das nicht so schnell.

Allein schon, weil man danach wie ein undichter Eimer durch die Kommandokette gereicht wird, vom Vorgesetzten bis zum Polizeipsychologischen Dienst, was für mich traumatischer war als das Ereignis selbst.

Passiert mir nie wieder, hatte ich mir damals vorgenommen.

Und jetzt das.

„Dreimal." Konstantins Gedächtnis war ebenso unfehlbar wie selektiv. „Das wird schön langsam zur Serie, Patsy. Was ist das, ein heimlicher Todeswunsch?"

Mein Chef in München klang besorgt. Aber nicht nur. Der Schuss auf mich machte sein Leben kompliziert.

Ich legte das Handy zur Seite und zog mir meinen Rollkragen-Pullover über den Kopf, der nach Ben roch, inhalierte ihn. Sah ins blassblaue Rechteck des Dubliner Himmels.

„Niemand weiß, ob Johnston auf mich oder irgendjemand anderen gezielt hat. Jedenfalls lag er meterweit daneben."

„Ja, weil sich dieser Magister Feurstein noch rechtzeitig seiner alten Ninja-Moves aus der Eingreiftruppe besonnen hat. Was, wenn ..."

„Und das zweite Mal war kein Anschlag auf mich, sondern ein versuchter Selbstmord. Den hab ich verhindert, wie du vielleicht noch weißt, Stani."

Wusste er. War ja erst ein paar Monate her. Der Fall mit dem verschwundenen Iren in München. Der Grund für diese Auszeit, oder zumindest der Auslöser. Und überhaupt: Auszeit, wie herzallerliebst.

All das konnte Konstantin sagen, ganz ohne Worte. Wäre er doch dabei geblieben.

„Ich hatte gestern Abend ein längeres Telefonat mit Detective Inspector Flanagan", sagte er stattdessen. „Über deine Rolle in seinen Ermittlungen."

„Aha", sagte ich. Was auch sonst? Was jetzt kam, war ohnehin nicht mehr aufzuhalten.

Konstantin fasste meine Aktivitäten der letzten zwei Wochen noch einmal für mich zusammen. Das Wort Kompetenzüberschreitung fiel ziemlich oft, Handlungen ohne Befugnis außerhalb der deutschen Jurisdiktion sowie das unautorisierte Eingehen von Risiken. In Konstantins Version war eine bislang vorbildliche Kriminalhauptkommissarin innerhalb weniger Tage einfach abgedreht.

Unbewaffnet in das Haus eines inzwischen verbürgt gewaltbereiten, mit Waffen ausgerüsteten Verdächtigen zu stiefeln, um seinen selbst zusammengezimmerten, verqueren Ehrenkodex so lange infrage zu stellen, bis er ausflippt.

„Was ist los mit dir, Patsy? Wo ist meine Frau der Stunde?"

Die ist dort, wo du dir deine herablassenden Tätschler auf meine Schulter hinstecken kannst, dachte ich.

Sagte: „Johnston wollte Aufsehen erregen und seine Botschaft so weit wie möglich nach außen tragen. Er wollte die Publicity. Je mehr Taten ihm gelingen, desto besser."

„Das war keine Polizeiarbeit, Patsy. Das war verantwortungslos."

Gerne hätte ich widersprochen. Aber unser Besuch bei Johnston und dessen spektakuläre Verhaftung lagen inzwischen vier Tage zurück. Das Adrenalin und die Dynamik der Situation waren aus der Gleichung verschwunden. Das Ergebnis stimmte. Nur wie ich dazu gekommen war, lag jetzt nackt und kalt unter dem Licht der nachträglichen Analyse. Kein schöner Anblick.

Die Befragung hatte doch normal begonnen. Wann war sie über mich gekommen, diese Wut? Auf Johnstons Rundumschlag, seine Blindheit der Tatsache gegenüber, dass seine Rache wieder nur die falschen Leute traf. Nicht die Entscheider, nicht die Kriegsgewinnler, nicht die, die den irischen Staat und damit die ganze Bevölkerung mit gefälschten Bilanzen über den Tisch gezogen hatten? Die Wut über diese sinnlos verlorenen Leben im Namen einer Gerechtigkeit, die es nie gegeben hatte, nie geben würde?

„Flanagan war einverstanden, dass wir zu Johnston fahren und nachhaken."

„Auch damit, dass du *Eine Frage der Ehre* mit ihm nachspielen willst?"

Konstantins Lieblingsfilm. Vielleicht ein Indiz für versöhnliche Stimmung. Die würde ich brauchen. Denn Stani hatte recht. Die Sache war schneller eskaliert als geplant. Aus dem Ruder gelaufen, so wie ich selbst.

„Flanagan hat uns angeboten, zur Sicherheit noch zwei Streifenwagen aus der Nähe zu schicken, nur für den Fall der Fälle. Wir waren uns dann relativ schnell einig, dass Johnston zu allem bereit war. Wir hatten einen Notruf vereinbart, und den hat Sam abgesetzt." Meine Argumente verhallten ohne Wirkung. Zeit für das Schlussplädoyer. „Johnston hatte nach dem Brandanschlag nichts mehr zu verlieren. Er wusste, dass wir an ihm dran waren. Wir mussten handeln, bevor er noch mehr Schaden ..."

„Du meinst, *Flanagan* musste handeln." Konstantins Stimmung war jetzt mehr Jack Nicholson als Tom Cruise. „Du und der Österreicher solltet Rechtshilfe leisten und Bericht erstatten, nicht den Fall übernehmen. Dem Feurstein hält ja zumindest der eigene Botschafter die Stange. Aber du, meine Liebe, bist ein klassischer Fall für die DAB."

Dienstaufsichtsbeschwerde. Das inoffizielle Ende jeder Karriere, egal, ob dabei am Ende ein Fehlverhalten nachgewiesen wurde oder nicht. Das Verfahren zählte, für immer eingebrannt in die Personalakte. In mir eine Hitze, wie ich sie erst für meine Wechseljahre erwartet hatte.

„Was soll das heißen? Hat sich Flanagan über mich beschwert?" Ben hatte also recht gehabt. Dieser alte, hinterlistige Fecker.

„Im Gegenteil." Konstantin schien es selbst kaum glauben zu können. „Ihm und seinen Vorgesetzten war offenbar wichtig, dass schnell der Deckel auf diesen Fall kommt, und den Prozess hast du mit deiner Wahnsinnstat wohl beschleunigt." Ein grummeliges Schnaufen. „Er meinte, er würde das hinbiegen, falls jemand Fragen stellt. Und wenn die Iren keine formelle Beschwerde einreichen, werden wir auch nicht das eigene Nest beschmutzen." Er seufzte tief. Lehnte sich dem Geräusch nach zurück in seinen Stuhl, ergonomisch und mit allen Mätzchen. Den hatten sie ihm wegen seines vorzeitig gealterten Rückens bewilligt. „Du kannst dich also bei Flanagan bedanken. Am besten bei nächster Gelegenheit."

Ich sah auf meine Armbanduhr.

„Die ist in einer guten Stunde. Der österreichische Botschafter hat uns zum Essen eingeladen. Als Dank für unsere Arbeit."

„Na dann pass auf, dass sie dir nichts ins Essen mischen."

Ein Scherz, wie aus DI Flanagans Lehrbuch. Sonst nicht Stanis Art, aber was war schon noch wie früher?

„Ach ja, und, Patsy. Wenn du willst, dass wir hier in München weiter in freudiger Erwartung auf deine Rückkehr bleiben, dann steck deine Nase nicht tiefer in die Angelegenheiten der irischen Polizei als unbedingt notwendig. Sonst überlegt es sich Flanagan womöglich noch anders. Okay?"

Es gab so vieles, was es darauf zu sagen gab. Zu fragen. Ob die Bemerkung Stanis schlechter Laune entsprungen war, zum Beispiel, oder ob sie eine Warnung von Flanagan an mich war, die er mir über Stani ausrichten ließ. Oder was eigentlich aus dem Stani aus unseren Streifentagen geworden war. Der Stani, der nach dem allerersten Schuss auf mich die ganze Nacht bei mir geblieben war, gemeinsam die Adrenalinwelle flachgequatscht und *Stirb langsam* angesehen hatte, während im Hintergrund *Whiplash* von Metallica lief. Bis ich endlich schlafen konnte.

Aber Fragen wie diese brauchen Energie. Also sagte ich einfach nur „Okay".

2

Seine Exzellenz, der österreichische Botschafter Martin Ackermann, hatte ebenfalls eine Schwäche für schwarzen Humor. Das Abendessen fand nämlich nicht nur in seiner Residenz, sondern mitten im Salon statt, in den er vor gerade mal zwei Wochen auch Laura Brunner geladen hatte. Der Raum war nur durch eine mehrflügelige Trennwand aus Mahagoniholz verkleinert worden. Ein Tisch, gedeckt für fünf.

Aufmerksame Kellner in dunklen langen Schürzen kündigten Kürbisschaumsuppe, Tafelspitz und Salzburger Nockerl an. Sam sendete mir einen seiner beredten Blicke.

Wenigstens kein Gulasch.

Er kam wie immer im gepflegten Draufgängerlook, die deutsche Botschafterin in einem Wust an Kleid, das zu teuer aussah, um ein offensichtliches Markenlabel zu brauchen. Auch DI Flanagan enttäuschte nicht. Weinrote Seidenkrawatte mit Kranichen darauf, der Anzug höchstens 15 Jahre alt. Er dankte Sam und mir für unseren unermüdlichen Einsatz *weit über unsere Erwartungen hinaus.* Dann ein kurzer Bericht zum Stand der Dinge: Ivan Johnston hatte den Mordversuch an Florian Gabernig sowie den Totschlag an Laura Brunner gestanden. Außerdem den Mord an Aidan Kelleher sowie den Brandanschlag auf Kate Magee. Immerhin war er stolz darauf. So weit, so gut.

Andererseits habe man keine Spur von Johnstons DNA unter den verfügbaren Spuren vor Kellehers Haus gefunden. Was ungewöhnlich war. Um nicht gar zu sagen, fast unmöglich. Aber Johnston bestehe darauf, die Tat begangen zu haben.

„Eine seltsame Konstellation", gab Flanagan zu. Eine, die nach einer Abmachung mit der Rabbitt-Gang aussah. Und bei solchen Abmachungen, so unwahrscheinlich sie auch waren, sei es schwierig nachzuvollziehen, wer für was genau die Verantwortung trage, weil die Betroffenen so gut wie nie den Mund aufmachten, und wenn, dann nur für Lügen. Aber man würde es schon noch herausfinden. Johnston bleibe ohnehin in Untersuchungshaft und würde weiter verhört, denn in seinem Haus habe man noch Informationen über weitere Personen gefunden, auf die er mit hoher Wahrscheinlichkeit bereits Anschläge geplant habe.

Ein Journalist, der während des Immobilienbooms die Stimmung durch Artikel weiter befeuert hatte. Außerdem der Makler des Immobilienbüros, das Jake Kellys Haus verkauft hatte.

„Der Mann war auf einem Kreuzzug." Er schüttelte den Kopf zwischen zwei Schlucken alkoholfreiem Bier, den Schaum noch auf den Lippen, strich sich die Krawatte glatt. „Wir können von Glück sagen, dass wir ihn so schnell ausfindig machen konnten. Die betreffenden Personen haben wir verständigt, für die nächste Zeit wachsam zu bleiben. Man weiß ja nie."

„Vielleicht sitzt Laura ja sogar heute Abend hier mit uns am Tisch", sagte Ackermann feierlich, als er uns zuprostete. Sogar DI Flanagan hüstelte daraufhin in seine gestärkte Serviette.

„So sind sie, die Österreicher", murmelte mir Angelika von Hetzenau während ihrer Rauchpause zu. „Höflich, aber grausam."

„Erinnert mich ein bisschen an die Iren", sagte ich und sie gluckste, als könne ich das laut sagen. Vor uns lag der Botschaftsgarten im Dunkel. Büsche und Bäume raschelten wohlig in der Abendbrise. Drinnen rissen Ackermann, Sam und Flanagan irgendwelche Besserwissereien über die Wahrscheinlichkeit eines Brexit ohne Deal vom Brett. Ich nahm einen Schluck von meinem Rotwein made in Austria.

„Haben Sie sich denn einmal eine Karriere als Verbindungsbeamtin überlegt?" Die Botschafterin schnippte ihre Asche in den Rasen, anstatt in den ihr bereit-gestellten Aschenbecher, sah in den Garten, punktuell beleuchtet von kleinen Laternen zwischen den Büschen.

Meinte sie das ernst?

„Diplomatie ist keine große Stärke von mir."

Sie wandte sich mir zu, als ich den Kopf schüttel-te. Zog das letzte bisschen Freude aus ihrer Zigarette.

„Meine etwa?"

Wir lachten Wölkchen in den Abend. Die Botschaf-terin gefiel mir.

„Sie sind Kriminalhauptkommissarin geworden, da werden Sie es auch schaffen, sich im entscheidenden Au-genblick einen Filter drüberzulegen." Sie blies Rauch aus dem Mund und drückte ihre Zigarette in den Aschen-becher. Der Lack auf ihren Nägeln rot wie Glut. „Über-legen Sie es sich mal, bei uns in Dublin wird demnächst wieder was frei. Mit meiner Unterstützung können Sie jedenfalls rechnen. Wenn Sie wollen."

Und weg war sie.

Ich blieb stehen und sah in den Abendhimmel, die wenigen sichtbaren Sterne wie Splitter einer eingeschla-genen Scheibe. Dachte an mein Gespräch mit Konstan-tin heute. Und an Sam. Meinen eventuellen Lebensret-ter. Der vielleicht recht gehabt hatte mit seinem Spruch von vor ein paar Tagen. Vielleicht *war* es Zeit für et-was anderes.

3

„DI Logan." Wo eben noch die deutsche Botschafterin gewesen war, stand jetzt Flanagan. Überrascht, als wä-ren wir uns unerwartet auf der Straße begegnet. „Hier werden schon die Gehsteige hochgeklappt. Botschafter müssen sich die Kräfte gut einteilen, auch am Freitag-abend." Unter seinen verschränkten Armen leckte die Spitze seiner Krawatte hervor wie eine Zunge.

„Ich habe heute Morgen mit Ihrem Boss in Mün-chen über Sie gesprochen." Er sah kurz über die Schul-ter, zurück in den Salon. „Nur das Beste, versteht sich."

„Hat er mir schon erzählt."

„Ich habe nicht übertrieben. Sie haben einen guten Instinkt, DI Logan. Ihrer Zeit voraus, sozusagen. Das kann auch ein Unglück sein. Aber Ihre Aufklärungs-quote für die Münchner ist anscheinend tadellos. Gra-tuliere."

Da hatte ich auch meine Impulse noch besser im Griff gehabt.

„Danke."

Noch ein rascher Blick über die Schulter, dann zu mir. Darin so viel Ungesagtes, in meinem Magen wur-de es flau. Dieser Hinweis auf sein gutes Feedback für mich war nur der Auftakt. Er wollte etwas dafür.

„Wie wärs mit einem Drink vor dem Nachhausege-hen? Haben Sie Zeit und Lust?"

Weder, noch.

„Sorry, ich bin verabredet." Die Botschafterin wäre stolz gewesen auf dieses Lächeln. Es war auch nur halb gelogen.

Eine Nachricht von Ben wartete noch auf meine Ant-wort. Es gebe da ein paar Stellen an mir, die er bei der Leibesvisitation letzten Sonntag übersehen hätte. Grob fahrlässig, aber er würde den Fehler korrigieren, wenn ich nach dem Essen in der Botschaft noch zu ihm kom-men wolle.

„Natürlich." Flanagan hustete kurz und asthmatisch. „Es ist nur so, wir haben uns außer über den Fall eigent-lich kaum miteinander unterhalten. Mich würde zum

Beispiel interessieren, was Sie ursprünglich hierher nach Dublin geführt hat. Bei all dem Durcheinander haben wir nie darüber gesprochen."

Weil es ihn nichts anging. Deshalb. Eine diplomatischere Formulierung dafür fiel mir nicht ein, deshalb schwieg ich. Ohne Lächeln. Die Botschaft kam trotzdem nicht an.

„Ihr Boss hat mir verraten, Sie befinden sich derzeit auf einer Art Auszeit und besuchen die Familie." Er tastete sich weiter vor. Lud mich ein, sein Bild von mir selbst auszumalen. „Kommt Ihr Vater nicht aus Raheny? Da haben Sie sicher eine Menge Verwandte, die sich freuen, Zeit mit Ihnen zu verbringen."

Ich leerte nur mein Glas Wein. Zweigelt, meine österreichische Jugendliebe. Kam zum Schluss: Flanagan verstand die Botschaft, mich in Ruhe zu lassen, sehr wohl. Sie war ihm nur egal.

„Kommt Ihr Vater noch öfter auf Besuch in die alte Heimat?", fragte er. „Oder hat er die Schnauze voll von uns? Ich könnte es ihm nicht verdenken."

„Mein Vater ist tot", sagte ich. „Seit vielen Jahren." Klang genauso gereizt, wie ich mich fühlte.

„Oh. Das tut mir sehr leid." Es tat ihm weder leid, noch war er überrascht. „Na, auf jeden Fall", sagte er in den Garten hinaus, als würde er das Thema wechseln wollen. Dabei kam er gerade erst zum Punkt. „Ich habe gehört, Sie waren schon vor zwei Jahren in einen Fall hier in Dublin involviert. Haben sich im Zuge dessen ein Netzwerk in der irischen Polizei aufgebaut."

Gehört von wem? Welches Netzwerk? Sprach er etwa von Ben?

„Mir ist nicht ganz klar, was Sie meinen", sagte ich und wandte mich zum Gehen. „Machen wir uns auf, der Botschafter muss ins Bett."

Flanagan berührte mich am Arm. Ganz sachte. Sein Blick der eines besorgten Vaters, dessen Tochter den falschen Umgang pflegte.

„Ich denke, wir wissen beide, von wem ich spreche. Und auch wenn Sie mich für einen Mann von vorgestern halten, der Ihnen die Welt erklären will und nur Übles im Schilde führt, dann lassen Sie sich gesagt sein – das Gegenteil ist der Fall. Ich schätze Sie und Ihre Fähigkeiten. Und ich will Sie vor Schwierigkeiten bewahren."

Vor Schwierigkeiten bewahren. Die klassische Einleitung für Bevormundung und Manipulation jeglicher Art.

„Danke, aber nein danke."

„Patsy." Hatte ich mich jemals unter dem Namen bei ihm vorgestellt? Seine Hand immer noch an meinem Arm, nicht mehr ganz so sachte. „DS Ferguson ist kein schlechter Polizist, und er hat zweifellos Charisma." Kurze Pause, um zu vermitteln: *Ich weiß genau, was ihr jungen Leute da treibt.* „Aber er ist auch beschädigte Ware."

„Sind wir das nicht alle?"

Diese Aussage schien ein ganz neues Licht auf mich zu werfen.

„Die Sache in Nordirland ist noch nicht vorbei", sagte er nach einem langen Blick auf mich.

„Sie meinen den Konflikt?"

Er hielt sich nicht damit auf, mir recht zu geben.

„Nur weil die Welt sich nicht mehr für Nordirland interessiert, ist das Grundproblem noch da. Und auch eine Menge traumatisierter Menschen, denen der Dreck von damals in den Poren sitzt. Egal, was er behauptet oder sein will, DS Ferguson ist einer von ihnen."

So empathisch, so vertrauenswürdig. Als würde er gar nicht daran denken, mein Misstrauen Ben gegenüber wecken zu wollen.

„Darüber wissen Sie sicher mehr als ich", sagte ich durch die Zähne. „Ich habe gehört, Sie waren viele Jahre bei der Terrorabwehr aktiv."

Das saß. Sein Gesicht welkte, als würde er seiner naseweisen Tochter gerade dabei zusehen, wie sie die eigenen Fehler wiederholte. Er strich sich über die Krawatte, riskierte noch einen raschen Seitenblick in den Salon.

Dort waren die Gespräche lauter, informeller geworden. Man war dem Aufbruch nahe.

„Tun Sie mir einen Gefallen und lassen Sie sich nicht in Fergusons Agenda mit reinziehen", sagte er. Die Wehmut war verschwunden, der Detective Inspector wieder zurück im Besprechungsraum. „Da Sie mir bei den Ermittlungen geholfen haben, dachte ich, ich bin Ihnen diesen kollegialen Rat schuldig." Dann tätschelte er mir doch tatsächlich mit der Hand den Ellenbogen. „Wäre nämlich schade um Sie, DI Logan."

Er wandte sich ab, grinste Sam entgegen, der mit seinen Siebenmeilenschritten zu uns unterwegs war.

Legte ihm kameradschaftlich den Arm um die Schulter und begleitete ihn zurück in die Botschaft, begann ihn über seine Pläne für diesen noch jungen Freitagabend auszufragen.

Ich blieb zurück, schloss die Augen und holte tief Luft. Spürte erst jetzt, dass mein Pullover schweißfeucht war, mein Puls viel schneller, als er sein sollte. Was war hier gerade passiert?

Vielleicht will er ausprobieren, wie du tickst. Hatte Ben das nicht in der Temple Bar gesagt? Ja, hatte er, sinngemäß. Ben hatte eine Menge Urteile über Flanagan gesprochen. Mein Misstrauen geschürt. Im Grunde nichts anderes, als Flanagan getan hatte. Zwei Männer, die einander hassten. Ihre jeweils eigenen Ziele verfolgten. Der eine mit einem Lächeln, das guten Sex versprach. Der andere mit all den Tricks, die er beim Geheimdienst gelernt hatte. Special Branch, SDU, wie auch immer die jetzt hießen.

Neue Namen, alte Fecker.

Ich hab mich ein bisschen über Sie erkundigt.

Und dann war sie plötzlich da, wuchs wie ein Tumor in meinem Kopf. Eine Erklärung für so vieles. Simpel und so offensichtlich, wie es nur die Wahrheit sein konnte.

4

Sprachnachricht an Ben Ferguson, gesendet um 21:34 Uhr

„Es war Flanagan, oder? Der Name auf der gesperrten Akte meines Vaters, die du einsehen wolltest. Etwas steht da drin, was faul ist, und Flanagan steckt mit drin. Dein Zugriffsversuch war ihm verdächtig, weil er dich hasst aus irgendeinem Grund, vielleicht auch mit Recht, was weiß ich schon von dir? Jedenfalls hat er wohl rausgefunden, dass wir beide vor zwei Jahren für die Sache bei Skiller zusammengearbeitet haben, und eins und eins zusammengezählt. Deshalb hat er dir gleich eins auf die Finger gegeben. Und dann stand ich plötzlich noch vor ihm. Klar wurde er da hellhörig. Zuerst wollte er nur, dass ich verschwinde, aber dann dachte er sich – warum nicht? Soll die Kleine von Arthur Logan mal zeigen, was sie draufhat. Und nebenbei horchen wir sie aus, was sie hier in Dublin will, und ob sie was weiß, was gefährlich werden könnte.

So eine Art Risikoanalyse. Dass ich bei dem Fall den richtigen Instinkt hatte, macht ihm jetzt Sorgen.

Aber du hast das alles schon gewusst, stimmts? Deshalb wolltest du unbedingt, dass ich die Sache mit mei-

nem Dad ruhen lasse. Weil du Schiss hast vor Flanagan.
Oder er hat dir gedroht. Oder dich gekauft. Bist du sein
Doppelagent? Solltest du mich besinnungslos vögeln, um
mich abzulenken? Ich hab diese Spielchen von euch Ty-
pen nämlich so satt, ich möchte kotzen. Muss ich jetzt
wahrscheinlich sogar. Also warte lieber nicht auf mich
heute Abend. Bye."

5

Sprachnachricht gelöscht um 21:36 Uhr

6

Nachricht an Patsy Logan, gesendet um 21:53 Uhr
    Hey, Miss Logan. Kaum bin ich ein paar Minuten an
der Tür für den Kurier mit dem Essen, löschst du Nach-
richten, bevor ich sie abhören kann. Sehen wir uns heute
noch nach deinem Ausflug in die Botschaft? Wäre schön …
Na gut, mehr als schön. Sag Bescheid, okay?

Nach mir die Sintflut

Wenn ich nicht schlafen konnte, stellte ich mir als Teenager oft vor, wie sie wohl ausgesehen hatte, die letzte
Reise meines Dads, zu den Klippen von Howth. Die be-
liebteste Version dieses inneren Filmes zeigte ihn zu
Fuß. Eine einsame Gestalt im zerknitterten Hemd, lose
um den Bund flatternd, lange bevor das als cool und
modern galt, sondern nur als Anzeichen von Geistes-
krankheit. In seiner Hosentasche ein unerträglich kurzer Brief für seine Tochter. Rechts von sich die Dublin
Bay, vor sich die Halbinsel von Howth, in sich die Ziel-
strebigkeit der Verzweiflung und die Ruhe, die einen
überkommt, wenn die Entscheidung feststeht. Niemand
da, der ihn aufhielt.

Was hatte er gedacht? Hatte er geweint oder war er
einfach nur froh gewesen, alles hinter sich der Sintflut
zu überlassen?

In meinen 20ern und 30ern hatte ich diese Wissens-
lücken mit eigenen Antworten gefüllt und danach begonnen, von anderen Dingen zu träumen.

Letzte Nacht also das Comeback, auf vielfachen
Wunsch des Publikums. Mein Dad auf seinem Kreuz-
weg nach Howth, in Dauerschleife, das Drehbuch un-
verändert.

Gegen sechs Uhr früh informierte mich mein Handy,
dass ich es seit Mitternacht 24-mal entsperrt hatte, und
machte mir Vorschläge für mehr Achtsamkeit und Konzentration.

Aber worauf? Jeder Gedanke eine Tretmine. Jeder
Blick auf Stefans Facebook-Profil ein masochistischer
Akt.

Nichts Neues. Der Palaver selbsternannter Universal-Fachleute zu diversen Themen, während Berna Dette sich ausschwieg. Ihr Ziel war erreicht.

Kurz nach Mitternacht ein Anruf von Ben. Ich betrachtete sein Profilbild, während ich ihn verstreichen ließ. Nicht sein, sondern ein Bild der neuen Müllverbrennungsanlage, die man um die Ecke von seiner Wohnung direkt an die Dublin Bay gebaut hatte.

Wenige Minuten später eine Nachricht:

Sie haben dich in der Botschaft doch nicht auch vergiftet, oder?

Doch, Ben, das haben sie.

Die erste DART in Richtung Süden fuhr um sechs. Leer, wie es sich für einen Samstagmorgen gehörte. Nur da und dort heimkehrende Menschen der Nacht. Kaum jemand schien aus Vergnügen hier zu sein.

Wer nicht aufs Handy starrte, kämpfte im mütterlichen Schaukeln der Waggons gegen den Schlaf. Den Kopf an die Scheibe gelehnt, ließ ich mich aus der Stadt hinaus und zur Küste tragen.

Ich liebte den Streckenabschnitt zwischen Sydney Parade und Dun Laoghaire, den Blick auf die Bay. Wie Dublin das Meer hier mit offenen Armen empfing. Auf der anderen Seite lag Howth wie ein schlafender Hund. Straff und schiefergrau trennte der Horizont das Wasser von der Nacht.

In Dalkey stieg ich aus. Ging die Sorrento Road bergan, ihre Ränder gesäumt von Range Rovers und ihren Verwandten aus deutscher Produktion. Vorbei an Villen mit sehnsüchtigen Namen und mediterran anmutenden Gärten, gebaut mit altem Geld, unter Bäumen, die Jahrhunderte älter waren als die irische Republik.

Nahm eine unscheinbare Abzweigung zu einem Pfad hinunter zum Meer. Noch eine Viertelstunde bis zum Sonnenaufgang. Was kaum eine Rolle spielte – überall Wolken. Nichts regte sich. Nicht die Luft, nicht die Menschen. Nur das Meer wogte in unterdrückten Emotionen. Das Rauschen der Wellen, die an Klippen nagten, jetzt direkt unter mir.

Die Flut kam. Das war die beste Zeit, behauptete Sam.

Gestern Abend hatte er mich nach Hause gefahren, mein Schweigen bemerkt, aber nicht kommentiert. Sich unbesorgt von mir verabschiedet. *Wir werden uns wiedersehen, Frau Kollegin.*

Und Sinéads Nummer willst du auch, nehme ich an?, hatte ich gefragt und nur dieses durchtrieben freundliche österreichische Kopfschütteln geerntet. Natürlich. Er hatte sie längst.

Dann hatte er mir einen Link zu einem Artikel mit den besten Badeplätzen in Dublin geschickt, mit der Behauptung: *Wie besprochen.*

Hawk Cliff gefiel mir sofort. Wie ein gestrandetes Floß saß der Klippenvorsprung über dem Meer. Einmal kurz strecken, und schon hatte es einen. Am Umkleidehäuschen hing eine Erinnerungsplakette für einen verstorbenen Schwimmer. Es roch nach Meer und feuchtem Stein und Pisse. Drei von den Elementen geprügelte Leitern führten direkt ins Wasser. Nirgendwo war Grund in Sicht.

Und dann war da noch die Kälte.

Acht Grad Celsius, bei acht Grad Außentemperatur.

In Irland fängt der Winter erst so richtig im Februar an, so die Weisheit meiner Dublin-Nana.

Und da stand ich in meinem lächerlich unzureichenden Badeanzug, schon jetzt überzogen mit Gänsehaut.

Die Zehen zuerst. Verflucht! Als stünde man in geschmolzenem Schnee.

Vor mir die Killiney Bay, die Wicklow Mountains krochen langsam aus dem Morgennebel, mit dem Sugar Loaf als Vorhut, dieser Hochstapler von einem Berg, der einen glauben machen wollte, dass er der Stromboli war, und Dublin sein Neapel.

Und warum auch nicht? Wer von uns Menschen war schon, was sie schienen? Das selbst gegebene Versprechen von Heimat, einem Hafen, einer Lösung, von Gerechtigkeit und Zuflucht. Wer hielt es schon?

Ich stieg noch eine Sprosse nach unten, ließ mir von der Kälte das Knie abfressen, klammerte mich an die Leiter und ließ los, warf mich dem Feind entgegen. Schrie auf und hörte all das Adrenalin, den Schmerz, den Schock. Ein Orgasmus, dem Tod näher als jeder andere, den ich gehabt hatte.

Das Wasser nahm mich zwischen die Kiefer und biss zu, entschlossen zum kurzen Prozess. Zog mir die Haut ab und filetierte mich, schrumpfte meine Lungen, peitschte mein Herz. Trieb mir jeden unnützen Gedanken aus.

Ich paddelte und kraulte und pflügte und rang nach Luft. Minutenlang, bis schließlich das Kribbeln kam, und diese fast angenehme Wärme von innen.

Das sind die eisernen Reserven, hatte Sam gesagt. *Wenn die brennen, musst du schauen, dass du rauskommst.*

Ich blieb drin. Drehte eine Runde und noch eine. Noch eine. Ließ mich von der Flut gegen den Felsen schaukeln. Meine Finger steif, doch sie klammerten sich fest um die Reling der Leiter, und meine Beine trugen mich nach oben. Mein rechtes Knie blutete aus einer Schürfwunde. Ich spürte sie nicht. Mein Körper in einem Panzer aus Kälte. Immer noch da. Vollständig.

Er schlotterte und schüttelte mich wie bei einem Weinkrampf, während ich lachte. Lachte mit jedem Schritt weiter die Leiter hinauf. Und dann war ich oben. Noch immer Patsy Logan. Trotz allem.

Irische Namen in diesem Buch und wie man sie ausspricht:

Aidan – [Ey-dn]

Sinéad – [Schi-neeid]

Aoife – [Ifa]

Ciarán – [Kieran]

Oisín – [Ohschin]

Roisin – [Rohschin]

An Garda Siochana – [An Garda Schokana]

Danke, Thank you

Dem Team vom Haymon Verlag; meinen Lektorinnen Linda Müller und Veronika Schuchter.

Thomas Koch und Inka Extra für das fabelhafte Krimistipendium „Tatort Töwerland" auf der Insel Juist, wo Idee und Exposé zu diesem Buch entstanden.

Josef Treml, Angelika Hablé, Cathal Brennan für Connections und Infos.

Nadine Rapp, Dolo Puxbaumer, Julia Richter, Christina Klösch, Wolfgang Oberauer fürs Betalesen.

Edith Kneifl, Gudrun Lerchbaum, Anna Schneider, Tatjana Kruse, Simone Buchholz für Gespräche, die mir mehr bedeutet haben, als sie ahnen.

Eric Nieudan, Kate O'Moore & the Fumbally Exchange Power 10-Gang for the structure and company when I sorely needed both.

Pam McCormack for the idea and so many other things.

Wolfgang fürs Dasein in der dunklen Zeit.

Mama, grundsätzlich immer.

Nachlesen zum Thema:

Frank Connolly: NAMALAND – The Inside Story of Ireland's Property Sell-Off and the Creation of a New Elite

Hinweise:

Die Entstehung von Boom Town Blues wurde durch ein Arbeitsstipendium Literatur des österreichischen Bundesministeriums für Kunst, Kultur, öffentlichen Dienst und Sport gefördert.

Idee und Exposé entstanden im Rahmen des Krimistipendiums „Tatort Töwerland" auf Juist.

Inhaltsverzeichnis

Auflage:
4   3   2   1
2025 2024 2023 2022

HAYMON tb **300**

Originalausgabe
© Haymon Taschenbuch, Innsbruck-Wien 2022
www.haymonverlag.at

ISBN 978-3-7099-7939-6

Inhaltliche Betreuung: Haymon Verlag / Linda Müller
Lektorat: Haymon Verlag / Linda Müller, Veronika Schuchter
Projektleitung: Haymon Verlag / Lisa-Marie Holzknecht
Buchinnengestaltung nach Entwürfen von himmel.
Studio für Design und Kommunikation, Innsbruck / Scheffau –
www.himmel.co.at
Umschlag: Editienne – Kommunikationsdesign, Christine Gundelach,
unter Verwendung von: mauritius images / Lensmen Photographic
Agency / Alamy
Satz: Da-TeX Gerd Blumenstein, Leipzig
Autorinnenfoto: Orla Connolly

Gedruckt auf umweltfreundlichem,
chlor- und säurefrei gebleichtem Papier.